1984
Nineteen Eighty-Four

George Orwell

[英]乔治·奥威尔 著
晏天 译

体味经典的重量

第一部 / 001
第二部 / 097
第三部 / 213
附录：新话的基本要义 / 287

1984

第一部

1984

第一章

这是一个明朗清冷的四月天,钟刚刚敲了十三下。温斯顿·史密斯快速溜进胜利大厦的玻璃门,下巴紧抵着胸,试图躲避冷风,然而他的速度不够快,没能阻止一股打着旋儿的沙尘跟着他进门。

走廊里弥漫着一股煮卷心菜与旧地毯的气味。走廊尽头的墙上,钉着一张大得过分而不适宜室内展示的彩色海报。海报上只有一张巨大的脸,一米多宽——脸的主人约莫四十五岁,胡须乌黑浓密,轮廓粗犷英俊。温斯顿朝楼梯走去,根本就没想过坐电梯。即使在状况最正常的时候,它也很少运行,更何况现在白天不供电。这种节约是在为"仇恨周"做准备。温尔顿住在七楼,今年三十九岁,右脚踝上方患有静脉曲张性溃疡。他爬得很慢,中途休息了几次。每次停下来,正对着电梯井墙上的那张海报中巨大的脸都凝视着他。海报设计匠心独运,当你移动的时候,那双眼睛亦如影随形。"老大哥正看着你",下面的文字如是说明。

公寓里,一个字正腔圆的声音正在播报一连串与生铁产量相关的数字。声音来自右手墙上一块形似毛玻璃镜面的长方形金属板。温斯顿调了下开关,声音略小,还是清晰可辨。这个仪器(也叫作电屏幕)可以调低亮度,但没法完全关掉。他走向窗户,本来瘦小纤弱的身体在蓝色的工作服——党员制服——的映衬下，显得更为单薄。他发色偏淡，面色红润、自然，皮肤则因劣质肥皂、钝剃须刀片以及刚刚过去的严冬而变得粗糙。

公寓外，即使透过紧闭的门窗，看上去依旧寒冷。楼下的街上，微弱的旋风卷起阵阵尘土与纸屑，在空中打着转儿。尽管阳光灿烂，天空湛蓝，可是一切看上去似乎都失去了颜色，除了那张随处可见的海报。那张蓄着黑胡须的脸从每一个角落居高临下地凝视着你。对面房子的正面墙上就有一张。"老大哥正看着你"，标题如是，那双黑色的眼睛死死地盯着温斯顿。楼下街上还有一张海报，被撕破了一角，在风中啪啪作响，一会儿合上，一会儿展开，露出一个词"英社"（INGSOC）。远处一架直升机掠过屋顶，像只反吐丽蝇①一样在屋顶上空盘旋片刻，划下一道弧线后便疾飞而去。那是警察巡逻队，在窥探人们的窗户。然而警察巡逻队并不足惧，可怕的是思想警察。

在温斯顿的背后，从电屏幕那里传来的声音依旧喋喋不休地播报着有关生铁产量以及超额完成第九个三年计划的消息。电屏幕可以同步进行信息的接收和发送。温斯顿发出的任何声音，只要略高于非常低的细语，都会被电屏幕捕捉到。不仅如此，只要停留在那块金属板的可视范围内，他就不仅能被听到，而且能被看到。当然，你没法知道某个时刻你是否被监视着。关于思想警察有多么频繁或者用何种系统接入某个人的线路，都只是臆测，更有可能的是他们无时无刻不在监视着每个人。但不管怎样，只要他们想，他们就可以随时接入你的线路。你不得不生活在这样的假想中，从习惯渐渐变成本能，你早已经这样生活了——你发出的每个声音都会被监听，你的每个动作都会被审视，除非是在黑暗中。

---

① 一种腹部为蓝色的苍蝇。英语口语"**警察**"的意思，此为双关。

温斯顿始终保持着背对电屏幕的姿势。这样更安全,尽管他清楚地知道,哪怕只是一个后背,也能泄露些什么。一公里外的真理部,他工作的地方,一栋白色的建筑高高地立在一片污秽之地上。这——他带着一丝隐隐的厌恶感想到——这就是伦敦,一号机场城的首要城市,而一号机场城是大洋国人口稠密的第三大省。他绞尽脑汁儿地回想一些儿时的记忆,想知道伦敦是否一直都是这个样子。那里是不是到处都是破旧的十九世纪老房子,墙面不得不靠木架支撑,窗户用硬纸板糊着,屋顶上盖着波纹瓦楞铁皮,残破的院墙东歪西倒?被轰炸过的地方,空气里灰泥粉尘肆意飘荡,废墟堆中野草枝蔓丛生。在那些被那炸弹清理出的大片空地上,冒出了许多像鸡舍一样的肮脏的木板屋。是不是一直都是这样?可是没有用,他完全想不起来了。关于儿时的记忆,什么都没留下,除了一帧帧明亮而没有背景的画面,而这些画面大多数也模糊难辨。

真理部——官方称为"真部"——一眼望去,与视野里的其他东西迥然不同。这是一座巨大的金字塔形建筑,白色混凝土闪闪发光,整个建筑拔地而起,层层叠叠,高达三百米。从温斯顿所站的地方望去,党的三条标语以优美的字体镌刻在真理部白色大楼的正面:

战争即和平
自由即奴役
无知即力量

据说真理部在地上有三千个房间,地下也有相应的附属建筑。伦敦城中,还散落着另外三座在外观和规模上与其相仿的大楼。它们使周围的建筑相形见绌,以至于从胜利大厦的屋顶你能同时看到这四座大楼。政府机构被划分成四个部门,而这四栋大楼正是这四个部门的所在。真理部负责新闻、娱乐、教育以及美术方面的事务。和平部负责战争事务。仁爱部主管法律与秩序,而富裕部则负责经济事务。它们在新话中分别称为真部、和部、爱部与富部。

仁爱部是个真正让人不寒而栗的地方,整栋大楼连一扇窗户都没有。温斯顿从来没有进过仁爱部大楼,也没有进入过其半公里范围之内。除了因公往来,那个地方是禁止旁人进入的,而且进入的时候要穿过重重密布的铁丝网、一道道钢门以及隐蔽的机关枪阵地。甚至在通向其外围屏障的街上,也有凶神恶煞的警卫巡逻,他们身着黑色制服,手持警棍。

温斯顿忽然转过身来。他已经换上了一副安详乐观的表情,面对电屏幕时这种做法是明智的。他穿过房间,走向狭小的厨房。在这个时候离开部里意味着牺牲了食堂里的午餐。他意识到厨房里别无他物,除了留作明天早餐的一大块深色面包。他从搁板上取下一瓶无色的液体,白色标签上印着"胜利牌杜松子酒"。就像中国米酒那样,这种酒散发出一股变质的、油腻的气味。温斯顿倒了差不多一茶杯,硬着头皮,像喝药那样一口气灌了下去。

霎时间,他的脸变得通红,泪水流了出来。这玩意儿就像硝酸,不仅如此,喝下去的时候感觉就像后脑勺被一根胶皮棒猛地打了一下。片刻过后,腹部的灼烧感退却了,世界开始看起来变得美好了。他从一个皱巴巴的印着"胜利牌香烟"的烟盒里抽出一支香烟,粗心地竖着举起来,结果烟丝撒落一地。他又抽出一根,这次好多了。他回到起居室,坐在电屏幕左边的小桌子旁。他从桌子的抽屉里拿出一支笔杆、一瓶墨水,和一本厚厚的四开大小、有红色封底和大理石花纹封面的空白笔记簿。

不知为何,起居室里电屏幕的所处位置不同寻常。它并没有像通常那样被安放在房间的端壁上，那样整个房间都在它的可视范围内，而是安放在正对着窗户的那面较长的墙上。在电屏幕的一边，有一个浅浅的凹处，温斯顿现在正坐在那里。也许当初修建公寓的时候，这个凹处是用来放置书架的。坐在凹处里，身体尽量往后靠，这样温斯顿可以脱离电屏幕的视野。当然，他还是能够被听到。但是，只要保持目前的姿势，他就不会被看到，一部分由于这个房间的特殊布局。他想到了他现在打算做的事情。

不过这也是因为他刚刚从抽屉里取出的那个本子，令他想到了。这个本子纸质细腻光滑，因为年代久远而略微发黄，这种纸至少已经停产四十年了。他估计这个笔记簿的年代更为久远。他是在一家肮脏的小旧货铺的橱窗里发现它的，那家店铺位于城里的一个贫民区（具体哪个区他记不起来了）。他当时就产生了一股难以抑制的冲动，想要得到它。照理说，党员是不会到那种普通商店去的（那里也称作"自由市场"），但是这个规定也不是特别严格的，因为那里有各种各样的东西，诸如鞋带、剃须刀片，没法通过其他渠道获得。他快速地瞥了瞥街道两端，然后溜进铺子，花两元五角将它买了下来。当时他并没有特意地想为什么把它买下来。他把它放在公文包里，像做贼一样把它带回家。尽管里面什么都没写，但是拥有这样的笔记簿还是比较危险的。

他将要开始做的事便是写日记。写日记并不违法（没有什么事情是违法的，因为根本就没有什么法律），但是一经发现，就有理由被处以死刑或者至少二十五年的劳教。温斯顿把钢笔尖装到笔杆上，用嘴吸掉上面附着的油。这种钢笔已经过时了，甚至连签名时也很少用到。他偷偷摸摸，很是费了些气力才弄到这么一支，只是因为他觉得这种精美细腻的纸张得与真正的钢笔尖搭配使用，而不是拿墨水笔划拉。实际上，他并不习惯手写。除了极简短的便条，通常都是直接向述录器口授。当然,他现在要做的事情并不便于使用述录器。他拿起钢笔在墨水里蘸了蘸,然后踌躇了仅仅一秒钟。一阵战栗传遍全身。随后果断地落笔。他以小号笨拙的字体写道:

一九八四年四月四日

他往后靠了靠,一种全然无助的感觉袭来。首先,他对今年是不是一九八四年毫无把握,但是能够肯定就是这一年前后,因为他很确定自己今年三十九岁,而且他相信自己出生于一九四四年或者一九四五年。不过如今在确定日期的时候,不可能没有一两年的误差。

他瞬间想到,这日记为谁而写?为未来而写,为后代而写。他的思绪围绕着纸上那个可疑的年份盘旋了片刻,忽然想起了新话中的"双重思想"一词。这是他头一次意识到要做的事有多么重要。你怎么能同未来交流呢?从本质上说,这是毫无可能的。如果未来与现在类似,那么在这种情形下,未来是不会听从他的;如果未来与现在不同,那么他当前的处境将会毫无意义。

他呆坐在那里,盯着那张纸看了一会儿。电屏幕已经切换到刺耳的军乐了。奇怪的是,他似乎不仅丧失了表达自我的力量,甚至全然忘记了原本想说的是什么。在过去的几星期里,他一直在为这一刻准备着,从未想过除了勇气还需要别的什么。真正落笔是易事。他需要做的只是把头脑中多年来一直无休无止、焦躁不安的独白诉诸笔端。然而这一刻,竟连这种独白也枯竭了。此外,静脉曲张性溃疡处开始奇痒无比。他不敢去抓挠,因为要是抓挠的话,溃疡处总会发炎。秒针嘀嗒嘀嗒地走着。除了面前摊开的空白纸张、脚踝上皮肤的瘙痒、电屏幕里刺耳的音乐,以及杜松子酒带来的微醺，他毫无其他感觉。

突然，他慌慌张张地动笔了，对于所写的内容却并非完全心中有数。他用那种小号且充满孩子气的字在纸上上下下地书写，起先省略了大写字母，最后连停顿都省略了：

一九八四年四月四日。昨晚去看电影。全都是战争片。其中一部很好看的电影讲述了满载难民的船在地中海某处被炸的事。观众被一个试图游离身后追赶他的直升机却终被射中的大胖子逗乐了，开始你看到他像海豚一样在水里扑腾，然后你通过直升机的瞄准具看到他，接着他全身密布枪眼，身边的海水都变成了粉红色，他和那些枪眼忽然从水面上沉了下去，在他沉没的时候，观众中爆发出一阵哄笑。接着你看到一艘载满了儿童的救生艇，直升机在救生艇上空盘旋。一个貌似犹太人的中年女人抱着一个约三岁大的小男孩坐在船头。小男孩吓得哇哇大哭，把头扎进她的怀里，似乎想钻到她的身体里躲起来。那个女人环抱着他并抚慰着，尽管她自己也吓得脸色发青。她始终尽力用胳膊环绕着他，好像这样就可以为他抵挡子弹。接着直升机在他们中间投下了一枚20公斤重的炸弹，一阵剧烈爆炸后，整艘救生艇变成了碎片。接着一个很精彩的镜头一个孩子的胳膊在空中越飞越高越飞越高安置在直升机前端的摄像机一直追着拍党员席上传来一阵掌声但无产者席中有个女人突然开始大声抱怨叫喊着他们不应该在孩子面前放映这部电影他们不应该在孩子面前放映这部电影这样做是不对的他们不该在孩子们面前放映直到警察把她拖出去拖出去我猜想不到她会怎样没有人关心无产者说什么典型的无产者反应他们从来不——

温斯顿停下了笔，一部分原因在于他感到一阵绞痛。他不知道是什么使他倾吐出这些废话。但奇怪的是，当他写的时候，一种完全不同的记忆在他心中清晰起来，使他感到自己有能力将它书写出来。现在他意识到是另一件事情让他忽然决定回家并从今天开始写日记。

如果那么模糊的事情也可以说是发生过的话，这件事发生在今天早上，发生在部里。

将近十一点的时候，在温斯顿工作的记录司，人们把椅子从格子间拖出来，在大厅中央正对着大屏幕的地方摆好，那是在为两分钟仇恨会做准备。温斯顿正要在中间一排坐下来时，有两个他脸熟却从未讲过话的人出乎意料地进了房间。其中一个是他经常在走廊里遇到的女孩。他不知道她的名字，但知道她在小说司工作。据猜测——他有时看到她满手油污，拿着扳手——她大概做些与小说写作机相关的手工机械工作。她是个大胆的女孩，约莫二十七岁，有着一头浓密的黑发，脸上布满雀斑，动作像运动员一样迅捷。一条窄窄的鲜红缎带——青年反性同盟的标志——在她工作服的腰部围了几圈，不松不紧，正好凸显了她臀部的优美曲线。温斯顿从见到她的第一刻起就不喜欢她。他知道原因。这是因为她刻意营造的那种代表着曲棍球场、冷水浴、集体远足以及总体来说清心寡欲的氛围。几乎所有的女人他都不喜欢，尤其是那些年轻漂亮的。那些女人，特别是那些年轻的女人，总是党的最狂热的信徒、宣传口号的轻信者、业余的密探与异端思想的"包打听"。但是这个女孩使他感觉到她比其他大多数女人都危险。有一次当他们在走廊上擦肩而过的时候，她迅速地瞥了他一眼，那眼神似乎刺进了他的身体，并在刹那间注入黑色的恐惧。他甚至有个念头：她或许是思想警察的特务。事实上，那几乎是不可能的。但是，无论何时，只要她出现在附近,他就会感到一种极度的不安,那种不安里掺杂着恐惧与敌意。

另外一位是个叫奥布赖恩的男人,他是核心党的成员,他的职务过于重要和高不可测,以至于温斯顿对此仅有一个模糊的概念。看到一位身着黑色工作服的核心党党员走近时,椅子周围的人群安静了片刻。奥布赖恩体格魁梧,脖子很粗,面容粗糙、滑稽而又冷酷。尽管他外表令人望而生畏,他的举止却别有一种魅力。他有一招能够很神奇地让人解除戒心,那就是推推鼻梁上的眼镜——以某种说不清楚的姿势,却奇怪地使人感觉颇有教养。如果还有人依旧那么想的话,这个姿势可能让人想起十八世纪的贵族邀人享用他的鼻烟壶。温斯顿这么多年来大概见过奥布赖恩十几次。他被奥布赖恩深深吸引,并不仅仅是因为奥布赖恩温文尔雅的举止与他职业拳击手般的体形形成的反差,更多则是因为他心中私密的信念——也许并不是信念,仅仅是希望——奥布赖恩的政治正统性并非完美无缺。他面部的某种表情毋庸置疑地说明了这一点。而且,也许他脸上表现的甚至不是不正统,只是单纯的睿智。但是不管怎样,他从外表上看起来是那种可以与之谈一谈的人,假如你可以躲过电屏幕并与之独处的话。温斯顿从没尝试过去验证这个猜想,实际上,也没有办法这么做。此刻,奥布赖恩瞥了眼手表,差不多十一点了,显然决定留在记录司直到两分钟仇恨会结束。他在与温斯顿同一排相隔两个座位的地方坐了下来。一个浅棕色头发的小个子女人坐在他们中间,这个女人在温斯顿隔壁的格子间工作。那个黑发女孩坐在他们正后方。

接着,房间另一头的电屏幕里传来一阵刺耳的摩擦声,就像巨大的机器缺少润滑油时运作发出的那种声音。这噪声简直令人咬牙切齿。仇恨会开始了。

一如往常,伊曼纽尔·戈德斯坦——这个全民公敌——的脸闪现在屏幕上。观众中发出了此起彼伏的嘘声。那个浅棕色头发的小个子女人发出了短促的尖叫声,里面夹杂着恐惧与厌恶。戈德斯坦是个叛徒、变节者,他在很久以前(到底多久之前,没人能记得清楚)曾是党的领导人之一,几乎和老大哥平起平坐,后来从事反革命活动,被判死刑,神秘出逃,而后不知所踪。两分钟仇恨会的程式每天都不一样,但无一例外都以戈德斯坦为主角。他是头号叛徒,最早玷污党的纯洁性的人。随后的一切反党罪行、一切叛国行为、破坏活动、异端邪说、离经叛道都源自他的教唆。他仍旧在世,在某个地方策划着阴谋:也许在海外某个地方,在他外国后台的庇护下;也许甚至——不时有这样的传言——就在大洋国的某个隐蔽地方藏匿。

温斯顿的横膈膜一阵抽搐。他每次看到戈德斯坦的脸,都会感到一阵痛楚。这是一张瘦削的犹太人的脸,顶着一头异常蓬松的白发,蓄着一小撮山羊胡子——这是一张聪明的脸,却有些天生可鄙,细长的鼻子使他看起来年迈孱弱,鼻尖上架着一副眼镜。这张脸看起来像绵羊,声音也像绵羊那样。戈德斯坦一如既往地用恶毒的言辞攻击着党的教条——这种极尽夸张与荒谬的言论,连孩童都能一眼看穿,但其谬论刚好引起人们的警惕,使人觉得那些辨识力不如自己的人或许会轻信。他在谩骂老大哥,诋毁党的专政统治,他要求立即同欧亚国媾和,他鼓吹言论自由、出版自由、集会自由、思想自由,他歇斯底里地叫嚣着革命已被背叛——所有这些都是以多音节词飞快地进出,可以说是对党的演说家一贯讲话方式的拙劣模仿,甚至夹杂着一些新话词汇:事实上,比任何一个党员在实际生活中惯常使用的新话词汇还要多。而且自始至终,为了防止有人对戈德斯坦那似是而非的荒谬说辞所提及的事实有所怀疑，在电屏幕上，他的脑袋后面不停地有欧亚军队列队行进——壮实的士兵带着面无表情的亚洲面孔拥到电屏幕前，一队接着一队，而后消失，取而代之的是与之完全相似的其他士兵。这些士兵单调而有节奏的军靴踢踏声构成了戈德斯坦绵羊般声音的背景。

仇恨会还没进行到三十秒，房间中超过半数的人便发出了无法遏制的怒吼声。屏幕上那扬扬自得的羊脸以及羊脸后面欧亚军队的威慑力，通通让人无法忍受。此外，看到戈德斯坦那张脸，甚至只是想到他，就会令人不由自主地产生恐惧与愤怒。他比欧亚国或者东亚国更经常地成为被仇恨的对象，因为当大洋国与这两个大国中的一个处于交战状态时，通常会与另一个和平相待。但奇怪的是，尽管戈德斯坦被每一个人憎恨、鄙夷，尽管每一天，每天上千次，他的理论在讲台上、电屏幕上、报纸上、书本上遭到驳斥、抨击、嘲讽，让普罗大众看到这些理论是多么可鄙的垃圾——尽管如此，他的影响力似乎从未减弱。总有新的傻瓜等着被他蛊惑。每天都有一些奉他的指示行事的间谍与破坏分子被思想警察揪出来。他是一个庞大的影子军队的司令，这是一个由力图推翻政权的阴谋家组成的地下网络，据说这个组织叫作兄弟会。据传还有一本可怕的书，集异端邪说之大成，到处秘密散发，作者就是戈德斯坦。那本书没有名字。大家提到它时，简称之"那本书"。但是人们都是通过模糊的谣传得知的。任何一个普通党员，只要有办法避免，就绝不会提兄弟会或者那本书。

仇恨会进行到第二分钟的时候达到了狂热状态。人们在座位上上蹿下跳，拼命想用最大嗓门淹没屏幕上传来的癫狂的羊叫声。那个浅棕色头发的小个子女人脸涨得通红，嘴巴一开一合，像是离了水的鱼。奥布赖恩那张庄重的脸也涨红了。他在椅子上笔挺地坐着，健硕的胸膛鼓胀起来、战栗着，就像是在经受电击。温斯顿身后的那个黑发女孩开始大声喊着："猪猡！猪猡！猪猡！"她突然拿起一本厚重的新话词典，砸向屏幕。它击中了戈德斯坦的鼻子，又弹了开去。那个声音不为所动地继续着。片刻清醒中，温斯顿发现自己也跟其他人一样叫喊着，用鞋跟暴烈地踢着椅子腿。两分钟仇恨会令人可怕的不是你被迫参与其中，恰恰相反的是，你不可避免地会加入其中。不出三十秒，一切伪饰都不必要了。一种夹杂着恐惧与复仇情绪的可怕快意，一种要杀戮、折磨、用大铁锤敲碎别人脸的欲望，似乎像电流一样穿过了整个人群，甚至令人们违背自己的意愿，变成面目狰狞、惊声尖叫的疯子。然而，你所感受到的愤怒是一种那么抽象而盲目的情绪，好像喷灯的火焰一样，可以从一个对象转移到另一个对象。因此，有那么一刻，温斯顿的仇恨完全没有指向戈德斯坦，反而指向老大哥、党以及思想警察；在这种时刻，他的心奔向了屏幕上那个孤独的、备受嘲讽的异端分子，那个在充满谎言的世界里真理与理智的唯一卫士。然而下一刻，他又会跟身边的人一样，关于戈德斯坦的一切对他来说都是正确的。那些时刻，他对老大哥的憎恨变成了崇拜，老大哥的形象越来越高大，变成一个所向披靡、无所畏惧的保护者，岩石般屹立着，对抗来自亚洲的暴徒。而戈德斯坦，尽管孤立无援，连他的存在也不确定，可是他就像一个阴险狡诈的术士，仅仅靠他的话语就可以摧毁文明的架构。

　　有些时候，你甚至可以自由转换仇恨的对象。突然，就像你在噩梦中猛然坐起来一样，温斯顿成功地把他对屏幕上那张脸的仇恨转移到了他身后的那个黑发女孩身上。栩栩如生、美丽动人的幻象在他脑海中闪过：他会用橡胶警棍把她殴打致死；或把她赤身裸体地绑在一根木桩上，然后让她像圣塞巴斯蒂安①那样在乱箭和棍棒下丧生；又或者强暴她，然后在达到高潮的时候割断她的喉咙。而且，他比以往更清楚地意识到他为什么这么恨她。他恨她，因为她年轻、漂亮、不性感，因为他想要与她同床共枕却绝无可能，因为她那婀娜多姿的纤腰似乎邀你用手去搂住，围着它的却是那条令人厌恶的鲜红缎带，那是咄咄逼人的贞节的标志。

仇恨会达到了高潮。戈德斯坦的声音真的变成了羊叫，而且有那么一瞬间他的脸也变成了羊脸。接着那个羊脸又化作一个看起来大步前行的欧亚国战士的形貌，高大、吓人，他的机枪嗒嗒嗒咆哮着，似乎有破幕而出的架势，吓得前排一些人真的在座椅上向后退。但是与此同时，每个人都舒了一口气，如释重负，屏幕上的敌人逐渐消失，转化为老大哥的脸，黑头发、黑胡须，充满力量与异乎寻常的镇定，脸大得几乎占满了整个屏幕。没有人听到老大哥说了什么。那只不过是几句鼓励士气的话，就像是那种在战斗的喧闹声中说的话，没法逐字逐句地听清楚，但说了就能鼓舞士气。而后，老大哥的脸再次渐渐隐去，取而代之的是那用醒目的大写字母书写的党的三条标语：

战争即和平
自由即奴役
无知即力量

但是老大哥的脸似乎还在屏幕中停留了几秒钟，就好像它带给每个人的视觉冲击太强烈了，以至无法即刻消隐。那个浅棕色头

---

① 圣塞巴斯蒂安是三世纪基督教徒，被罗马教皇下令乱箭射穿。罗马教皇得知他未被射死，便下令用棍棒将他打死。

发的小个子女人扑到她前面一排的椅子背上。她哆哆嗦嗦地喃喃自语，听起来像是"我的救星！"她向电屏幕伸出双臂，接着又双手掩面。很明显，她是在祈祷。

这时，全场的人发出了低沉、缓慢、颇有节奏的呼喊："B-B！……B-B！……"——一遍又一遍，非常慢，在第一个B与第二个B之间停顿良久，这个低沉的声音不知道为何听上去有点奇异的野蛮，在这种背景声中，你似乎听到了赤脚的踩踏声与手鼓咚咚的敲打声。他们一直这样喊着，大约持续了三十秒。这是一种当势不可当的情绪来临时常常能够听到的压抑的声音。部分是对老大哥的英明和王权的颂歌，更多的是一种自我催眠，刻意用有节奏的噪音来麻痹自己的意识。温斯顿感到五内俱寒。在两分钟仇恨会中，他不能自已地与其他人一样陷入癫狂，但这种非正常人所能发出的"B-B！……B-B！"的喊叫还是常常让他满怀恐惧。当然，他也跟大家一起高喊，不这么做是不可能的。掩饰你的感情，控制你的表情，别人做什么，你也做什么，这是一种本能的反应。但有那么一两秒钟，他眼中的神色或许泄漏了他的真实情绪。正好就是那一刹那，那件意义非凡的事情发生了——如果它的确发生过的话。

就在那时，他与奥布赖恩四目相对。奥布赖恩已经站了起来，取下了眼镜，正要以他标志性的动作把眼镜重新架到鼻梁上。在他们目光交会的那一瞬间，那件事情发生了，温斯顿知道——对，他知道了！——奥布赖恩也跟他一样在想着同样的事情。他们交换了一个确凿无疑的信息。这就好像他们打开心门，通过眼神传递彼此的思想。"我跟你一样。"奥布赖恩似乎在对他说，"我完全了解你的感受。你的蔑视、你的仇恨、你的厌恶，我通通知道。不过别担心，我站在你这边！"然而那心领神会的片刻瞬间即逝，奥布赖恩的表情也跟其他人的一样高深莫测了。

整个经过就是这样，他已经开始怀疑这一切是否发生过。这种事情绝不可能有任何后续。结果不过是在他心中保持一种信念，或者希望，那就是除了他自己，还有其他人与党为敌。也许，关于庞大的地下阴谋活动的谣言确有其事——也许兄弟会真的存在！尽管那些逮捕、招供与处决没完没了，但要想确定兄弟会不只是个传说，也几乎不可能。有时候他相信，有时候不。并没什么确凿的证据，只是一些转瞬即逝的念头，或许意味着什么，或许毫无意义，无意间听来的只言片语，厕所墙上模糊难辨的涂鸦——甚至两个素不相识的人相遇时手里的小动作看起来都像是打暗号。全都是臆测，很有可能全部都是他想象出来的。他回到自己的办公间，再也没有看奥布赖恩一眼。他根本没有想过对那片刻的交流采取下一步行动。即使他知道怎么进行，那种危险也是完全不可想象的。他们只不过是在一秒或者两秒钟里交换了一下模棱两可的眼神，这个故事到此为止。即便这样，在一个人不得不生活于其中的与世隔绝的孤寂中，那也是意义非凡的事情。

温斯顿直起身，坐了起来。他打了个嗝。杜松子酒从他的胃里泛了起来。

他又定睛看着那张纸。他发现，即便在他无助地陷入沉思的时候，手里也一直在写着，就好像这是一种不由自主的动作。而且笔迹不再是之前那样歪歪斜斜、难以辨认了。他的笔在光滑的纸上龙飞凤舞，用整齐的大写字母书写着：

打倒老大哥

打倒老大哥

打倒老大哥

打倒老大哥
打倒老大哥

一遍又一遍，写满了半页纸。

他禁不住感到一阵恐慌。其实毫无必要，因为写下那些字并不比写日记这个举动危险，但是有那么一刻，他曾想把这几页写了字的纸撕下来，彻底放弃写日记。可他并没有那么做，因为他知道那是徒劳无益的。不管是他写下"打倒老大哥"，还是克制自己不去写，并没有什么分别。他继续写日记，或者干脆停笔，也没有什么分别。思想警察还是会逮住他。他已经犯下了——哪怕他没有用笔在纸上写，他还是犯下了——包含其他一切罪行的基本罪行。他们称之为思想罪。思想罪不是那种可以永远掩盖的东西。或许你可以成功地躲避一时，甚至躲避几年，但是他们一定会抓到你，只是迟早的事。

通常都是在夜里——逮捕行动总是发生在夜里。突然从睡梦中惊醒，粗暴的手摇着你的肩膀，灯光直射你的眼睛，床边围着一圈严肃的脸。绝大多数情况下都没有审判，也没有逮捕报告。人们就这么在夜里消失了。你的名字从登记册上注销了，所有你做过的事情的记录都被删除了，你曾经的存在也被清除了，接着就会被遗忘。你被除掉了、消灭了，通常用的词是"被蒸发了"。

有一刻他陷入了一种歇斯底里的状态。他开始急急忙忙杂乱无章地地写着：

他们会枪毙我我不在乎他们会向我脖子后面开枪我不在乎打倒老大哥他们总是向你脖子后面开枪我不在乎打倒老大哥——

他往椅背上靠了靠，有点儿为自己感到难为情，便放下了笔。接着他又开始狂乱地书写着。这时，外面传来了敲门声。

已经来了！他像只耗子似的坐着一动不动，在徒劳地希望着不论是谁，敲几下就会走开。事实并非如此，敲门声还在继续。最糟糕的就是迟迟不开门。他的心跳得像在打鼓，但他的脸由于长久的习惯，极可能还是面无表情。他站了起来，脚步沉重地向门口走去。

第二章

当温斯顿把手放到门把手上的时候，他看到日记本摊开在桌子上。上面写满了"打倒老大哥"的字样，字体几乎大到隔着房间也能清晰可辨。这简直太愚蠢了。但他意识到，即便在惊慌中，他也不愿意在墨迹未干的时候就合上日记本而弄脏那么乳白的纸。

他吸了一口气，打开了门。顿时全身感到一股暖流，如释重负。门口站着一个面色枯黄、形容憔悴的女人，头发稀疏，满脸皱纹。

"哦，同志，"她以一种凄凉的声音开了口，"我想我听到您进门了。您能不能过来帮我看一看我们厨房的水池？它好像堵住了——"

是帕森斯太太，同一层楼一个邻居的妻子（"太太"这个词在党内是禁止使用的,你应该称呼每个人为"同志",但对一些女人,你仍是本能地称她们"太太")。她年约三十,但看起来比实际年龄老得多。她会令你产生这样一种印象,那便是她脸上的皱纹里都积满了灰尘。温斯顿跟着她向过道另一头走去。这种业余修理工作几乎成了烦扰人的日常例行公事。胜利大厦是栋老公寓,建于一九三〇年左右,现在已经摇摇欲坠了。灰泥不时从墙上和天花板上剥落,霜冻的时候水管都会爆裂,一下雪,屋顶就会漏水,如果供暖系统没有因为节约运动而完全关闭的话,就只开一半的蒸汽。至于修理工作,除非你自己动手,否则就得等着高高在上的委员会批准,他们竟然连修理一扇窗户玻璃这样的事情都要拖两年。

"当然只是因为汤姆不在家。"帕森斯太太嘟哝道。

帕森斯太太的公寓比温斯顿的大,呈现出另一种脏乱的景象。每一样东西都是一副被反复捶打践踏过的样子,就好像这个地方被什么猛兽踩躏了一番。地板上满是体育用品——曲棍球棍、拳击手套、一只爆了的足球、一条汗迹斑斑且向外翻着的短裤——桌子上则是一堆脏碗碟和折角的练习簿。墙上有青年团与侦察队的鲜红旗帜,还有一张老大哥的巨幅宣传画。房间里同整栋大厦一样,弥漫着一股煮卷心菜的气味,但还是掩盖不住一股刺鼻的汗味,那汗味——你一闻便知,虽然说不出为什么——属于这会儿并不在场的某个人的气味。另一个房间里,一个人正拿着一个梳子和一片手纸吹着,想尽力跟上从电屏幕里传来的军乐声。

"那是孩子们,"帕森斯太太说道,有点儿忧虑地朝门口看了看,"他们今天没有出去。当然——"

她有个习惯,便是话说到一半便停顿一下。厨房水池里发绿的脏水快要溢出来了,那气味比卷心菜的气味还难闻。温斯顿跪下来,检查了一下弯管的接合处。他很不愿意动手做这些事情,也很不愿意弯下身子，因为这样做老是引起咳嗽。帕森斯太太无助地看着他。

"当然，如果汤姆在家，他一会儿就能修好。"她说道，"他喜欢干这些事。他的手总是很灵巧的，真的。"

帕森斯是温斯顿在真理部的同事。他长得有点儿胖，是个头脑愚蠢的活跃分子，空有一腔盲目的热情——是那种唯命是从、忠心卖苦力的走卒，党的稳定统治依赖他们更甚于依赖思想警察。三十五岁时，他才恋恋不舍地脱离了青年团，而在升到青年团之前，他想尽办法超龄在少年侦察队里多待了一年。在部里他担任一个不怎么需要智力的低级职位，但另一方面，他是运动协会与其他一切组织集体远足、自发游行、节约运动与义务劳动的委员会的重要人物。他会一边抽着烟斗，一边平静而自豪地告诉你，过去四年每天晚上他都到社区活动中心参加活动。无论他走到哪里，都会带着那股浓烈的汗味，那成了他精力充沛的生活一个无意而为之的佐证，即使他走开，那股气味也会经久不散。

"你有扳手吗？"温斯顿问道，摸着弯管接合处的螺帽。

"扳手，"帕森斯太太说道，瞬间变得瘫软，"我不知道，我不确定。或许孩子们——"

随着一阵靴子踢踏声以及一阵吹梳子的声音，孩子们冲进了起居室。帕森斯太太拿来扳手。温斯顿放掉了脏水，厌恶地拿掉了那团堵住水管的头发。他在自来水龙头下用冷水洗干净手，回到另一个房间。

"举起手来！"一个凶恶的声音叫道。

一个五官英俊却面目凶恶的九岁小男孩从桌子后面跳出来，用一只玩具自动手枪对准他，而旁边大约小他两岁的妹妹也拿着一块木头做着同样的动作。他们都穿着蓝色的短裤、灰色的衬衣，系着红领巾，那是侦察队的制服。温斯顿把手举过头顶，心里闪过一丝不安，那个男孩的表情凶狠得完全不像是在玩游戏。

"你是个叛徒！"那个男孩叫嚷道，"你是个思想犯！你是欧亚国的间谍！我要毙了你，我要蒸发了你，我要送你去盐矿！"

突然，他们开始围着他蹦跳，叫着："叛徒！""思想犯！"那个小女孩的一举一动都在模仿她的哥哥。他们就像那些很快会长成吃人猛兽的小虎崽子一样嬉闹，不知为什么，看起来有点儿令人心悸。那个小男孩的眼里有一种冷漠的残忍，流露出一种相当明显的对温斯顿又踢又打的欲望，觉得自己已经足够大到可以那么做。幸亏他手里握的不是真枪，温斯顿想。

帕森斯太太的目光不安地在温斯顿与孩子们之间游移。在起居室明亮的灯光下，他饶有兴致地发现她脸上的皱纹里面真的有灰尘。

"他们真是太吵了。"她说，"他们很失望，因为不能去看绞刑，就是这样。我太忙了，没有时间带他们去，汤姆也因为工作不能准时回来。"

"为什么我们不能去看绞刑？"那个男孩扯着大嗓门叫嚷道。

"要去看绞刑！要去看绞刑！"那个小女孩叫喊道，依旧在蹦蹦跳跳。

温斯顿想起来了，当晚几个犯了战争罪的欧亚国俘虏将在公园被处以绞刑。这种事情大概一个月发生一次，相当受欢迎。孩子们总是吵着要家长带他们去看。他向帕森斯太太告辞，朝门口走去。但在过道上还没走上六步，他就被什么东西狠狠地砸中了脖子后面，疼痛难忍，感觉就像一根烧红的铁丝刺进了肉里。他转过身去，刚好看到帕森斯太太把她的儿子拖进门去，那孩子正把一个弹弓揣进兜里。

"戈德斯坦！"那个男孩子在房门被关上的时候吼了一嗓子。但让温斯顿更为骇然的是那个女人发灰的脸上的无助与惊恐。

回到公寓后，他快步走过电屏幕，在桌子前重新坐下来，继续揉着脖子。电屏幕里面的音乐声停止了。一个干脆利落的军方声音传了出来，带着种残忍的津津有味，读着一篇关于新式水上浮堡的武器的描述，这个水上浮堡刚刚在冰岛与法罗群岛之间抛锚。

他想，有这样的孩子，那个可怜的女人一定过得提心吊胆。再过一两年，他们就会日日夜夜监视她，以期发现异端思想的征兆。如今，几乎所有的孩子都变得很可怕。最糟糕的是，通过类似侦察队这样的组织，他们都被系统地训练成了放肆的小野人，却不会令他们产生任何反对党的纪律的倾向。恰恰相反，他们崇拜党和与之相关的一切。歌唱、游行、旗帜、远足、手持木枪操练、高喊口号、崇拜老大哥——对他们而言这些都是光荣的趣事。他们的凶残是对外的，指向国家公敌、外国人、叛徒、破坏分子以及思想犯。年逾三十的人都惧怕自己的孩子，这几乎成了常事。这不无理由，因为每个星期《泰晤士报》都会有一段描述某个偷听父母讲话的小密探——一般称作"少年英雄"——如何偷听到父母的一些比较危险的言论，并向思想警察告发他们。

弹弓带来的痛楚已经消退。他心不在焉地拿起笔，想着如何才能找到更多可以写在日记中的事，突然，他又想起了奥布赖恩。

几年前——多久了？一定有七年了——他梦到他正在穿过一个伸手不见五指的房间。一个坐在他旁边的人在他经过时说："我们将在没有黑暗的地方会面。"这话说得很平静，就像是随意说的——是个陈述句，而不是命令。他没有停留，继续前行。奇怪的是那时候，在梦里，这句话并没有给他留下什么印象。只是到了后来，这句话的意义才逐渐显现出来。他现在已经不记得第一次遇到奥布赖恩是在做这个梦之前还是之后，他也不记得什么时候才辨认出这是奥布赖恩的声音。但不管怎样，他的确辨认出来了，那个在黑暗中跟他讲话的就是奥布赖恩。

温斯顿从来没办法确信——即使在今天早晨那个目光交会后，他依然无法确信奥布赖恩是朋友还是敌人。这其实无关紧要。他们之间有一种理解的纽带，比友爱或者党派之谊更加重要。"我们将在没有黑暗的地方会面。"他说道。温斯顿不懂这意味着什么，只知道它会以某种方式变成现实。

电屏幕上的声音停顿了一会儿。凝滞的空气中响起了一阵清脆动听的号声。那声音继续刺耳地响着："注意！请注意！现在插播一份从马拉巴尔海岸前线来的急电。我军在南印度打了一个胜仗。我有权宣布，我们现在播报的胜利将大大推动战争结束的进程。急电如下——"

坏消息来了，温斯顿想。果不其然，接下来是一段关于欧亚国军队被歼灭的血腥场面的描述，报告了被击毙、俘虏的惊人数字，随后是一条通知，从下星期起，巧克力的定量供应从三十克减到二十克。

温斯顿又打了一个嗝。杜松子酒的酒劲儿过去了，留给人一种泄气的感觉。电屏幕——或许为了庆祝胜利，也许为了要盖过人们对巧克力减量供应的印象——雄壮地奏响了《为了你，大洋国》。照理应该立正，但处在他目前的位置，电屏幕是看不见他的。

《为了你，大洋国》让位于轻音乐。温斯顿走向窗户，背对着电屏幕。天气依旧寒冷。远处某个地方，一枚火箭弹爆炸了，沉闷的爆炸声在空中回响着。目前，伦敦每星期要挨二三十枚这样的火箭弹。

下面的街道上，冷风刮起那张已经破损的海报，"英社"两个字时隐时现。英社。英社的神圣原则。新话，双重思想，变幻无常的过去。他觉得自己好像在海底丛林中游荡，迷失在一个可怕的世界里，他自己也是其中一员。他孑然一身。过去已经死去，未来无法想象。他怎么确信一个活人站在他这边呢？他又有什么办法知道党的统治不会持久呢？真理部白色墙面上的三条标语，就像答案一样出现在他眼前：

战争即和平
自由即奴役
无知即力量

他从口袋里掏出一枚二角五分的硬币来。那里以纤小清晰的字体同样刻着这三句口号，硬币的另一面则是老大哥的头像。即使在这枚硬币上，那双眼睛也盯着你不放。硬币上、邮票上、书籍的封面上、旗帜上、海报上、烟盒上——无处不在。那双眼睛总是盯着你，声音也总是在你耳边回响。无论是睡着还是醒着，工作还是吃饭，屋里还是屋外，在洗澡还是在床上——无处躲藏。没有什么东西是你自己的，除了你脑壳里的几立方厘米。

太阳已经西斜，真理部那无数扇窗户没有了阳光的照射，看上去像堡垒上的枪眼一样阴森可怖。在这金字塔般的庞然大物前，他的心里一阵惶恐。它太强大了，它坚不可摧。哪怕是一千枚火箭弹也无法摧毁它。他又开始琢磨这日记到底是为谁而写的。为将来，为过去——为那个子虚乌有的时代。在前面等待他的不是死亡，而是毁灭。日记将会化成灰烬，而他也会被蒸发掉。只有思想警察会读他写的这些，而后把它销毁，从记忆中抹杀。当你自己甚至那片纸上涂抹的一个未知的字都不留一丝痕迹时，你怎么能够向未来疾呼呢?

电屏幕里钟响了十四下。他必须在十分钟内离开。他得在十四点三十分前赶回去工作。

奇怪的是,钟声似乎令他换了另一种心境。他如孤魂野鬼一般,讲述着一个谁也不会理会的事实。但只要他说出来了,那种连贯性就以某种难以言状的方式得以保存了。不是靠被别人听到,而是靠保持清醒,才得以将人类的传统传承下去。他重新坐回桌前,蘸了下笔,写道:

致将来或者致过去,致那个思想自由的时代,致那个求同存异、毫不孤独的时代——致那个真理尚存、历史无法被抹杀的时代:

从一个千篇一律的时代,从一个孤独的时代,从老大哥的时代,从一个双重思想的时代——向您致敬!

他想,他已经死了。对他来说,好像只有现在,在他梳理思绪的时候,他才迈出了决定性的一步。每一个行为的结果都包含于行为本身。他写道:

思想罪并不导致死亡:思想罪就是死亡。

既然现在他意识到自己是个已死之人,尽可能活得长久一些就变得尤为重要。他右手的两根手指沾上了墨水。这种细节非常可能暴露你。部里某个好打听的狂热分子(也许是个女人,就像那个浅棕色头发的女人或者小说司的黑发女孩)可能开始怀疑他为什么在午餐的时候写东西,为什么他用老式的笔,他到底写了些什么——

然后给有关部门一个暗示。他走进浴室,用一块粗糙的深褐色肥皂小心地洗去了墨迹,那种肥皂就像砂纸一样摩擦着皮肤,正好洗净墨迹。

他把日记放回抽屉。想着把它藏起来是毫无意义的,他至少要确信它的存在是否被人发现。在本子里夹一根头发太明显了。他用指尖蘸起一粒依旧可辨的白色尘土放到封皮的角上,如果有人动了这本日记的话,它一定会被抖落。

第三章

温斯顿梦到了他的母亲。

他想,他母亲失踪的时候,他一定是十岁或者十一岁。她身形高挑,体态优美,话不多,动作缓慢,头发漂亮而浓密。关于他的父亲,他的记忆更为模糊,只记得他又黑又瘦,总是一身整洁的深色衣服(温斯顿记得特别清楚的是他父亲的鞋底非常薄),戴一副眼镜。显然,他们两个一定是在五十年代第一场浩大的清洗运动中被吞噬了。

此刻,他的母亲正坐在他下方很深的某个地方,臂弯里是他的妹妹。他完全记不起妹妹了,只记得她是个瘦小虚弱的婴儿,不怎么说话,有一双警觉的大眼睛。她们两个正抬头望着他。她们在地下的某个地方——比如说井底,或者一个很深的墓穴里——那是

个在他下方离他很远且依旧在下沉的地方。她们在一艘沉船的船舱里，正透过逐渐变黑的海水仰望着他。船舱里还有一点儿空气，她们依旧能看到他，他也能看到她们，但她们一直在下沉，沉到那绿色海水的深处，再过一会儿，那海水就会将她们从他的视线中永远带走。他在明亮与空气中，而她们正在被死亡吞噬，她们之所以在下面，是因为他在上面。他知道这一点，她们也知道，而且从她们的脸上看出她们对此了然于心。她们的脸上或者她们的心里并没有责备之意，她们知道她们必须死去，为了让他可以继续活下去，她们也明白这是不可避免的结局。

他不记得发生了什么事，但在梦里他知道，从某种意义上来说，他的母亲与妹妹是为了他而牺牲的。这就是那种梦，它保持着典型的梦境，但人的思维活动依旧进行着，哪怕在人醒来之后，也会觉得梦中发生的事实与想法依然是新颖且有价值的。此刻突然击中温斯顿的是近三十年前他母亲的死，那么悲惨，令人哀痛，而这在如今是不可能的。他认为，悲剧只属于遥远的过去，那个时代依然有隐私、爱情与友谊，那个时代一家人互相支持而不需要知道理由。他对母亲的回忆撕扯着他的心，因为她至死都爱着他，可是他太小太自私而没有以爱来回报，因为不知为什么——他不记得那是怎样发生的了——她为了一种只属于她自己的坚如磐石的忠贞信念而牺牲了自己的生命。他明白，那样的事情现在不会发生了。如今，有的是恐惧、仇恨与痛苦，却没有感情的尊严，没有深沉而复杂的悲痛。所有这些，他好似都从他母亲与妹妹的大眼睛里看到了，她们从那绿色的海水中抬头望着他，已经几百英寻深了，却还在继续下沉。

突然，他站在一块矮矮的柔软的草皮上，那是个夏日的黄昏，余晖将大地染得一片金黄。他看到的这景色如此频繁地出现在他的梦里,以至于他从来拿不准是不是在现实中见到过。醒来后,他称之为黄金乡。那是一片古老的、被兔子啃噬的牧场,一条踩踏出来的小径从中间穿过,到处都是鼹鼠打洞刨出的土堆起的小土丘。在牧场另一边那参差不齐的树篱边,榆树枝在轻风中曼舞,茂密的树叶只是微微颤动,就像女人的头发。近在咫尺的某处,虽然看不见,却有一条清澈的小溪缓缓流淌,鲮鱼在柳树下的池塘里游弋。

那个黑发女孩穿过牧场朝柳树走去。仿佛就在一瞬间,她脱掉了衣服,很不屑地把它们扔到一边。她的胴体白皙嫩滑,却丝毫没有引起他的欲念,说真的,他连看都没看一眼。那一刻,令他钦佩的是她把衣服扔到一旁的那个姿态。就那么优雅地、漫不经心地一扔,好像摧毁了整个文明、整个思想体系,老大哥、党与思想警察好像在这个漂亮的挥手之间化为乌有。这也是属于遥远的过去的姿态。当温斯顿醒来的时候,唇边呓语着"莎士比亚"。

电屏幕传来一阵刺耳的哨声,以同一个调子持续了三十秒钟。时间是七点十五分,是办公室工作人员起床的时间。温斯顿挣扎着起了床——光着身子,因为外党成员每年有三千张布票,而一件睡衣就要六百张——抓起搭在椅子上的一件脏背心与一条短裤。体操在三分钟后开始。下一刻他就因为一阵剧烈的咳嗽而直不起腰了,几乎每天起床后总要这么咳一阵子。这阵咳嗽清空了肺,他不得不回到床上仰面躺下,深深地喘上几口气,才能恢复呼吸。他咳得青筋毕露,静脉曲张性溃疡处又开始痒起来。

"三十到四十岁的组!"一个刺耳的女声尖叫道,"三十到四十岁的组!请你们站好。三十到四十岁的组!"

温斯顿一跃而起,在电屏幕前站好。电屏幕上出现了一个年轻女人的脸,骨瘦如柴却肌肉发达,穿着一身紧身长运动衣与运动鞋。

"屈伸胳膊！"她叫道，"跟我一起做。一、二、三、四！一、二、三、四！同志们，拿出点儿精神！一、二、三、四！一、二、三、四！……"

咳嗽引起的疼痛并没有驱散梦境带给温斯顿的印象，有节奏的体操运动反而有点儿恢复了那个印象。他一边机械地前后伸着胳膊，脸上挂着做体操时被认为适宜的欢愉表情，一边拼命回想他幼年时代模糊的记忆。这简直太难了。五十年代后期之前发生的一切都淡去了。没有任何外部记录可考，甚至连你自己的生活也模糊不清。你记得的那些惊天动地的事情很有可能就没发生过，你记得事情的细节却无法重温当时的氛围，还有大片大片的空白，你却记不起其间发生过什么。所有的事情都变得不同了。甚至国家的名字、地图上它们的形状都变得不同了。譬如，一号机场城，当时并不叫这个名字，当时叫作英格兰或者不列颠，不过伦敦一直叫作伦敦，他对这一点相当有把握。

温斯顿无法清晰地记得他们国家什么时候不在战争状态，但是显然在他童年时代曾有相当长的一段和平时期，因为他早期记忆之一就是一场空袭令人们大吃一惊。或许就是原子弹扔到科尔切斯特那次。关于空袭本身，他并没有印象，但他记得父亲紧紧抓着他的手急急忙忙地向下走，走啊走啊，一直下到地下很深的某个地方，绕过了一圈又一圈的螺旋楼梯，一直走到后来双腿发软，他开始哭闹，他们才停下来休息。而他的母亲依旧缓慢、梦游般远远地在后面跟着，怀抱着他的妹妹——也可能抱着的只是一卷毯子：他不确定当时他的妹妹是否出生了。最后，他们到了一个人声嘈杂、拥挤不堪的地方，他认出那是一个地铁站。

石板地上坐满了人，其他人都紧挨着坐在铁板架床上，一层叠一层。温斯顿和他的父母在地板上找到一块空地坐了下来。有一个老头儿与一个老太太并排坐在他们近旁的一张床架上。老头儿穿着一身相当体面的深色正装,后脑勺上扣着一顶黑布帽,露出一头白发。他满脸通红,蓝色眼睛中蓄满泪水。一阵酒气从他身上散发出来,就好像代替汗水从皮肤中渗透出来一样,不禁令人想到,也许从他眼睛里涌出来的也是纯杜松子酒。虽然他有些醉意,但是你能够感受到他心中真切的无法忍受的悲恸。温斯顿幼小的心灵感觉到,在这个老人家身上一定发生了一件无法原谅、永远无法挽回的事。他也意识到他好像知道发生了什么。老人家一个至亲至爱的人——也许是小孙女——被炸死了。每隔几分钟老人家就重复着:"我们不应该相信他们的。我不是这么说的吗,孩子他妈?这就是相信他们的下场。我早说了,我们不该相信那些狗娘养的。"

可是他们不该相信的那些"狗娘养的"到底是谁,温斯顿现在无法记起来了。

大约从那时起,战火绵延不绝,不过严格说来,并不是同一场战争。在他的孩童时期,伦敦发生过乱打乱杀的巷战,持续了几个月之久,有些巷战他还记得非常清楚。但是想要弄清楚整个时期的历史,或者说出某个具体时间谁跟谁在交战,则是完全不可能的。因为除了现在那个同盟国之外,以前大洋国与其他任何一个国家的关系都没有记载:没有书面的记录,也没有人会在谈话中提起。就好比当下——一九八四年(如果是一九八四年的话),大洋国正与欧亚国交战,与东亚国结盟。但是不论在公开场合还是私下交谈中,都没有人承认过着三国曾经有过其他各种结盟关系。实际上,温斯顿非常清楚,就在四年前,大洋国与东亚国交战,而与欧亚国结盟。但这些只是因为他的记忆超出控制而得以保留下来的一丁点儿不可告人的隐私罢了。就官方而言,大洋国从来没有更换过盟友。大洋国正在同欧亚国交战,那么它就一直在同欧亚国敌对。现在的敌人代表着绝对的邪恶,所以,无论是在过去还是在未来,大洋国都绝不可能跟邪恶势力达成什么协议。

令人不寒而栗的是——当他努力将肩膀往后仰(手撑在臀部上,腰部以上做着扭转运动,据说这对背部肌肉有好处)的时候,不止千万次地想到——令人不寒而栗的是,这可能全是真的。如果党能够插手干预过去的历史,说这件事或者那件事从未发生过,那就真的比单纯的严刑拷打或死亡更加可怕。

党说大洋国从未同欧亚国结过盟。他,温斯顿·史密斯,知道大洋国在短短的四年前就与欧亚国结过盟。但是这种认知存在于何处?只是存在于他自己的意识之中,而且很快就会被消灭。如果其他人都接受党强加的谎言——如果所有的记录都如出一辙——那么这个谎言就会被载入历史,成为真相。党的口号如是说:"谁控制过去,谁就控制未来;谁控制现在,谁就控制过去。"然而过去从未被改变过,虽然究其本质来说是可变的。任何现在真实的事情,就会永远都是真实的。就这么简单。所需要的只是一而再再而三、永不停歇地战胜你自己的记忆。他们称之为"现实控制",用新话来说就是"双重思想"。

"稍息!"女教练喊道,口气稍稍温和了些。

温斯顿把胳膊垂在身旁,慢慢地吸了一口气。他的思绪滑向了双重思想的迷幻世界:知与不知;明知全盘真相却说着精心编造的谎言;同时持有两种相抵触的观点,明知它们相互排斥却要二者皆信;用逻辑来推翻逻辑;一面拥护道德,一面又在批判道德;相信民主是绝无可能的,却又相信党是民主的捍卫者;忘记任何必须被忘记的,却在需要的时候又让它们重回记忆,然后迅速再次遗忘;而更重要的是,对于过程本身也要如法处理。真可谓绝妙:有意识地诱导自己进入无意识,然后变得对自己刚实施的催眠行为浑然不知。甚至理解"双重思想"也得用到双重思想。

女教练又叫他们立正了。"现在看谁的手指能够碰到脚趾！"她激动地说，"请把上身往下弯，同志们。一、二！一、二！……"

温斯顿最恨这一节体操，因为这会带来一阵刺痛，从脚跟一直疼到屁股，随后常常以又一次咳嗽结束。他从沉思中得到的那一点点乐趣也消失殆尽。"过去，"他想，"岂止是被篡改，实际上是被毁灭了。"因为，如果除了你自己的记忆之外不存在任何记录，你又如何能够确定哪怕是最显而易见的事实呢？他试图回忆起从哪一年他第一次听人提到老大哥。他想应该是在六十年代的某个时候吧，但是这根本不可能被确定。当然，在党史中，老大哥从革命之初就一直是领导人与捍卫者。他建功立业的时间被逐步回溯，一直回溯到三四十年代那个充满传奇的时代，那时候戴着奇形怪状的高筒礼帽的资本家们，或是坐在铮亮的大汽车里，或是坐在带玻璃窗的马车里，驶过伦敦街头。无从知道这种传奇中多少是真实的，多少又是杜撰的。温斯顿甚至记不起来党是什么时候成立的。他不相信自己在一九六〇前听说过"英社"这个词，但有可能它以其旧话中的形式——也就是"英国社会主义"——早就流行了。一切都陷入迷雾之中。有时候，实际上，你能够辨出什么是明显的谎言。譬如，党史中声称，飞机是党发明的，这就是谎言。他记得早在童年时期就见过飞机了。但是你没有办法证明。没有任何证据。他这一生只有一次掌握了党篡改历史的确凿无疑的文档证据，而那一次——

"史密斯！"那个泼妇般的尖叫声从电屏幕里传来，"6079号温斯顿·史密斯！是的，就是你！再弯得低一些。你可以做得更好些。你没有尽力。再低一些！这样好多了，同志。现在全队稍息，看着我。"

温斯顿突然冒出一身热汗。他的面部表情依旧完全神秘莫测。绝不要显现出沮丧！绝不要显现出不满！眼光一闪就会出卖你自己。他站在那里，看着女教练双手高举过头顶——说不上姿态优美，但是非常干脆利落——再弯下身，把手指的第一个关节垫到脚下。

"好啦，同志们！这就是我要看到你们做的。再看一遍。我三十九岁了，生过四个孩子。喏，你们瞧，"她又弯下身，"你们看到我的膝盖没有弯。如果你们想做的话，你们就能做到。"她直起身子，接着说，"四十五岁以下的人都能碰到他的脚趾。我们不是每个人都能有幸上前线作战，可是至少做到保持身体健康。记住我们在马拉巴尔前线的那些小伙子！那些在水上浮堡的士兵！只是想想他们所要经受的。现在再来一次！好多了，同志，好多了！"看到温斯顿猛地弯下身，膝盖直立，手终于碰到了脚趾，她鼓励地说。这是他多年来第一次做到这样。

第四章

温斯顿不由自主地长叹了一口气，即使那么靠近电屏幕，也无法阻止他在每天开始工作的时候叹这口气。他将述录器拉到面前，吹去话筒上的灰尘，戴上眼镜。接着，他把从办公桌上右手边的气力传输管里送来的四小卷纸展开并夹在一起。

格子间的墙上有三个传送口。述录器右边的那个小口是传送书面指示的；左边较大的那个是传送报纸的；侧墙上触手可及的长方形大口子上罩着铁丝网，这是专门处理废纸的。大厦里有成千上万个这样的口，不但每个房间里有，每条走廊上相隔不远就有一个。由于某种原因，这种口子被戏称为记忆洞。只要谁知道某个文件应被销毁，甚或是看到地上有一张废纸，就会顺手揭开近旁记忆洞的盖子，将文件或废纸扔进去。它们会很快被管道内传来的一股暖流卷走，带到隐藏在大厦某处的巨型锅炉里。

温斯顿看了一下刚打开的那四张字条。每张字条上都只有一两行指示，用供内部使用的行话缩写——不完全是新话，但包含大量新话的词语。这些指示如下：

　　泰晤士报 17.3.84 老大演讲误报非洲核正

　　泰晤士报 19.12.83 预测三年计划83年四季度误印核正现报

　　泰晤士报 14.2.84 富部误报巧克力配额核正

　　泰晤士报 3.12.83 报道老大当日指示双加不好提到非人重写全部存档前提交

温斯顿怀有一种轻微的满足感，把第四项指示放在一旁。这是一项复杂且责任重大的工作，最好放到最后处理。其他三项都是常规的事务，其中第二项可能意味着枯燥乏味地查阅一大串数字。

温斯顿在电屏幕上拨了"过期报刊"的号码，要了几期相关的《泰晤士报》。几分钟后，气力传输管就把他需要的资料传了过来。他刚接到的指示提到某些文章与新闻，出于这样或那样的原因，它们必须被修改，或者用官方的话来说，被核正。譬如，三月十七日的《泰晤士报》报道，老大哥在前一日的讲话中预言南印度阵线仍将平安无事，但是欧亚国会在短期内向北非发动进攻。结果后来局势刚好相反——欧亚国的最高统帅在南印度发起进攻，却没有对北非采取任何行动。因此必须重写老大哥讲话中的那一段，以使他的预言与实际发生的事情相符。又譬如，第二项。十二月十九日的《泰晤士报》上刊登了一九八三年第四季度——也是第九个三年计划的第六个季度——各种消费品产量的官方预测。今天的报纸刊登了实际产量，相较之下，先前的预测每一项都错得离谱。温斯顿的工作就是核正原始数据以使它们与后来的一致。至于第三条指示，提到了一个极其简单的错误，可以在两分钟内改好。二月份，富部曾对大众许诺（官方用语是"明确保证"），一九八四年内不会降低巧克力的配额。实际上，就如温斯顿所知，从本星期末开始，巧克力配额就将从原先的三十克降至二十克。他所需要做的只是将原来的许诺替换为一则警告，提醒大家很可能需要在四月的某个时候降低巧克力配额。

温斯顿每处理完一项指示，就把述录器记下的更正与相应的《泰晤士报》别在一起送进气力传输管。然后，他用尽可能像是出于无意识的动作，将原有的指示与他自己做的笔记一起丢进记忆洞，让火将其化为灰烬。

这些气力传输管通向的那个看不见的迷宫里究竟发生着什么，他不知详情，只了解大概。不论哪一期的《泰晤士报》，凡是需要的所有核正备齐之后，那一期的报纸就会被重印，原始文件会被销毁，更正后的报纸则被存档。这种持续修订的程式不仅适用于报纸，也适用于书籍、期刊、宣传册、海报、传单、电影、录音带、漫画、照片——任何可以想象到的可能具有政治或意识形态影响力的印刷品或文献。日复一日，分分秒秒，过去都被改得与现在一致。如此一来，党的每一个预言都有文献证明是正确的，凡是与目前需要相抵触的，不论是新闻或是发表的意见，都不允许有任何记录。所有的历史是一个可以被多次重写的本子，只要有需要，就可以随时擦干净，重写一遍。一旦这种行为完成，无论如何都不可能证明伪造历史的事情发生过。记录司里最大的一个部门——比温斯顿工作的部门庞大许多——的工作人员的主要职责就是追查并收回所有不合时宜而须销毁的书籍、报纸以及其他文件。相当数量的《泰晤士报》，或许由于政治结盟的变更，或许因为老大哥做出的错误预言，被重写了十几遍，却仍以原来的日期存档，也不存在其他与之相抵触的副本。同样，书籍也被一而再再而三地召回、重写，重新发行时无一例外地不会承认做过任何修改。甚至温斯顿收到并在处理后即刻销毁的那些书面指示，也不曾明言也不会暗示要进行伪造行为，提到的总是笔误、错误、误印或错误引用，为准确起见，需要对其进行更正。

不过，实际上这甚至都算不上伪造，他一边核正富部的数字，一边这样想。这不过是用一句胡话替代另一句胡话罢了。你处理的大部分材料，都跟现实世界毫无关联，甚至连赤裸裸的谎言与现实世界的那种关联都没有。统计数字无论是修改前的还是修改后的，都是凭空捏造的。大多数时候，那些数字要靠你捏造出来。譬如，富部预计本季度靴子产量为一亿四千五百万双。而富部给出的实际产出数字则是六千两百万双。但是温斯顿核正预测数字时，将其改为五千七百万双，这样就能够跟往常一样声称超额完成了任务。实际上，六千两百万并不比五千七百万或者一亿四千五百万更接近真实情况。因为很可能根本连一双鞋子都没有生产出来。更可能的情况是，没有人知道究竟生产了多少双，更没有人在意。你只是知道一点，每个季度报纸上总会产生天文数字的靴子，然而也许大洋国里有将近半数的人都打着赤脚。每种记录下来的事实都如出一辙，不论是大是小。所有的事情都消隐到一个影子世界中，最后连年份与日期也变得不确定了。

温斯顿扫了一眼大厅。正对面的格子间里，一个长相谨慎、下巴黧黑的小个子男人正在不紧不慢地忙碌着，膝头放着一卷报纸，嘴巴靠近述录器的话筒。这个人叫蒂洛森。他那副神情像是避免让别人听到他对着电屏幕说的那些话语。他抬起头，眼镜向温斯顿的方向充满敌意地闪了一下。

温斯顿对蒂洛森知之甚少，也不知道他到底在做什么样的工作。记录司的工作人员都不愿意同人提起他们的工作。在这个长长的没有窗户的大厅里，有并排的两列格子间，无休无止的只有纸张的窸窣声，以及对着述录器讲话的嗡嗡声。厅里有十多个人，温斯顿连他们的姓名都不知晓，虽然他每天看到他们在走廊里急匆匆地来去，或者在两分钟仇恨会的时段里挥舞手臂。他知道在他隔壁的那个格子间里，那个浅棕色头发的小个子女人一天到晚忙个不停，做的只是在报纸上查找并删掉那些已经被蒸发掉因而也就被认为从未存在过的人的名字。由她来做这样的工作可以说正合适，因为她的丈夫两年前也被这样蒸发掉了。再过去几个格子间，有个性情温顺、窝窝囊囊、神思恍惚的家伙，名叫安普尔福思，耳朵上长着浓密的汗毛，在诗词韵律上极具天分，他的工作就是把文集中那些在思想意识方面存在有碍之处但由于这样或那样的原因而须保留的诗歌进行篡改——他们称之为定稿本。这个大厅里大约有五十个工作人员，只是庞大复杂的记录司这个有机体的一个子集、一个细胞。此外，上上下下还有许许多多的工作人员从事着各种各样无法想象的工作。还有那些巨大的印刷间，配有专门的编辑和排版专家，以及设备精良用以伪造照片的暗房。电视节目组则有专门的工程师、制片人,以及专门遴选出颇具声音模仿能力的演员。另外还有大批大批的检索人员,他们的工作只是列出那些应当被召回的书籍与期刊的清单。大厦里还有庞大的存档室用以存放核正后的文件,以及那些藏在角落里用来销毁原件的焚烧炉。还有一些匿名的不知所踪的地方,有一些头脑,他们负责统筹所有的工作,制定大政方针,以决定过去的哪些片断应该被保留,哪些需要篡改,哪些则需要完全抹杀。

归根结底,记录司只是真理部诸多部门中的一个,而真理部的主要任务不是重建过去,而是给大洋国的公民提供报纸、电影、教科书、电屏幕节目、戏剧、小说——任何可以想象到的信息、教育或者娱乐,从雕像到口号,从抒情诗到生物学论文,从学童识字书到新话词典。真理部不仅要满足党形形色色的需要,还要在较低层次重复整个运作过程以满足无产阶级的需要。真理部另设了一系列的司专门负责无产阶级的文学、音乐、戏剧以及一般的娱乐。这些机构出版发行那些除了体育运动、犯罪凶杀、天文星相之外几乎没有其他内容的无聊小报,以及耸人听闻的廉价中篇小说、色情电影,还有靡靡之音,这种歌曲完全由一种叫作谱曲器的特制机器用机械的方法谱出。甚至有整整一个科——新话称之为"色情科"——专门负责生产极端低级的色情电影,密封发出,除了直接相关的工作人员,任何党员一律不得窥视。

温斯顿工作的时候,又有三项指示从气力传输管送来,不过这三项指示都很简单,在两分钟仇恨会之前他就全都处理完毕了。仇恨会结束后,他回到自己的小格子间,从书架上取下新话词典,把述录器推到一旁,擦一擦眼镜,开始专心于他今天上午最主要的工作。

他生活中最大的乐趣就是工作。虽然大部分都是单调枯燥的例行公事，但是其中也有一些困难复杂的工作，一旦投入，就会忘记自己身处何方，就像沉浸在难解的数学问题中一样——那些细致精妙的伪造工作便是如此，除了你对英社原则的了解以及你对党希望你说什么的估计，没有任何指南。温斯顿做这一类工作得心应手。有时候他甚至被要求核正《泰晤士报》上全部用新话写就的社论。他翻开了之前放到旁边的那项指示。上面是：

泰晤士报 3.12.83 老大当日指示双加不好提到非人重写全部存档前上交

用旧话（也就是标准英语）这项指示应该做如下解读：

一九八三年十二月三日《泰晤士报》对老大哥指示的报道极为不当，提到了根本就不存在的人。此文全部重写，存档前先呈草稿予上级审查。

温斯顿通读了这篇极其不当的报道。当日老大哥的指示似乎主要是表彰一个叫作FFCC的组织的工作，该组织为水上浮堡的士兵提供香烟和其他物品。老大哥那天特别表扬了一位名叫威瑟斯的核心党高级党员，还授予他二等特殊荣誉勋章。

三个月后，FFCC突然解散，原因不明。可以推断，威瑟斯和他的那些同事都失宠了，但是报纸和电屏幕上都未对此做出任何说明。这也在意料之中，因为政治犯一般不会被审判，一般也不会被公开批斗。在牵涉成千上万人的大清洗运动中，公开审判叛国贼和思想犯，让他们摇尾乞怜地承认自己犯下的罪行后被处决，是大概两年才会有一次的特意的公开示众。不过比较常见的情况是，那些失宠于党的人就这么从世间消失，再也不被提起。谁也无从得知他们到底落得什么下场。有些人可能并没有死。温斯顿认识的人之中，不包括他的父母，就有三十多个人先后失踪了。

温斯顿用一个回形夹轻轻擦着鼻子。在他正对面的那个格子间里，蒂洛森仍然凑在述录器的话筒前，一副神神秘秘的样子。他把头抬起一会儿，眼镜片再次闪出了敌意的光。温斯顿猜测蒂洛森是不是做着跟他一样的工作。这是完全可能的。这么棘手的工作从来不会只让一个人负责。另一方面，把这种工作交给一个委员会来做，就是公开承认伪造行为。很可能现在有十几个人都在修订老大哥实际说过的话。核心党内的某位高参从中挑选出一份，对其进行重新编辑，再进入一个复杂但必要的交叉核对的程序，而后那则被选定的谎言就会被载入史册，成为真理。

温斯顿不清楚威瑟斯为什么失宠。也许因为贪污，或者能力不足。也许老大哥只不过除掉了一个深得民心的下属。也许威瑟斯自己或者他亲近的某个人持有异端思想。也许——也是最有可能的——事情之所以发生，只不过是因为清洗与蒸发是政府运作机制中必要的组成部分。唯一真正的线索在于"提到非人"，这意味着威瑟斯已经死了。并不是所有被逮捕的人都会变成"非人"。有时候这些人会被释放，自由生活一两年，然后被处决。非常罕见的情况是，有些你以为早就死掉的人会突然在公开审判场合像鬼魂一样露面，他的证词导致好几百人受株连，然后再次消失，这次是永远的消失了。而威瑟斯已经是"非人"了。他不存在，从来都没有存在过。温斯顿意识到，现在只是改变老大哥的发言倾向是不够的，最好是在他的讲话内容中加入一些与原来话题毫不相干的事情。

他可以将讲话的内容改成通常那种对叛国贼和思想犯的严厉

谴责，但是那样做就太明显了，而捏造前线的一次胜利或者第九个三年计划超额生产的胜利，有可能会使纪录变得太复杂。需要的不过是一个纯粹的异想天开。突然，一个叫奥吉尔维同志的形象跃入温斯顿的脑海，就像是早就勾画好的一样，他在最近的一次战斗中英勇牺牲。有时候老大哥的当日指示是纪念某个地位低下的普通党员，因为那个人的生与死是值得别人效仿的。今天他应该纪念奥吉尔维同志的死。是的，根本就不存在奥吉尔维同志这个人，但是只要印上几行字，加上几张伪造的照片，他就即刻存在了。

温斯顿想了一会儿，然后将述录器拉到面前，开始用老大哥惯用的腔调口授起来。这个腔调带有鲜明的军人特色，又有些学究气，况且，因为他习惯先提出疑问，然后很快给出答案（"同志们，我们能够从这件事中汲取什么教训呢？教训——也同时是英社的基本原则之一——就是……"等等），所以模仿起来比较容易。

奥吉尔维同志在三岁的时候，除了一面鼓、一挺轻机枪和一架直升机模型外，对其他的玩具全都没有兴趣。六岁的时候——比通常早了一年，因为对他特别放宽规定——参加了少年侦察队。九岁的时候就担任了队长。十一岁，他偷听到叔叔的谈话，觉得叔叔有犯罪的倾向，于是向思想警察告发了叔叔。十七岁，他成为青年反性同盟的区队长。十九岁，他设计了一种手榴弹，被和平部采用，在首次试验的时候一下子就炸死了三十一个欧亚国战俘。二十三岁，他在一次行动中牺牲。他当时携带重要文件在印度洋上空飞行，遭到敌人的喷气式飞机追击，他将机枪绑在身上以增加重量，然后跃出直升机，与重要文件一起沉入海底——这一结局，老大哥说，想起来不禁令人心生羡慕。老大哥还特意补充了几句关于奥吉尔维同志这一生的纯洁思想与对党和国家的忠诚。他这一生烟酒不沾，除了每天在健身房锻炼的一小时之外，没有其他任何消遣。他立誓过独身生活，因为他坚信，婚姻生活与照顾家庭同一天二十四小时尽职尽责全心奉公是不能兼容的。他口中所言都是有关英社信条的话题，除了击败欧亚国的敌人，搜捕间谍、破坏分子、思想犯、叛国贼之外，他没有别的人生目标。

温斯顿心中思考良久，考虑要不要给奥吉尔维同志授予特殊荣誉勋章，最后还是决定不授予他，因为这样一来势必会增加各种不必要的反复核正。

他又扫了一眼对面格子间里的那个对手。似乎有什么东西告诉他，蒂洛森此刻也正忙碌于同样的工作。虽然没有办法知道谁的版本最终会被采用，不过温斯顿坚信肯定会是自己那一版。一个小时之前，奥吉维同志还不存在于这个世间，现在已经变成了事实。这可真是一件奇事，他想，你能够随意创造死人，却不能创造活人。奥吉维同志，现实中根本不曾存在过，现在却存在于过去，一旦伪造行为被后人遗忘，他就会像查理曼大帝与恺撒大帝那样真实地存在于历史中，而且有同样的证据证实他的存在。

第五章

食堂在地下很深处，天花板非常低，吃午饭的队伍缓慢地挪动着。屋子里已经挤得满满的，人声嘈杂。柜台栅栏后面炖菜的蒸汽一直往外往上冒，带着一种充满铁腥气的酸味，不过依然无法掩盖胜利牌杜松子酒的气味。屋子里的另一头有个小酒吧,其实就是墙上挖的一个小洞,花上一角钱能够在那里买到一大口杜松子酒。

"正是我要找的人!"温斯顿背后传来了一个声音。

他转过身去。是他的朋友塞姆,在研究司工作。也许"朋友"这个词并不恰当。现今没有朋友,只有同志。但是与某些同志相处还是比跟其他同志相处来得愉悦些。塞姆是个语言学家,新话专家。实际上,他是目前一大批正在编辑第十一版新话词典的语言学家之一。他个子矮小,比温斯顿还矮小,一头黑发,眼睛大且凸出,带着悲伤与嘲弄的神色,当他跟你说话时,他的眼睛似乎在探究你的面部表情。

"我想问你弄没弄到剃须刀片。"塞姆说。

"一片也没有!"温斯顿有些心虚,急忙地说,"我到处都找了,都用完了。"

每个人都找你要剃须刀片。其实,他还有两片攒起来没用过的刀片。在过去的几个月里,刀片稀缺。任何时候,党营商店里总会有某种必需品无法供应。有时是纽扣,有时是羊毛线,有时是鞋带,现在则是剃须刀片。你只能偷偷摸摸地去"自由市场"弄一些来。

"我的这片已经用了六个星期。"他很心虚地补充了一句。

队伍向前挪了一点儿。再停下来的时候,他转过身来再次面对塞姆。他们两人都从柜台末端那摞油腻腻的金属托盘中取了一只。

"昨天你去看绞死战俘了吗?"塞姆问。

"我那时在工作。"温斯顿有些冷淡地说,"我觉得可以从电影中看到。"

"那可差太远了。"塞姆说。

他那嘲弄的眼神在温斯顿的脸上扫来扫去。"我清楚你，"他那双眼睛似乎在说，"我看穿你了。我非常清楚你为什么不去看绞死战俘。"从思维上说，塞姆的思想正统到了恶毒的地步。他会以一种令人厌恶的幸灾乐祸的满足感谈论直升机对敌方村庄的袭击、思想犯的审判与招供、仁爱部地下室的处决。在跟他谈话时，大多数时候你只能想办法把他从这些话题上岔开，可能的话，用有关新话的技术细节缠住他，他在这方面是权威，也算讲得有趣。温斯顿稍稍扭转头，避开他那双黑色大眼睛的审视。

"昨天的绞刑还算利落，"塞姆一边回忆一边说，"不过他们把犯人的脚捆起来了，这一点美中不足。我本来就想看他们双脚乱踢。尤其是在最后，他们的舌头伸出来，颜色发青——青得发亮。我喜欢看这样的细节。"

"下一个！"身穿白围裙的无产者举着长柄勺高声叫道。

温斯顿和塞姆将他们的托盘放到栅栏下。一份定量午餐利落地放到了他们的托盘里：一小金属盘暗红发灰的炖菜、一大块面包、一块奶酪、一杯无奶的胜利牌咖啡、一片糖精。

"那边有一张空桌子，在电屏幕下面，"塞姆说，"我们可以顺路买杯杜松子酒。"

盛酒的杯子是瓷的，没有把儿。他们穿过攒动的人头，把托盘放在金属面的桌子上，桌子的一角有一摊洒出的炖菜，黏糊糊的，好像是谁的呕吐物。温斯顿端起酒杯，顿一顿，硬着头皮一口气将那杯混着油味的酒灌进喉咙。当他眨着眼睛让泪水流出来之后，他霎时觉得饿了。他开始一匙一匙地吞下炖菜，除了稀溜溜的东西之外，菜里还有一些软塌塌的淡红色的小块，大概是某种肉制品。他们没有再开口交谈，安静地吃完了盘子里的东西。在温斯顿左边身后不远的地方，有人在快速不停地说着什么，声音粗嘎，就像鸭子叫，在一片嘈杂的人声中特别刺耳。

"词典进行得怎样了？"温斯顿提高音量试图盖过喧哗声。

"太慢了，"塞姆说，"我现在做形容词这部分。非常有意思。"

只要提到新话，他立刻眉飞色舞起来。他将小盘子一把推开，一只细长的手拿起面包，另一只捏着干酪，为了避免大声喊叫，他只好身体前倾，俯在桌面上跟温斯顿说话。

"第十一版是最终定稿。"他说，"我们的工作就是决定语言的最终形式——也就是大家交谈时只使用这种形式。等到我们的工作完成后，像你这样的人就得从头开始学习。我敢说，你肯定以为我们主要的工作就是在创造词汇。完全错了！我们在消灭词汇——成百上千个地消灭，每天都在消灭。我们要把语言剔得只剩下骨架。第十一版中收录的词，没有一个会在二〇五〇年之前过时的。"

他大口啃着面包，连着咽下几口后，又以一种学究式的狂热继续说。他那张瘦削黧黑的脸骤然焕发出光彩，眼中嘲弄的神色也敛去，只剩下如痴如醉的神情。

"消灭多余的词汇，是件相当美妙的事情。当然，文字中最大的浪费当属动词和形容词，可也有几百个名词是可以删去的。不仅同义词可以省略，反义词也可以省略。说实在的，既然一个词仅仅是其他词的反面，那么它又有什么理由存在呢？以'好'为例。如果有了'好'这个词，还有什么必要有'坏'这个词呢？'不好'就行了——还更好些，因为这才是'好'的反面。又例如，你想表达比'好'的程度更强的词，有什么理由让那些一连串诸如'精彩''一流'之类含糊不清的词呢？'加好'就能涵盖这个意义了，如果要强调更深程度，就用'双加好'。是的，这些形式我们目前已经开始使用，不过等到最终版确定的时候，这就成为唯一的形式了。到最后，所有关于好与坏的概念都能用六个词来表达——实际上，只有一个词。温斯顿，你难道不觉得这很绝妙吗？当然，这是老大哥首创的。"他想了想又补充道。

温斯顿听到"老大哥"，脸上立刻闪过一种不是很热切的神情。但是塞姆依旧立刻察觉他的热情程度不够。

"温斯顿，你还没有真正领略到新话的妙处，"塞姆几近悲哀地说，"哪怕你写出的是新话，可是你脑中依旧在用旧话思考。我有时候读到一些你在《泰晤士报》上发表的文章，写得很不错，不过我觉得它们只是翻译。你的内心依旧偏向用意模糊、词义细微的旧话。你没领会到消灭词汇的好处。你难道不知道新话是世界上唯一的词汇逐年减少的语言吗？"

温斯顿当然清楚这一点。他笑了，希望那是一种表示赞同的笑，由于拿不准而不敢接腔。塞姆又咬了一口深色的面包，嚼了嚼，继续说：

"难道你没想到，新话的最终目的是要缩小思想的范围？到最后我们将使犯思想罪变得不可能，因为没有词汇来表达。凡是有必要的概念，都只能由一个词精确地表达出来，这个词的意义有严格限定，其他任何附会的含义都会被消除、遗忘。在第十一版中，我们距离这个目标已经不远了。但是这一过程会在你我死后长期进行下去。词汇逐年减少，我们意识的活动范围也越来越小。当然，即便现在，我们也没有任何理由或借口犯思想罪。这只是个自律与现实控制的问题。不过到最后，即便是这个过程，也都用不着了。语言完善之时，革命也就完成了。新话即英社，英社即新话。"他带着近乎神秘的满足感补充道，"温斯顿，你有没有想过，到二〇五〇年，最迟到那个时候，这世界没有一个活着的人能够听懂我们今天的这番交谈？"

"除了……"温斯顿有些迟疑地开了头,但是随即打住了。

"除了无产者"这句话溜到了他的嘴边,但是他克制住了,因为对于这句话是否存在异端邪说的成分他没有完全的把握。不过塞姆已经猜到他想要说什么。

"无产者可不是人。"塞姆毫不避讳地说,"到二〇五〇年,也许要更早一点儿,所有关于旧话的知识全都不存在了。过去的文学将会灰飞烟灭。乔叟、莎士比亚、弥尔顿、拜伦——他们只存在于新话的版本中,不但被改成了不同的东西,而且被改成了同原来意义相反的东西。甚至党的文献也得跟着改。甚至标语也要改。自由的概念已经被消灭了,你怎么还能有'自由即奴役'这样的标语?届时整个思想氛围将截然不同。实际上,到那时根本就不会有我们现在所理解的那种思想。正统意味着不去想——无须去想。正统就是无意识。"

总有一天,塞姆将会蒸发,温斯顿突然想到并且对此深信不疑。他太聪明了,看得太透彻,说话又太直接。党不喜欢这样的人。总有一天他会消失。他的命运已经清楚地刻在他的脸上。

温斯顿吃完了面包和干酪。他坐在椅子上,略为侧过身去喝咖啡。左边桌子旁那个嗓音粗嘎的家伙依旧在喋喋不休。背对着温斯顿的是一个年轻女人,大概是那个家伙的秘书,不管那个家伙说什么,她都衷心表示赞同。温斯顿不时听到一两句这样的话:"我觉得您说得太对了,我完全赞同。"是个年轻又透着些愚蠢的女声。但那个粗嘎的声音从来没有停止过,即便她插话的时候,他也是絮叨个不停。温斯顿认出了他,他是小说司的一个人物,颇有些地位,温斯顿所了解的也只有这些。这个人三十来岁,喉结凸出,一张大嘴巧舌如簧。他微微仰着头,因为坐的角度,他的眼镜有些反光,温斯顿只能看到两片空白的小玻璃圆盘,而不是眼睛。使人感觉有些可怕的是,虽然他一直滔滔不绝，但是几乎连一个字都没法令人听清楚。温斯顿只听到一个片断："彻底完全消灭戈德斯坦主义……"这话说得飞快，急匆匆的，就像一行铸造的铅字。其余那些只不过是絮絮叨叨的噪声。虽然那家伙说的话根本都听不真切，但是毋庸置疑，你毫无疑问地了解他所说的大概。他可能在对戈德斯坦大加挞伐，可能说要对思想犯和破坏分子采取更加严酷的手段，可能在历数欧亚国军队种种令人发指的暴行，可能在歌颂老大哥或者马拉巴尔前线的英雄。不论他说的究竟是什么，你都能肯定，每一个词都是绝对正统的、绝对英社的。温斯顿看着那张没有眼睛的脸上只有一张嘴在不停地开合，心中涌起异样的感觉，好像眼前不是一个真实的人，而是一个假人。不是那个人的大脑，而是他的喉头在控制着声音。所发出来的声音虽然由一个个文字组成，但算不上真正的言语，只是无意识状态下发出来的噪声，如同鸭叫。

塞姆顿了一会儿，拿着汤匙在桌角那摊糊糊中无意识地划来划去。隔壁桌子旁那个家伙依旧在飞快地叫嚷着，虽然周围一片喧哗，但他的声音依然清晰可辨。

"新话中有一个词，"塞姆说，"我不知道你是否清楚，叫作'鸭话'，就是说话像鸭子叫。这个词很有意思，包含两种相反的意义。用在你反对的人身上，就是骂人的话；用在同你看法一致的人身上，就变作称赞了。"

毋庸置疑，塞姆终将会被蒸发掉，这个念头再一次从温斯顿脑海中冒出来。他心中依旧有些哀伤，虽然他很清楚塞姆看不起他，有些不太喜欢他，如果塞姆找到什么证据，肯定会毫不犹豫地揭发他是思想犯。塞姆这个人有些不大对劲儿。究竟哪里不对劲儿，又不太好说。塞姆缺少一些东西：审慎、超脱以及藏拙。你绝不能认为他思想有问题。他对英社的原则深信不疑，发自内心地尊崇老大哥，他对胜利欣喜若狂，仇视异端，不仅仅是真心实意，而且带着一种无法按捺的热情，对所有事态都一清二楚，一般党员都做不到这样。但是，他依旧给人一种不太可靠的感觉。他总说一些不合时宜的话，读书太多，竟然还是栗树咖啡馆的常客，那是画家与音乐家惯常胡混的场所。不论是明文规定还是暗里限制，并没有任何法律规定你不能去那里，但是那个地方确实是不祥之地。那些名誉扫地的党的前领导人在被清洗之前就经常在那里聚会。据说戈德斯坦本人也曾经光临那里，那是好几年或者几十年前的事情了。塞姆的命运不难预测。但是可以肯定的是，如果塞姆发觉温斯顿心中隐秘的想法，哪怕只有三秒钟，他都会立刻向思想警察告发。当然，别人也会采取同样的做法，但是塞姆是更加极端的行动者。光怀着对党的满腔热忱是远远不够的。正统就是无意识。

塞姆抬起头，说道："帕森斯来了。"

他的话里透出明显的意味，似乎在说："那个可恶的大笨蛋。"帕森斯是温斯顿在胜利大厦的邻居，他果然穿过拥挤的屋子摇摆着臃肿的身躯过来了。他中等身材，头发浅黄，脸像青蛙一样。虽然才三十五岁，但他的脖子和腰上已长出一圈圈肥肉，不过他动作依旧不失敏捷。他的外形看起来像是个大块头的小男孩，他虽然身穿制服，可是你总会觉得他实际穿着少年侦察队的衣服：蓝短裤、灰衬衣、红领巾。脑海中就会浮现出他的这种形象：胖乎乎的膝盖，撸起袖管里粗短浑圆的胳膊。而事实的确如此，只要有机会，例如集体郊游或其他任何能给他一个穿短裤机会的活动，他都会穿上短裤。帕森斯高兴地同他俩"你好，你好"地打招呼，然后在桌边坐了下来，一股浓烈的汗臭味立即散发开来。他红红的脸膛上密布着汗珠。他的汗腺真是发达。在社区活动中心，只须看到乒乓球拍的把手是湿漉漉的，就知道他刚才一定打过乒乓球。塞姆掏出一张纸，上面有一长列字，他握着墨水笔严肃认真地琢磨起来。

"你瞧他，吃午餐的时候也记挂工作。"帕森斯用胳膊肘碰一碰温斯顿："工作狂，哎？看什么，伙计？我估计对我来说有点儿高深了。哦，对了，史密斯，告诉你我为什么追着找你。你忘记捐款了。"

"什么捐款？"温斯顿嘴上问着，手却不自觉地伸向口袋里掏钱了。每个人的工资约有四分之一得拿出来应付各种自愿捐款，但是名目太多，很难记清。

"仇恨周的款项啊。你知道的——按住户捐的。我就是我们这一区的出纳，我们可是在全力以赴——要大张旗鼓地搞一番的。我告诉你，到时要是胜利大厦不是整条街上挂旗帜最多的，那可不是我的错。你答应过捐两块钱出来。"

温斯顿找出两张皱巴巴、满是油污的钞票，递给帕森斯。帕森斯用那种文盲体一笔一画地记在一个小记事本上。

"对了，伙计，"他说，"听说我那小崽子昨天用弹弓打了你。我狠狠教训了他一通。真的，我告诉他，要是他再那么干，我就没收他的弹弓。"

"我想，他也许是因为没能看到绞刑，所以有点儿不高兴。"温斯顿说。

"啊，是的——是的，我就想说，这说明他思想对头，是不是？虽然他们是淘气的小崽子，两个都是，但提到热情，那可真没的说！他们成天琢磨的就是少年侦察队，当然还有战争。你知道上星期六我的宝贝女儿跟她的中队到伯克汉姆斯德远足的时候做了什么吗？她居然说动两个女队员跟她一起偷偷离开队伍，花了整整一个下午跟踪一个可疑的家伙。她们尾随他长达两小时，穿过树林，抵达阿默夏姆的时候，她们将他交给了巡逻队。"

"她们为什么要跟踪他？"温斯顿很有些惊讶。

帕森斯扬扬自得，继续说着："我的孩子认定他是敌方的特务——比方说，也可能是跳伞空降的。不过最关键的一点是，你知道是什么东西引起她的注意的吗？她发现他脚上的鞋子非常怪异——她说她从没见过任何人穿过类似的鞋子。由此断定这个人可能是外国人。这个孩子才七岁，很鬼机灵的，是不是？"

"那个人后来如何了？"温斯顿问。

"哦，这个，我当然没法说。不过，我一点儿都不会奇怪的，如果他被——"帕森斯做出一个步枪瞄准的姿势，嘴里发出咔嗒一声响。

"很好。"塞姆心不在焉地应了一句，他依旧头也不抬地盯着那张字条。

"说真的，我们绝对不能掉以轻心。"温斯顿只能附和。

"我想说的就是这意思，现在正在打仗呢。"帕森斯说。

似乎要验证帕森斯的话，他们头顶的电屏幕立时发出一阵喇叭声。不过这次不是宣告一次军事胜利，而是富部的一则公告。

"同志们！"一个洋溢着青春与活力的声音兴奋地高叫，"同志们请注意！我们有天大的好消息要宣布。我们赢得了生产战线的又一次胜利！根据刚刚完成的对各类消费品产量的统计，在过去一年里，我们的生活水平提高了百分之二十以上。今天上午大洋国全国举行了自发的游行庆祝活动，工人们走出工厂和办公室，高举大旗在街上欢呼，感谢老大哥的英明领导给我们带来的幸福新生活。以下是我们统计完成的部分生产数字。食品类……"

"我们的幸福新生活"这个词反复出现。这是富部最近流行的话语。帕森斯的注意力完全被喇叭声吸引过去，他坐在那里听着，脸上一本正经，带着受到启迪时感觉乏味的表情。他搞不懂那些数字，但明白那些数字多少是令人满足的缘由。他掏出一只肮脏的大烟斗，里面装着半烟斗焦黑的烟丝。烟草的配额是一星期一百克，塞满烟斗的可能性少之又少。温斯顿在吸胜利牌香烟，小心翼翼地平捏在手上。明天才能开始供应下一次的配给，可是他此刻只剩下四根了。现在他屏蔽远处的噪声，专心倾听电屏幕发出的声音。看来，似乎还有人上街游行，感谢老大哥将巧克力的配给额度提高到二十克。不过昨天才宣布将配额减至一星期二十克，他心想。短短二十四小时，难道他们就相信了？是的，他们轻易地相信了。帕森斯毫不费力就相信了，凭着那股牲口般的蠢劲儿。旁边桌子上那个没眼睛的东西也会狂热地、热情地相信，他还会热切地把那些说上星期额度是三十克的人追查到底、揭发出来，直到将他们全都蒸发掉。塞姆呢，他也相信了，通过某种复杂的方式，或许涉及双重思想。那么是否只有他一个人还保有那种记忆？

电屏幕上不断播报着神话般的统计数字。同去年相比，今年有了更多的食物、衣服、房子、家具、饭锅、燃料、轮船、直升机、书籍和婴儿——除了疾病、犯罪和精神病，其他的所有东西都在增多。每年每月，每时每刻，所有的人，所有的东西，都在嗖嗖地往上猛蹿。温斯顿也像塞姆刚刚做的那样，拿起汤匙把那摊沿着桌面流淌的长长的灰糊糊画成了一个图案。他沉思着物质生活的各个方面，满腹怨气。一直都是这样吗？东西吃起来一直都是这个味道吗？他环顾食堂。这是一间天花板低矮、人群拥挤的屋子，墙壁被数不清的人蹭过，变得污秽不堪；破破烂烂的金属桌子椅子，密密麻麻地摆着，一坐下来就会碰到别人的胳膊肘；弯曲的汤匙，变形的托盘，粗糙的白杯子；所有东西的表面都油腻腻的，每一道裂缝都积满污垢；到处都弥漫着那股酸臭的混合着劣等杜松子酒、劣质咖啡、炖菜锅铁腥气以及脏衣服的气味。你的肠胃、你的肌肤总是有一种抗议，有一种感觉，令你觉得被骗走了一些你本有权拥有的东西。不错，他并不记得什么事情在过去跟现在有什么大不同。自从他有清晰的记忆起，不论何时，吃的东西从来都不够，袜子和内衣总是布满大洞小眼，家具总是残破不堪，房间的暖气总是烧得不够，地铁里总是拥挤不堪，房子总是歪歪斜斜，面包总是发黑，茶叶绝少见到，咖啡总有股泔水味，香烟总是供应不足——除了人造的杜松子酒之外，没什么东西是便宜充裕的。当然，等到你年岁日长、身体衰弱的时候，情况会越发恶劣，但是，如果你因为生活艰难、环境脏乱、物资匮乏、严冬永无休止、破烂黏腻的袜子、总是停运的电梯、冰凉刺骨的自来水、石头般粗糙的肥皂、烟丝不断往下掉的香烟、味道怪异难以下咽的食物而感到心中生厌，这不是说明这种生活极其不正常吗？为什么一定需要某种远古时候的记忆提醒着你以前并非如此的时候，你才会觉得现在是无法忍受的呢？

温斯顿又扫视了一遍食堂。几乎每个人都形貌丑陋，即便不是穿着蓝制服，也依旧丑陋不堪。屋子的另一头，一个身材矮小、相貌怪异如同甲壳虫的男子，独自坐在一张桌旁默默地喝着咖啡，小眼睛充满怀疑的神色，四处逡巡。温斯顿想到，如果你不环视四周，你真的极容易相信党为大洋国所树立的模范典型——高大健硕的青年男子、高耸着胸脯的女子，满头金发，生机勃勃，肤色健康，无忧无虑——不仅存在，而且随处可见。实际上，在他看来，一号机场城大部分居民都身形矮小、皮肤黝黑、面貌丑陋。很难理解，政府各部门随处可见的都是那种甲壳虫类型的男人：身形矮小，未及中年就发福，四肢短小，行动灵活，胖胖的脸上表情深不可测，眼睛小小的。在党的统治下好像这类人最为盛行。

电屏幕在富部的公告结束时又响起一阵喇叭声，接着放了一段轻音乐。帕森斯显然在刚刚报出的那一连串数字的刺激下升起了一股朦胧的热情，将烟斗从嘴边拿开。

"富部今年的成绩可真不错，"他赞赏地晃着头，"对了，史密斯老伙计，我估计你也没有多余的刀片借给我用用？"

"没有，"温斯顿说，"我那一片都用了六个星期。"

"哦，没什么，我不过问问罢了，老伙计。"

"很抱歉。"温斯顿又回了一句。

邻桌的那种鸭叫声在刚才富部播报公告时停了一阵子，这时候又响起来了，跟之前一样聒噪。不知怎的，温斯顿突然想起帕森斯太太，想到她那稀疏的头发与满脸皱纹里的尘土。过不了两年，她的孩子们就会向思想警察揭发她，她便会被蒸发掉。塞姆也会被蒸发掉。温斯顿会被蒸发掉。奥布赖恩会被蒸发掉。帕森斯却永远不会。那个不停聒噪的无眼"假人"也不会。那些在政府迷宫般的走廊里敏捷穿梭的小甲壳虫般的男人永远都不会被蒸发掉。而那个在小说司工作的黑发姑娘，永远不会被蒸发掉。他好像本能地知道谁能够保住性命、谁难逃厄运，不过究竟要如何才能保住性命，似乎又难以言表。

这时他猛然从沉思中惊醒过来。邻桌的姑娘半转过身来，正盯着他看。就是那个黑发姑娘。虽然只是斜视，却依旧目光灼灼。一遇到温斯顿的目光，她就望向别处了。

温斯顿顿时吓得背上直冒冷汗。一阵恐慌攫取了他，而后转瞬即逝，但是那种不安的感觉依旧在他心头盘旋。她为什么盯着他？她又为什么总是跟踪他？不过，他实在记不起来当他过来时她是否已经坐在那张桌子旁，还是后来才来的。但是不管怎样，昨天的两分钟仇恨会上，她无缘无故地坐在他正后方。她的真实意图非常有可能就是想要偷听他的喊声是否铿锵有力。

之前的那种念头在脑海中重现：也许她不是思想警察，但还是那句话，业余警察才是最危险的。他不知道她到底盯了他多长时间，大概有五分钟，很可能在这五分钟内他没能很好地控制自己的面部表情。在公共场合或者在电屏幕的监控范围内，任思绪信马由缰是极度危险的。最细微的事情就会出卖你。譬如，不由自主的面部抽搐、无意识的焦虑神色、喃喃自语的习惯——任何有反常迹象或者试图掩饰的动作，都能够出卖你。无论如何，脸上带着不当的表情（例如，当电屏幕传来胜利的公告时，你却流露出难以置信的表情）本身就是一桩应受惩罚的罪行，新话里称之为"脸罪"。

黑发姑娘又转过身去，背对着他坐着。也许说到底她并不是真的在跟踪他，也许这两天同他距离这么近只是巧合罢了。他熄灭了香烟，小心地把烟头放在桌子边上。如果烟丝能够不掉出来的话，等到下班后他还能再抽一会儿。很可能，邻桌的那个人是思想警察的密探，很可能，三天之内他就会被投入仁爱部的牢房里，但是烟头绝对不能浪费。塞姆已经把那张字条折起来，放进口袋里。帕森斯又说了起来。

"我有没有跟你说过，伙计，"他咬着烟斗咯咯地笑问道，"有一次我的两个小捣蛋鬼点着了市场里那个老太婆的裙子，因为他们看到她用一张印着老大哥画像的海报包香肠？他们悄悄地跟在她后头，用整整一盒火柴点着了她的裙子。我猜她被烧得够呛。那真是两个小崽子,不是吗?不过他们可真是热情高昂啊。他们现在在少年侦察队接受的训练绝对是一流的,比我小时候好。你猜那些小鬼头的最新装备是什么?插在钥匙孔里的窃听器!那天晚上我的小姑娘就带回来一个,插在我们起居室的门上,据说听到的声音比单用耳朵贴在锁眼上听到的大一倍。当然,这只是一种玩具。但是这个主意的确非常不错,对不对?"

电屏幕发出一阵刺耳的哨子声。这是回去工作的信号。三个人赶紧站起来,随着人潮涌到电梯边。温斯顿的香烟里剩下的烟丝全都掉了出来。

第六章

温斯顿在日记中这样写道:

那是三年前了。一个昏黑的晚上,在一个大火车站附近一条狭窄的小街上。她倚靠在墙上的门道旁,街灯暗淡无光。她的脸孔很年轻,涂着厚厚的脂粉。其实吸引我的正是那白白的脂粉,如同面具,还有那鲜艳的红唇。党内的女人从来不搽脂抹粉。街上没有人,也没有电屏幕。她说两块钱。我——

他一时觉得实在难以继续。他闭上眼,用手指拼命地揉按眼皮，试图将反复出现的情景从脑海中抹去。他忍不住想要大声喊叫，骂脏话，要不就是用头撞墙，一脚踢翻桌子，或者将墨水瓶朝窗子扔过去——他肯做任何暴烈、喧闹或者引起疼痛的事情，只要能够忘却那折磨他的记忆。

他想到，你最大的敌人，就是你自己的神经系统。你内心累积的紧张情绪，会随时随地通过表面的征兆轻易泄露出来。他想起几个星期前在大街上遇到的一个男人，那是个其貌不扬的男人，党员，三四十岁，瘦高个，拎着公文包。在两人距离只有几米远的地方，那个男人的左脸突然抽搐了一下。当他们擦肩而过的时候，他的脸又抽搐了一次。只是抽一下，轻微地颤动，像照相机快门咔嚓那样快，但很明显这是习惯性动作。温斯顿还记得自己当时想：这个可怜的家伙完了。最恐怖的是，这很可能是下意识的反应。最致命的危险是梦呓。在他看来，根本就无法预防。

他深吸一口气，继续往下写：

> 我跟着她进入门内，穿过后院，进了一个地下室厨房。靠墙有一张床，桌上有一盏灯，调得非常暗。她——

他咬紧牙关，恨不得啐口唾沫。跟随这个女人走进地下室厨房的时候，他想起了凯瑟琳，他的妻子。温斯顿是已婚的——至少是结过婚的；也许仍是已婚，因为据他所知，他的妻子还没有死。这时他似乎又呼吸到了地下室厨房里那种闷热的气味，那种混合着臭虫、脏衣服和廉价香水的气味，虽然难闻，却依旧那么诱人，因为党内的女人从来不用香水，甚至无法想象她们会用香水。只有无产者才会用香水。在他的意识里，香水味总是与私通紧密相连。

他跟着这个女人进去,是他两年左右以来第一次行为失检。嫖娼当然是党所明令禁止的,不过,像这样的规定,只要你有足够的勇气,有时候还是会鼓起勇气尝试一下。这事当然危险,但并不是生死攸关的。如果被抓住,在没有其他过错的情况下,也就处以劳改五年的处罚而已。只要不是被人当场逮住,这事办起来还是很容易的。贫民区里多的是愿意卖身的女人。有的甚至一瓶杜松子酒就能搞定,因为无产者是不能喝这种酒的。你甚至可以认为党其实默许卖淫行为的存在,可以让不能完全被压制的本能找到一个宣泄的途径。只要是偷偷摸摸的,又毫无乐趣,再加上对方又是被歧视的下等阶层的女人,偶尔荒唐一下也不甚要紧。党员之间乱搞男女关系才是不可饶恕的大罪,虽然每次大清洗时被告无一例外都承认了这项罪状——但是很难想象真的会有这样的事情发生。

党的目的当然不仅仅是为了防止男女结成牢固的山盟海誓的关系,这种关系可能会超出它的控制范围。它的真正目的从未言明,实际上是要消除性行为的全部乐趣。不论在婚姻关系中,抑或婚姻关系外,相较爱情,性欲才是党的大敌。所有党员之间的婚姻都必须由一个专门为此成立的委员会批准,而且——虽然指导原则从未明说——如果这两个人给人感觉他们肉体上相互吸引的话,申请一定会被驳回。党员结婚唯一被认可的目的就是能够产生小同志,将来继续为党服务。在这种目的下,性行为就被看作一种令人恶心的小手术,如同灌肠。同样,这一点也从未有明文规定过,但是每个党员自孩童起就被以间接的方式灌输这种观念。甚至存在青年反性同盟这类组织,倡导禁欲主义,提倡两性完全独身。所有小孩都应该是人工授精(新话叫"人授")的产物,出生后由公共机构抚养。温斯顿虽然清楚这样的说法并未说到做到，但大致说来，这与党的意识形态完全一致。党竭力消灭人类的性本能，如果无法消灭，便要将其扭曲化、肮脏化。他不知道党为什么要这样做。但是他心底里很清楚，这是极其自然的事。就党内的女人来说，党在这方面的努力做得相当成功。

他又想起了凯瑟琳。他们分开有九年，十年——十一年了吧。真奇怪，他很少会想起她。有时候他会一连好几天根本就不记得自己是结过婚的人。其实他们在一起生活的时间只不过大约十五个月。党不许夫妇离婚，若无子女，却鼓励双方分居。

凯瑟琳是个身形高大、腰板笔直、头发金黄、举止得体的女人。她的脸轮廓分明，如果你没发现这张脸背后几乎空洞无物的话，你会认为这是张高贵的脸。他们婚后不久，温斯顿就认定——尽管这也可能仅仅是因为他对凯瑟琳的了解比对其他人的了解更深入些——她是他所遇见的女人中最蠢笨、庸俗、头脑空洞的。她的头脑里除了口号，别无其他任何想法，只要是党交代的，无论多么荒谬愚蠢，她都会全盘接收。他在心中给她取了个绰号，叫"人体录音机"。但是，如果不是因为那件事，他依旧能够忍受同她继续生活在一起。那就是性生活。

每次只要他碰到她，她就好像在往后退，绷紧了身体。抱着她就如同抱着一个有关节的木头人。最奇怪的是，即便她紧紧抱住他，还是会让他觉得她同时在用尽全力想把他推开。也许这是她全身肌肉紧绷带给他的印象。她总是直挺挺地躺在那里，双眼紧闭，既不抗拒，也不配合，只是承受。这让他无比尴尬，而后又觉得厌恶。即便如此，他也能继续与她维持这种婚姻关系，如果两人达成默契，以后再不同房。可是，令人难以置信的是，凯瑟琳竟然严词反对。她说，他们一定要生一个小孩，如果他们能够的话。就这样,每星期一次,她的献身仪式就会如期上演,除了在不可能怀孕的那段时间里。她甚至会在那天早上特别提醒他,似乎这是那天晚上绝对要完成的任务,绝不可忘记一样。她对这件事有两个提法。一个是"生孩子",另一个是"我们对党的义务"(没错,她用的的确是这种说法)。不久,只要到指定的那一天,他就生出恐惧感。幸而没有孩子,于是凯瑟琳也同意放弃尝试。不久,他俩就分手了。

温斯顿无声地叹了口气,提起笔继续写道:

> 她一下子躺倒在床上,没有任何前奏,用你能想到的最粗野可怖的方式撩起了裙子。我——

他看到自己站在昏暗的灯光下,鼻端闻到的是臭虫与廉价香水的混合气味,心中升起一股挫败与愤懑的感觉,甚至在这种时候,他的这种感觉还掺杂着对凯瑟琳雪白的肉体的想念——那具已经被党的催眠力量永远冰封的肉体。为什么总得这样呢?为什么不能拥有一个完全属于自己的女人,而不得已隔几年就去找这些下贱的妓女呢?但是真正的灵肉合一几乎是无法想象的事情。党内所有的女人都一样。清心寡欲就如同她们对党的忠诚一样根深蒂固。通过幼年时的悉心培育,通过比赛与冷水浴,通过在学校里、少年侦察队与青年团里没完没了地向她们灌输的无意义的东西,通过讲课、游行、歌曲、喊口号以及军乐,她们的天性已经被彻底扼杀了。他的理智告诉他,凡事都会有例外,他的内心却不相信。她们的内心全都刀枪不入,完全如党预期那般。他固然希望有女人来爱他,但更热切的念想还是希望能够推倒那堵贞操之墙,哪怕一生一次。一次满意的性行为,本身就是造反。欲望就是思想罪。即便是唤起凯瑟琳的欲望，如果他真能做到这样的话，那也像在诱奸，尽管她是他的妻子。

不过故事并未结束，还得写下去。他写道：

> 我将灯扭亮了。我在灯光下看着她时——

在黑暗里待得太久，煤油灯的微光似乎也变得格外明亮。这次他才得以看清面前的那个女人。他已经向前迈了一步，又立刻收住脚，欲望与恐惧在他心中交战。他痛苦地意识到来这里嫖妓是一件多么危险的事。在他刚走出大门时完全有可能就被巡逻警察抓走；很可能，这个时候他们已经在门外等候着了。但是，如果干不成那件事就走开的话——

还是得记录下来，得坦白交代。在明亮的灯光下，他突然看清，那个女人居然是个老女人。她脸上的粉涂得极厚，令人担心它会像硬纸板制成的面具一样突然断裂。她的头上有几缕白发，但最恐怖的地方是，她的嘴巴微微张开，里面除了深邃的黑洞，别无他物。她的牙齿全掉光了。

他急急地草书道：

> 我在灯下看清楚，她是个很老的老太婆，起码有五十岁。可是我依旧上前干了那事。

他又伸出手指按了按眼皮。他终于将这部分写了出来，但是仍然感觉与写之前没有什么两样。这个疗法并没有奏效。那种想要扯开嗓门破口大骂的冲动跟之前一样强烈。

第七章

"如果还有希望,"温斯顿写道,"希望在无产者身上。"

如果还有希望,希望一定在无产者身上,因为只有在那里,在那些被忽视的蜂拥成群的人身上,在占有大洋国百分之八十五的人口当中,才能产生摧毁党的力量。党是无法从内部攻破的。党的敌人,如果说有敌人,是无法聚集在一起的,甚至连相互认出来的机会都没有。传说中的那个兄弟会,即便真实存在,会员也不会三三两两地聚在一起。对这种人来说,造反意味着交换一个眼神,或稍微变化一下说话的腔调,最了不起的也就是偶尔细语一声。而无产者则不同,只要他们能够意识到自身的力量,是不用秘密行事的。他们只须站起来,就像马抖搂身上的苍蝇一样抖动身子。只要他们愿意,明天早上他们就能将整个党击垮。能肯定的是,他们早晚会想到要这样做的,不是吗?但是——

他记起有一次在一条拥挤的街道上行走,一片喧嚣声——几百个女人的声音——从前面巷子里突然传来。那是一种可怕的愤怒夹杂着绝望的叫喊声,一种低沉而大声的"哦——哦——哦"的声,如同洪钟一样,久久回响。他的心禁不住怦怦跳了起来。"开始了!"他想,"发生了暴乱!无产者终于冲破了牢笼。"当他赶到出事地点时,只看到两三百个女人围在露天市场的摊子前拼命争吵。她们满脸哀戚，就如同沉船上注定无法获救的乘客。就在此时，普遍的绝望一下子化成许多零星的争吵。事情源于一个卖铁锅的货摊。虽说这是种质量低劣、碰一碰就会破碎的铁锅，但是所有的炊事用品一直供应短缺，现在供应再次意外中断。买到铁锅的女人拼命地想从人群的推搡中挤出来，许多没买到的女人就紧缠着摊主，指责他开后门，还说他肯定在别的地方藏着货物。又有人尖声叫嚷。有两个体形臃肿的女人，其中一个头发披散开来，她们两个抓着同一口锅，力图从对方手中抢走。她们推来搡去，你争我夺，最后将那口锅的锅把儿都打落了。温斯顿看到这一幕，心生厌恶。在刚才那一瞬间，几百个喉咙同时发出的怒吼听起来有种相当骇人的力量。但她们为什么总不能在真正重要的事情上这样怒吼呢？

他写道：

> 如果他们不觉悟，就永远不会造反；如果他们不造反，他们终不会觉悟。

这句话简直像从党的小册子上照搬过来的，他想。当然，党一直宣称要把无产者从奴役中解救出来。在革命前，无产者备受资本家的残酷压迫，他们挨饿、挨打，女人被逼下煤矿去做工（事实上，现在也是这样），儿童六岁就被卖进工厂做苦工。不过，双重思想应用到了实际中，党又教导说无产者天生低人一等，必须用几条简单的法规使他们处于从属地位，就像对待牲口一样。实际上，人们对无产者的情况不甚了解，也没必要知道太多。只要他们不停劳作，继续繁殖，其他的活动也就不重要了。任由他们自生自灭，他们就会像阿根廷平原上放养的牛群一样，恢复合乎他们自然天性的生活方式——一种祖传的生活方式。他们在贫民区出生、长大，十二岁出去做工，度过一段短暂的青春，情窦初开，二十岁结婚，三十岁未老先衰，大部分人活到六十岁就死了。重体力活儿、养家糊口、为一点儿鸡毛蒜皮的小事同邻居争吵、电影、足球、啤酒，尤其是赌博，便是他们心中的一切。控制他们并非难事。总有思想警察在他们中间出没，散播谣言，留意几个有潜在危险的可疑分子并将他们除掉。但是从未尝试向无产者灌输党的思想。无产者并不需要强烈的政治观念。只要他们拥有最原始的爱国心，在需要他们延长工作时间或者降低供应定量的时候，唤起这种爱国心，让他们接受即可。当他们变得不满时，有时候他们的确会不满，但由于他们缺乏整体观，只能对现实琐屑的事情感到不满。那些真正的大的罪恶，他们反而注意不到。甚至在大部分无产者家中，连电屏幕都没有。连民警也甚少过问无产者的事情。伦敦犯罪活动很猖獗，这里是一个充斥着小偷、强盗、娼妓、毒贩和各种各样敲诈勒索的骗子的国中之国；但是这一切都发生在无产者阶层，所以也变得无关紧要了。涉及一切道德问题的事件，无产者都能够按照原有的老规矩去处理。党对党员严格管控的清心寡欲的性生活，也不适用于他们。乱交不受惩罚，离婚也被许可。而且，若无产者表露出对宗教信仰的需求或意愿，宗教信仰也是被许可的。他们根本就不值得去怀疑，就像党的一句口号说的那样："无产者与动物是自由的。"

温斯顿弯下身子，小心地抓挠着静脉曲张性溃疡的地方。又开始痒了。说来说去，你永远无法得知革命前的生活到底是什么样的。他从抽屉里取出一本儿童历史教科书，这是向帕森斯太太借来的，他将其中一段摘录在日记上：

从前，在伟大的革命之前，伦敦并不是我们今天所见的这样一座美丽的城市。当时的伦敦，黑暗、肮脏、悲惨至极，极少有人能够填饱肚子，有成千上万的穷苦人足无完履、顶无片瓦。比你们更小的孩子，每天得为残暴的主人工作十二个小时，动作稍微慢一点儿就会招致皮鞭的毒打。他们吃的只有发霉的面包皮与白水。在这样一片赤贫之下，却有一些有钱人住着富丽堂皇的宅院，伺候他们的仆人多达三十个。这些有钱人叫作资本家。他们肥胖臃肿、丑陋凶恶、满脸横肉，就像下一页插图所描绘的那样。你可以看到他穿着一件长长的黑衣服，那叫作长礼服，戴着一顶古怪、闪亮如烟囱般的帽子，那个叫作高顶礼帽。这就是资本家独有的标志性服饰，别人是不许穿的。世界上的所有东西都是资本家的所有物，每个人都是他们的奴隶。一切土地、房屋、工厂和金钱，都归资本家所有。如果有人不听他们的话，他就会被投进监牢，或者被剥夺工作，活活饿死。普通人同资本家说话，得作揖鞠躬，诚惶诚恐，恭敬地尊称他为"老爷"。资本家的头目就叫作国王，而且——

故事的后半部分温斯顿心中一清二楚。下面将会提到拖着细麻布长袍的主教、穿貂皮袍子的法官、折磨犯人的枷锁和镣铐、九尾鞭以及其他各式各样的刑具，市长大人的宴会以及跪下来亲吻教皇脚尖的规定。还有一样是拉丁文称为"初夜权"的事情，估计在儿童教科书中不会提到。法律规定，只要资本家老爷喜欢，他可以随便跟在他工厂做工的女工睡觉。

但是你怎么能知道这上面所记述的有多少是谎言呢？现在普通人的生活比革命前有所改善，这可能属实。唯一相反的证据不过是你自己骨子里的无声抗议，那是一种本能的感觉，告诉你现在的生活状况是令人无法忍受的，而在以前某个时候情况肯定不是这样的。他突然想到，现在的生活真正的特质不在于它的残酷无情与缺乏保障，而是它的一无所有、惨淡、萎靡。你环顾四周，就能够看到现在的生活不仅跟电屏幕上播报的谎言没有丝毫相同之处，也跟党想要达到的理想境界相去甚远。生活中的大部分事情，即便对党员来说，都是中性的、非政治性的，不外乎是每天完成乏味的工作，在地铁上抢一个座位、缝一双破袜子、揩一块糖精、节省一个烟头。党所树立的理想是一种庞大、可怕、耀眼的东西——一个充斥着钢筋、混凝土、庞大的机器和骇人听闻的武器的世界，一个全民皆兵、个个好战的国家，步伐绝对一致、思想永远统一、口号万众如一，永远在工作、战斗、取胜、迫害他人——三亿人有着同样的面孔。可是现实是城市破败肮脏，食不果腹、营养不良的人们穿着破旧的鞋子奔波忙碌，住着建于十九世纪不断修修补补的房子里，那里总是散发着一股烂卷心菜的味道和破厕所的尿骚味。他仿佛看到了伦敦的景象：一片巨大的废墟，到处残破，放置着上百万个垃圾桶。这景象与帕森斯太太的一幅画面混合起来：这个满脸皱纹、头发稀疏的女人正手足无措地摆弄着一根堵塞的水管。

他又伸出手去抓脚踝。电屏幕夜以继日地往你的耳朵里播送着统计数字，以证明今天人们有更多的食物、衣服，更好的房子，更精彩的娱乐——所以人们比五十年前的人更长寿，工作时间更短，身形更高大，身体更健康、强壮，生活比以前更幸福快乐，人也比以前更聪明，受教育程度更高。但其中没有一个字是可以被证明或驳斥的。譬如，党声称如今成年的无产者中有百分之四十的人识字，革命前只有百分之十五。党又声称如今的婴儿死亡率只有千分之一百六十，而革命前是千分之三百——凡此种种，不胜枚举。这就好比一个含有两个未知数的方程式。

很有可能，历史书上所记载的每一句话，甚至人们总以为天经地义的事情，全都是虚构出来的。据他所知，或许从来就没有"初夜权"之类的法律，也没有资本家那样的人和高顶礼帽那样的服饰。

一切都隐没于迷雾之中。过去已被抹掉，而抹掉这一行为本身又被遗忘，谎言就变成了真理。他生命中只有一次掌握了——是在那件事情发生之后，这一点尤其重要——伪造历史的确凿无疑的证据。他将这个证据捏在手上长达三十秒钟。这件事一定发生在一九七三年，反正就在他与凯瑟琳分居后不久。但是与此事相关的日期还要往回倒退七八年。

真正说起来，这件事始于六十年代中期，那正是将革命元老彻底消灭掉的大清洗时期。到了一九七〇年，除了老大哥，其他人都不复存在。他们全都以叛国者与反革命罪被揭发。戈德斯坦逃走了，自此销声匿迹，没人知道他在何处；至于其他人，有的只是失踪了，但大多数在壮观的公开审判时对他们的罪行供认不讳，而后被处决了。只有三个人得以保全性命，那就是琼斯、阿伦森和卢瑟福。他们大概是一九六五年被捕的。就像之前经常发生的情况一样，他们失踪了一年或许更久，无人知晓他们是死是活，接着他们突然公开亮相并像其他人那样招供。他们供认通敌（那时的敌人也是欧亚国）、盗用公款、谋杀党的数位负责人，早在革命前就阴谋反对老大哥的领导，以及开展破坏活动，造成几十万人的死亡。在供认这些罪行之后，党赦免了他们，并且恢复了他们在党内的地位，给他们安排了听起来重要、实际上是挂名的闲差事。这三个人都在《泰晤士报》上发表了长篇的悔过书，分析他们堕落的原因与经过，并且保证要改过自新。

他们获释后不久，温斯顿的确曾在栗树咖啡馆见过他们。他还记得自己当时用眼角偷偷地打量他们时那种既好奇又害怕的心情。他们比他年岁大上许多，是旧世界的遗老，是党早期峥嵘岁月留下来的最后几个大人物。他们的身上依旧隐隐散发出地下斗争和内战留下的风采。虽然当时对于事实与具体的日期已然模糊，但是他觉得他很早以前就知道他们的名字，早在知道老大哥之前。可他们现在是罪犯、敌人、不可接触的人，注定要在一两年间内彻底完结。凡是落在思想警察手中的人，无人能逃脱此厄运。他们只不过是等着被送回坟墓的行尸走肉罢了。

没有人在任何靠近他们的桌子边坐下，甚至被看到出现在这种人的近旁，都是不明智之举。三个人默默地坐在那里，面前摆着丁香味的杜松子酒，那是栗树咖啡馆的招牌酒。这三个人中，卢瑟福的外貌给温斯顿留下的印象最深刻。卢瑟福之前是著名的讽刺漫画家，他的讽刺漫画在革命前和革命时期曾经鼓舞过民众。即使现在他的漫画偶尔也在《泰晤士报》上发表，但那只是些对早期风格的模仿，毫无生气，缺乏感染力。这些漫画都是些陈词滥调——贫民区的住户、饥饿的儿童、街头的斗争、戴着高顶礼帽的资本家——哪怕在街头防御工事中，资本家们仍旧戴着高顶礼帽——都是些毫无希望的努力，以图回到过去。他身形高大，一头油腻浓密的灰发，脸上皮肉松弛，嘴唇像黑人的那样厚。他以前肯定十分健壮，但是现在身体各部分都松松垮垮，横向发展，像要往外散落一样，鼓着肚子。他就像一座快要崩塌的大山，眼看着就要在别人的眼前坍塌。

那是一个冷冷清清的下午，三点。温斯顿记不起来自己为什么会在这样的时候跑到咖啡馆去。那个地方几乎没什么人。电屏幕在播放舒缓情绪的音乐。他们坐在角落的桌子前，一动不动，一言不发。服务员自动为他们端上了杜松子酒。他们旁边的桌上有一个棋盘，棋子已然摆好，但是谁也没有动一下。这时——大概一共三十秒钟——电屏幕发生了变化。播放内容变了，播放的音乐也转了调，变成了那种难以形容的声调。那种调子古怪、粗嘎、刺耳，带着些嘲讽。温斯顿在心中称之为预警调。接着电屏幕传来歌声：

在栗树荫蔽下，
我出卖了你，你出卖了我。
他们躺在那里，我们躺在这里，
在栗树荫蔽下。

这三个人静静坐着，纹丝不动。但当温斯顿偷看一眼卢瑟福那张灰败的脸时，发现他的眼眶里蓄满泪水。这时候他第一次注意到，阿伦森和卢瑟福两人的鼻梁是断掉的，心中不禁打了个寒战，却不知道这个寒战为何而起。

不久，这三个人再次被捕。据说自上次获释那刻起，他们便开始了新的密谋。第二次审判大会上，他们除了对之前的那些罪行供认不讳之外，又加了一堆新的罪名。他们被处决了，他们的下场被记录在党史里，以儆效尤。大约五年之后，也就是一九七三年，温斯顿在展开气力传输管吹送到他桌上的一团文件时，赫然发现里面有一张纸片，很显然是与别的文件夹在一起而后又被遗忘了。他展开的那一刻就意识到那张纸片意义非凡。那是从大约十年前的《泰晤士报》上撕下来的半页纸——是报纸的上半版，印着年份和日期——上面是党代表们在纽约举行会议的一张照片。正中间最显赫处站着琼斯、阿伦森和卢瑟福三人。是的，没有错，就是他们，他们三人的名字还出现在照片下方的说明中。

可是，在两次的审判大会上，这三人一致供认这一天他们都在欧亚国境内。他们从加拿大某秘密机场起飞，到西伯利亚某个秘密的所在，同欧亚国总参谋部的人员会面，将重要的军事情报泄露给他们。温斯顿对这一天记忆犹新，因为那天正好是仲夏日；在其他无数的地方肯定也有关于这次纽约会议的记载。因此只能得出一个结论：这三个人所谓的供词，全都是谎言。

当然，这件事情本身算不上什么发现。即便在十年前，温斯顿也没相信过在清洗中被清除的那些人真正犯下过被指控的种种罪行。但是这张报纸是实实在在的证据；这是被抹杀的过去的一个碎片，就像一块化石，在不该出现的地层出现，将地质学家之前建立的全部理论完全推翻。如果能够将之公之于众，让大家都明了它的意义，这足以使党名誉尽毁、万劫不复了。

他之前一直在埋头工作。刚刚看清这张照片，并明白其所指时，他就立刻用另一张纸将它盖上。万幸的是，当他打开这张字条时，从电屏幕的角度看过来，正好是上下颠倒的。

他将草稿本摆在膝头，将椅子往后推，尽量离电屏幕远一些。想要保持面部表情沉着不变并不是件难事，只要花些工夫，甚至连呼吸你都能调节。但是，你没法控制心跳的速度。而电屏幕的反应极其灵敏，能够捕捉到。他度过了预计的十分钟，同时却担心中间发生什么意外——譬如，突如其来的一阵风吹过桌面——会将他暴露。他没有再次打开它，而是把那张照片连同其他废纸一起丢进了记忆洞。也许不到一分钟，它就会化为灰烬。

那是十年——十一年前的事情了。如果发生在今天，也许他会选择保留那张照片。可是非常奇怪，虽然那张照片连同它记录的那件事都只是记忆，但是那张照片在他指间停留片刻这个事实，直到现在仍旧对他产生影响。他想，会否因为一份不再存在的证据曾经存在过，党对过去的控制就不那么牢固了？

可是现在，哪怕那张照片能从灰烬中复原，也无法成为有力的证据了。在他发现照片的时候，大洋国同欧亚国的战争已经平息，所以这三个已死的人肯定是向东亚国的情报人员出卖自己的国家的。自那以后，历史已经修订过几次——两次或者三次，他也记不清了。最可能的就是，他们的供词被一改再改，直到原来的事实与日期变得毫无意义。历史不仅被篡改，而且被持续篡改着。最折磨他给他以梦魇般感觉的是，他从来没弄懂过为什么要进行这么大规模的欺骗。他知道篡改历史的既得利益一目了然，但是最终动机是个谜。他提起笔，接着写道：

我知道怎样去做，我不知道为什么要这样做。

他心中寻思自己是不是个疯子，他之前已经这样问过自己很多次了。也许所谓疯子不过是持异见的少数个体。曾几何时，相信地球围绕太阳运转就是发疯的证明。在今天，相信过去不可更改也是发疯的证明。他或许是唯一持有这种想法的人，既然只有他一个，他就是疯子。想到自己是疯子，他没觉得有多可怕；更可怕的是，他害怕自己可能也是错的。

他拿起那本儿童历史教科书，看一眼封面上老大哥的照片。老大哥那双有穿透力的眼睛也注视着他。好像有股巨大的力量压向你——那种力量刺穿你的头颅，恐吓你的大脑，迫使你放弃你的信仰，也几乎要说服你去否认那些说明你尚有知觉的证据。到最后，党会宣布，二加二等于五，你也不得不相信。不可避免，他们迟早会这样声称的:他们所处立场的逻辑要求他们这么做。不仅经验的可靠性,而且现实世界的客观存在,都被他们的哲学不言而喻地否定了。常识变成一切异端邪说中的最异端者。你持不同见解,被他们杀掉,这当然可怕,但更可怕的是,也许他们的话并没有错。因为,说到底,我们怎么能够断定二加二就等于四呢?我们怎么知道真的是重力在起作用呢?我们又怎么知道过去是无法更改的呢?如果过去与现实世界只存在意识之中,而意识本身又是可控制的——那又当如何呢?

但是不行!他突然自发涌起一股勇气。奥布赖恩的脸就这样浮现在他的脑海中,没有任何刻意的联想。他比以前更加肯定奥布赖恩是跟他站在同一边的。他这日记是为奥布赖恩写的——写给奥布赖恩:这就像一封永不会完结的信,虽然没有人会读,但是因为是写给一个特定的人的,所以文字也顿时生动起来。

党告诉你不要相信你耳闻目睹的东西。这是他们最后也是最根本的命令。只要想到他所面对的庞大力量,想到党的任何一个知识分子都能将他驳得体无完肤,想到他们那些玄妙的论点,他连听都无法听懂,遑论反驳了,他的心顿时沉了下来。但是,他是对的。他们错了,他是对的。那些显而易见的、质朴的、真实的必须被捍卫。那些不言自明的就是真理,这一点不可动摇。世界是客观存在的,它的规律不会改变。石头是硬的,水是湿的,悬空的东西会掉向地心。想象着对奥布赖恩讲话,也是在阐明一个重要的公理,他写道:

所谓自由,就是说二加二等于四的自由。如果此说在理,余者皆然。

第八章

从一条小巷的尽头某个地方飘来了一股烘焙咖啡的香味——真正的咖啡,而不是胜利牌咖啡——飘散到街上。温斯顿不自觉地顿住脚步。约莫两秒钟里,他的思绪又回到了那个已经遗忘过半的童年世界。接着门砰地一响,突然把那股香味切断了,就如同那声响一般。

他顺着人行道走了好几公里,静脉曲张性溃疡处又开始痒。这是他三个星期以来第二次没到社区活动中心参加活动,这是极为愚蠢的,因为会有人仔细核查你的出勤率。原则上说,党员是没有任何闲暇时间的,除了晚上上床睡觉之外,总是有人在旁。凡是不在工作、吃饭、睡觉的时间,他就一定在参加某种集体活动;任何使人联想到离群独处的事情,即便是独自外出散步,都是有点儿危险的。新话中有个专门的词汇指的就是这样的行为,"独活",意味着个人主义与怪癖行径。但今天晚上,当他从真理部出来的时候,四月芬芳的空气实在令他难以抵挡。天空一片蔚蓝,今年以来第一次让他觉得这么有暖意,突然,他就觉得社区活动中心那漫长喧嚣的夜晚,那令人烦闷费力的游戏、演讲,以及靠杜松子酒勉强维系的同志关系,都变得令他难以忍受。冲动之下,他离开了公交车站,漫步进入了伦敦迷宫般的大街小巷,先往南,再往东,而后向北,让自己迷失在那些不知名的街道上,也不去想朝什么方向走。

"如果还有希望,"他曾在日记中这样写道,"希望在无产者身上。"这句话在他脑海中回响,陈述的是真理,却又显得无比荒谬。他已经走到一片灰褐色的贫民区,这里是曾经的圣潘克拉斯车站所在地的东北方。他走在一条鹅卵石铺就的街道上,街道两旁是小小的两层楼房,破败的大门就设在人行道上,有点儿奇怪,令人想到耗子洞。路面上到处是一摊摊积水。黑黢黢的门洞以及两旁狭窄的小巷里居然人头攒动,令人惊诧——涂着劣质口红的花一般的少女;追逐这些少女的少男;走路摇晃、体形肥胖的妇女,使你看到这些少女十年后的模样;佝偻着腰、迈着外八字走来走去的老头儿;衣衫褴褛、打着赤脚在水洼中嬉闹的"小皮猴",听见母亲的怒斥就四散跑开。街上房子的窗户起码有四分之一已经破碎,上面钉着木板。大多数人对温斯顿视而不见;只有少数人半是好奇半是警惕地看他一眼。有两个身形粗壮的女人,发红的胳膊交叉抱着放在围裙上,此刻正在门口站着闲聊。温斯顿走近时,听见她们零星的几句话语。

"'是啊,'我告诉她,'说起来倒不错。'我说,'不过,换作你,你也会像我这样做的。说别人总是很轻松的,'我说,'不过,我有的烦心事,你可都没有。'"

"啊,"另一个接着说,"说得对,就是这么回事!"

尖锐的说话声戛然而止。当温斯顿从她们身旁经过时,她们都怀着敌意沉默地打量着他。确切说来,也算不上敌意,只是一种警觉,一种片刻的紧张反应,就像看到不熟悉的野兽从她们面前经过一样。党员的蓝制服在这样的地方应该不常见到。说实在的,除非有公务在身,被人看见你在这种地方出现是极不明智的。要是遇上巡逻警察，他们肯定要拦住你。"同志，给我看一眼你的证件。你在这里干什么？你什么时候下的班？你平时回家都走这条路吗？"——他们会如此这般地盘问你。没有什么明确的法令不许你走另一条路回家，但是如果思想警察知道这件事，就会对你多加关注。

突然，街道上骚动起来。四面八方传来警告的惊呼。人们都迅速蹿进门内，就像兔子进洞一样迅速。一个年轻妇女在温斯顿前方不远处的一个门洞中蹿出来，一把抓起一个还在水洼中玩耍的孩子，用围裙裹住他，又一下子蹿进门洞内，整个动作一气呵成。几乎在同一时间，有个穿着像手风琴一样的穿黑西装的男人从一条巷子里蹿出来，直接奔到温斯顿面前，激动地指指天空。

"蒸汽机！"他叫嚷道，"蒸汽机！小心，首长！头上有炸弹，赶紧趴下！"

不知道为什么，无产者总把火箭弹叫作"蒸汽机"。温斯顿赶紧扑倒在地。当无产者向你提出这样的警告时，向来是很准确的。他们似乎拥有某种本能，能够在火箭弹到来前的几秒钟预感到，虽然按理说火箭弹快过音速。温斯顿双手抱头。只听轰隆一声巨响，整个人行道似乎都要被掀起来，很多东西雨点般掉落到他背上。当他站起来的时候，发现离他最近的一扇窗户被震碎的玻璃碴儿落了他一身。

他继续向前走。火箭弹将他面前两百米处的几座房子都炸毁了。一股浓烟升上天空，地面上烟尘滚滚，很多人已经将那堆废墟团团围住争相观看了。他面前的人行道上有一堆墙灰，当中有一道鲜红的痕迹。他走上前去，原来是一只被齐腕炸掉的手。除了靠近手腕的那个部位血肉模糊，整只手一片苍白，就像是石膏模型。

他将这东西踢到阴沟里,为了避开人群,便拐进右边的一条小巷里。三四分钟,他就离开了受炸弹影响的地区。这条街上人群来来往往,好像什么事情都没发生过。这时已快到二十点了,无产者常光顾的小酒店(他们称之为"酒馆")里已经拥挤不堪。从酒吧那不停开合的肮脏旋转门里,飘出了一股尿骚、锯屑与酸啤酒混合的气味。在一座房子门口向外凸出的角落里,三个男人肩并肩站在一起,中间那人手上拿着一份对折的报纸,旁边两人伸长脖子贴着他的肩头看着报纸。虽然还未走近,看不清他们脸上的表情,但温斯顿已知道他们有多么全神贯注。显然他们是在看什么重要新闻。当他距离他们几步远的时候,这三个人突然散开了,其中两个气冲冲地吵了起来,似乎随手准备动手。

"你他妈的听我说句话行不行?我告诉你,十四个月以来,末位是七的号码从来都没中过!"

"中过!"

"没中,就是没中!我家里都有记录,两年多来的中彩号码我全都记在一张纸上,一次都没漏过。妈的,我告诉你,没有尾号是七的号码——"

"中过的,七中过!我几乎可以告诉你他妈的那个号码。末位要么是四,要么是七。在二月份——二月的第二个星期。"

"滚你奶奶的二月!我全都记得清清楚楚,白纸黑字,丝毫不差。就没有——"

"都给我闭嘴!"第三个人忍不住开了口。

他们谈论的是彩票。温斯顿走开三十米左右的距离时忍不住回头看了一眼。他们依旧在面红耳赤地争辩。彩票每星期开奖一次,数额巨大,这是无产者唯一认真关心的公共事务。对于上百万的无产者来说,彩票即便不是他们活下去的唯一理由,起码也是主要理由。这是他们生命中的欢愉所在，是他们愚昧的证明、止痛的灵药和大脑的刺激物。只要涉及彩票，那些平时不会读不会写的人就都能解开复杂的运算题，有着惊人的记忆力。有一类人就单单靠介绍如何押宝、预测中奖号码、兜售吉利物件为生。温斯顿的工作与经营彩票无关，那东西是由富部负责的，但是他很清楚（党内每个人都清楚）奖金很大程度上都是虚构的。只有一些末等奖才会真正兑现，那些中大奖的都是根本不存在的人。因为大洋国各地之间信息极不畅通，所以这种事情安排起来并不困难。

如果有希望，希望在无产者身上。你得坚信这一点。你把这话写出来，也许只觉得它比较有道理。你看看街道上与你擦肩而过的人，这句话就变成了一种信仰。他刚刚拐进去的那条小巷是条下坡路。他觉得以前到过这个地方，附近还有一条大道。前面突然传来一阵叫喊声。他在巷子尽头拐弯，走下一层台阶，另一条低洼的小巷又出现在眼前，有几个小贩摆摊卖发蔫的蔬菜。温斯顿终于记起自己身处何方了。这条小巷一直通到大街上，到下一个拐角，再走不到五分钟，就能看到一个旧货铺子，他那个用来写日记的本子就是在那里买的。在不远处一家文具店里，他买了那支笔杆和那瓶墨水。

他在石阶上停下脚步。小巷的另一头是一家昏暗的小酒馆，玻璃窗上像是结着霜花，其实那只是累积的尘土。一个看起来很老的老头儿，佝偻着腰，动作还算敏捷，推开旋转门走了进去，他那把花白的胡子直直地翘起来，就像对虾的触须。温斯顿站在那里看着老头儿走进去，心想这个老头儿肯定至少八十岁了，革命开始时他已经迈入中年。像他这把年纪的人，是尚存的与已经灰飞烟灭的资本主义世界最后的联系。党内只剩下为数不多的几个思想在革命之前就已经定型的人。老一代的大多数在五六十年代大清洗时期就被清除了，几个幸存的也早吓得肝胆俱裂，彻底做了思想上的俘虏。如果哪个活着的人能够同你讲本世纪初期的真实情形，也只能是无产者。突然，他从儿童历史教科书上摘录到日记上的那段话又浮现在他脑海中，一种近似疯狂的冲动瞬间攫取了他。他要走进那个酒馆，他要跟那老头儿套近乎，然后向老头儿询问真实的情形。他要这么问："请你告诉我你小时候的事情。那是怎样的生活？那时候的日子是比现在更好，还是比现在更坏？"

他急急地冲下台阶，穿过狭窄的小巷，生怕因为稍耽搁一下，自己就忍不住改变主意。毫无疑问，这是昏了头。党没有明文规定不许同无产者交谈，或者光顾他们的酒馆，但是这种行为太不同寻常了，很难不被注意到。如果遇上巡逻警察，他可以声称自己突然头晕，进去歇一下，但是他们多半不会相信。他推开门，一股极其难闻的奶酪般酸啤酒味扑面而来。看到他走进去，里面的喧闹声立刻降低了一半。他能够感觉到背后每个人都在紧盯着他的蓝制服。屋子另一头本来有人在玩掷飞镖游戏，看到他进来，也停顿了半分钟。他跟踪的那个老头儿就站在柜台前，似乎同酒保起了争执。酒保是个高个子青年，相当结实，鹰钩鼻，胳膊粗壮。另外有几个酒客端着啤酒杯，看着他们争吵。

"我是客客气气地问你，不是吗？"老头儿气呼呼地说，耸起肩膀，"你居然告诉我这个鬼地方连一个一品脱的杯子都没有！"

"什么叫他妈的一品脱？"酒保指尖紧压柜台，身体前倾。

"你听听！亏他还是个酒保，连品脱都不知道！告诉你：一品脱就是半夸脱，四夸脱就是一加仑。接下去我就得教你ABC了！"

"从没听说过，"酒保简短地顶了回去，"一升或者半升，我们都是这样卖的。你面前的架子上就有玻璃酒杯。"

"我就要一品脱，"那个老头儿依旧坚持道，"你直接给我倒一品脱的酒就行。我年轻的时候可没听说过什么他妈的一升半升。"

"你年轻的时候，我们还都住在树上呢。"酒保对着旁边的酒客眨眨眼说道。

人群哄堂大笑，适才温斯顿进来给他们造成的紧张感已然消失。老头儿满是花白胡楂儿的脸涨得通红。他转过身去，口中还嘟囔不已，正好与温斯顿撞在一起。温斯顿轻轻地抓住他的胳膊。

"我能请你喝一杯吗？"他问道。

"好，你是一名绅士。"那老头儿挺直腰板说，好像压根儿没注意到温斯顿身穿蓝制服。"一品脱！"他盛气凌人地冲酒保叫道，"一品脱啤酒！"

酒保拿出两个厚玻璃杯，在柜台下面的水桶里涮了涮，利落地倒了两份半升深棕色啤酒。啤酒是你在无产者的酒馆里唯一能喝到的。虽然理论上说无产者是不允许喝杜松子酒的，但是如果他们真想喝，有的是办法。掷飞镖游戏重新开始了，柜台前那些酒客又为了彩票的事情高声争论起来。温斯顿的存在暂时被人忘却了。靠窗那里有一张松木桌子，在那里跟老头儿聊天不会被别人听到。无论如何，这样做都很危险，但起码房间里没有电屏幕，这一点他刚进来就注意到了。

"那家伙本来可以给我倒一品脱的，"老头儿坐下后兀自唠叨不已，啤酒就摆在他面前，"半升不够，不解馋。一升又太多，膀胱受不住。别提还有钱的问题了。"

"从年轻时候到现在，您一定见过不少变化。"温斯顿试探地说。

老头儿浅蓝色的眼睛看向飞镖板，再看向吧台，又从吧台移到男厕的门,好像期望这间酒吧里发生什么变化。

"那时候的啤酒比现在的好多了,"老头儿最后开了腔,"价钱也便宜多了。我年轻的时候,淡啤酒——我们叫黄汤——四个便士就能买一品脱。当然,那是战前的事情。"

"哪个战前?"温斯顿追问。

"一直在打仗,"老头儿含混不清地说,举起杯子,又挺起肩膀说,"祝你身体健康!"

他咕咚咕咚大口吞咽,突出的喉结在细瘦的脖子上迅速移动,快得吓人,不一会儿,啤酒见了底。于是温斯顿去柜台又端来两杯半升的啤酒。老头儿显然已经忘了自己说过不想喝一升酒。

"您比我年长很多,"温斯顿说,"在我出生前,您就已经是壮年。您能够记得革命之前是什么样的生活。像我这种年纪的人,对之前的事情真的一无所知。我们所知的一切都是从书上得来的,但是书上的东西不一定可靠。所以我很想听听您怎么说。历史书上说,革命前的生活跟现在截然不同。那时候有最骇人听闻的压迫、不公与贫困,总之远远超出了我们的想象。就以伦敦为例,有很多人一辈子都没吃过一顿饱饭。有半数以上的人从没穿过鞋。他们每天做工十二个小时,九岁就辍学了,晚上十个人挤在一间屋子里。但那时有少数人,不过几千人吧——资本家,他们通常被这么称呼——有钱有势。他们拥有一切可以拥有的。他们住在富丽堂皇的高楼大厦里,有三十个仆人伺候着,出入都坐汽车或者四驾马车,喝的是香槟酒,戴的是高顶礼帽——"

听到这里,老头儿突然兴奋起来。

"高顶礼帽!"他叫道,"也真奇怪,你会说到高顶礼帽。昨天我还想起它呢。不知道为什么。我只是想起,我有多少年没见到这东西了？绝迹了，高顶礼帽。我最后一次戴高礼帽还是为了参加我嫂子的葬礼。那是哪一年前的事情了？哦，我记不清是哪一年了，但肯定是五十年前的事情。当然，你也知道，我只是租来参加葬礼的。"

"高顶礼帽本身不怎么重要，"温斯顿耐心地说下去，"问题是，那些资本家——他们，还有少数依靠他们牟利的律师和牧师之类的人——是地球上的主人。一切的存在都是为了他们的利益。你们——普通老百姓和工人——就是他们的奴隶。他们想怎样使唤你们，就怎样使唤你们。他们可以把你们当牲口一样运到加拿大。如果他们看中了你的女儿，就可以跟她睡觉。他们可以让人拿一种叫作'九尾鞭'的东西抽打你们。你们遇到他们时得脱下帽子以示恭敬。每个资本家走到哪里都有一帮走狗，他们——"

老头儿再次兴奋起来。

"走狗！"他说，"这个词我都好久没听到了。走狗！这实在让我想起以前的事情。我想想，唉，不知道是多少年前了，我有时候会在星期日下午到海德公园去听那些家伙演讲。什么救世军、罗马天主教徒、犹太人、印度人——总之是各种各样的人。有一个家伙——抱歉，我记不起他叫什么了，他可真能说！真没骗你。他说话毫不客气。'走狗！资产阶级的走狗！统治阶级的狗腿！'他这样说。对了，他最喜欢说的一个词是'寄生虫'。哦，还有'豺狼'，是的，他真的把他们叫作豺狼。当然，你知道，他这些话全都是针对工党说的。"

温斯顿觉得他们说的话完全不相干。

"我想知道的是，"他说，"同以前的日子相比，您现在是不是更自由了？他们是不是更把您当作一个人对待了？以前，那些有钱人，那些高高在上的人——"

"上议院。"老头儿打岔了。

"好的,就叫上议院吧。我想问的是,那些人是不是因为他们有钱而您没钱,所以当您是贱民?譬如说,当您跟他们碰上时,您得脱下帽子,恭恭敬敬地叫一声'老爷'?"

老头儿好像陷入了沉思。等到将第二杯啤酒喝掉四分之一后,他才作答。

"是这样,他们起码要你碰碰帽子。算是表示尊敬吧。我自己对此非常不习惯,不过还是做了很多次。不得不啊,你可以这么说。"

"是不是一直——我也只是照搬从历史书上看的——那些人和他们的走狗是不是经常把你们从人行道推到阴沟里去?"

"是有个家伙推过我一次。"老头儿说,"我记得很清楚,好像就是昨天才发生的。那是个划船比赛的晚上——划船比赛的晚上,他们都闹腾得不像话——我在沙夫茨伯里街撞上了一个小伙子。他很绅士,他——白衬衫、高顶礼帽、黑大衣。他在路上跟跟跄跄,我一不小心就跟他撞上了。他说:'你走路没长眼吗?'我说:'这条街道是你买下来的吗?'他说:'你敢再顶一句,我就把你脑袋拧下来!'我说:'你喝醉了。我限你半分钟赶紧滚开。'说起来你肯定不信,他伸出手,朝我胸口狠命推了一把,差点儿把我推到一辆疾驰而来的公共汽车的轱辘里去。那个时候我还年轻,血涌上头,正想还手,这时候——"

一阵无助感攫取了温斯顿。这个老头儿所记得的尽是些琐事。这么问下去,他问上一天也问不出什么有用的来。从某种意义上看,也许党的历史记载是有些道理的。不但有些道理,或许是绝对正确的。但他还要最后努力一下。

"也许我没表达清楚,"他说,"我想说的是这个。您这么大年纪了，早在革命之前您就成年了。譬如说在一九二五年，您已经成年了。就您所记得的那些事情，您会说一九二五年的生活比今天的更好还是更坏呢？或者说，如果可以选择的话，您是愿意活在当下还是愿意回到过去？"

老头儿看着那个飞镖板，沉思了半晌，没有言语。他慢慢地喝完啤酒，比先前慢多了。等到他开口时，现出一种哲学般洞明世事的神态，似乎啤酒已然使他变得心平气和了。

"我知道你想要我说什么，"他说，"你希望我说如果能够重来一次就好了。如果你这样去问别人，大多数人都会说想要返老还童。年轻的时候，身强体健。等到了我这把年纪，身体里就没什么东西好使。我的腿不听使唤，膀胱呢，更不用说了。每天要起夜六七次。不过，老了也有老了的好处。起码有些事情你就不用烦心了。譬如说，不用再跟女人纠缠了，这可是个好事。你信不信，我差不多有三十年没跟女人睡过觉了。我现在想都不想这些事。"

温斯顿靠窗坐下。再问下去也是白费工夫。他正打算再去买一杯啤酒的时候，老头儿猛地站起来，快步朝屋子旁边那间散发着尿骚味的厕所摇摇晃晃地走过去，显然是多喝的半升啤酒起了作用。温斯顿坐在那里对着面前的空酒杯发了一两分钟的呆，等他回过神来的时候，双腿已经把他送到了外面的街道上。至多二十年，他想，类似"革命前的生活是不是比现在更好"这个简单且重要的问题，就再也找不到答案了。其实，即便是现在，这个问题也是无法回答的，因为那个远古时代留下的零星幸存者也丧失了比较的能力。他们记得无数件毫无意义的事情，譬如，跟同事的一次争执，对遗失的自行车打气筒的一场寻觅，死去多年的姐妹脸上的一个表情，七十年前疾风大作的早晨一个尘土旋涡，但是一切重要的事情都不在他们的记忆里。他们就像是蚂蚁，只看到眼前琐屑的东西，对真正重要的事情却视而不见。在记忆缺失而文字记录又被篡改时——当这一切发生的时候，对党所声称的人民的生活水平得以改善的说辞，你就不得不接受了，因为根本没有可参照的标准，它们现在不存在，将来也不会有。

突然，他紊乱的思绪中断了。他停下脚步，抬起头。他已经来到一条狭窄的街道上，两旁有几家黑黢黢的小商店零星散布在民居间。他头顶上吊着三个褪了色的金属球，依稀能够看得出它们以前是镀金的。他觉得这个地方有些熟悉。是的！他又站在买日记本的那家旧货铺子门口了。

他心中一阵莫名的恐慌。当初来这里买本子本来就是一件非常冒险的事，他也曾立誓再不踏入此地半步。可是他刚刚走神的时候，两条腿却自作主张地把他带到了这里。他开始写日记，就是为了避免自己做出这种自取灭亡的愚蠢行径。同时，他也注意到，虽然快要二十一点了，这家店铺却依旧开着。他觉得站在人行道上反倒惹人注意，还不如到店铺里面，于是走了进去。如果遇上巡逻警察来盘查，他就说自己来买刮胡子的刀片，听起来像是那么回事。

店主刚刚点上一盏挂着的煤油灯，空气中弥漫着一股感觉不怎么干净却熨帖的气味。这是个六十来岁的老人，身体瘦弱，佝偻着背，鼻子很长，厚玻璃镜片掩盖不住他目光中的温和。他的头发近乎全白，但是眉毛依旧乌黑浓密。他的眼镜，他那温柔忙碌的动作，还有他身上那件有些年头的黑天鹅绒外套，使他隐约有了一种知识分子的气质，也许他是个文人或者音乐家。他说话的声音轻柔绵软，不像一般无产者那么粗鄙。

"还在人行道的时候我就认出您了，"他立刻说，"您就是那位买了年轻女士用的纪念册的先生。那种纸可真漂亮啊，可不是？白条纸，以前都是这么叫的。唉，我敢说，这种东西起码绝迹五十年了。"他从镜片后面往下看，打量着温斯顿，问道，"您想买些什么东西？还是就随便瞧瞧？"

"我从这边路过，"温斯顿胡乱应付道，"我进来随便看看，没什么特别想买的东西。"

"这样也好，"他说，"我想这里实在没有什么能够满足您的需求。"他柔软的手掌摊开，做出道歉的手势，"您也看到了，店铺全都清空了。实话告诉您，旧货生意就要到头了。没有人还想买这些东西，即便要买，也没有货了。家具、瓷器、玻璃器皿，这些东西全都或多或少地损坏了。那些金属做的用具都被收集起来，回炉熔掉了。我都很多年没看到过黄铜烛台了。"

实际上，这个小店里摆满了各种各样的东西，不过几乎没有一样是值钱的。店铺很小，靠墙的一圈都堆着积满厚厚尘土的画框。橱窗里放着一盘盘螺母、螺栓、旧凿子、破了口的小刀、年代久远不能报时的手表以及其他乱七八糟的东西。只有墙角的一张小桌子上摆着的一些零星物件——漆鼻烟壶、玛瑙胸针等——还值得一看。温斯顿缓步朝小桌子走去，目光被一个圆形光滑的物体吸引，那东西在油灯下散发出淡淡的光晕。他拿了起来。

这是一块厚厚的水晶玻璃，一面是圆弧形，一面扁平，几乎就是个半球体。它的颜色与质地看来，非常柔和别致，就像一滴晶莹的雨滴。在玻璃块的正中央，因为弧面放大了视觉效果，有一个看起来很奇特的粉红色的东西蜷曲着，像朵玫瑰花，又像只海葵。

"这是什么？"温斯顿好奇地问道。

"珊瑚，"老头儿回答道，"肯定是印度洋来的东西。以前他们总喜欢把这种东西镶嵌在玻璃里。这个起码有一百年，从样子来看年代应该更久远一些。"

"真漂亮。"温斯顿说。

"是的,的确很漂亮,"那个老头儿也赞赏地说,"现在有这种眼光的人太少了。"他咳嗽了一会儿,接着说,"哦,如果您要买的话,就给我四块钱吧。我记得以前这样的东西起码也能卖个八镑,哦,八镑——我也算不出来今天值多少钱,总之是一大笔。可是现在还有谁能够认识这些为数不多的古董呢?"

温斯顿立刻掏出四块钱,将这个心爱的宝贝揣在口袋里。这个东西真正吸引他的不在于它有多漂亮,而在于它所拥有的那种独特气息,那种似乎彰显了另一个时代的气息,正是现在所缺失的。这种柔和的雨滴样的玻璃,是他平生从未见过的。这东西之所以那么令人着迷,就是因为它看起来毫无用处,虽然他能够猜出过去的人应该是拿它当镇纸。这东西放在口袋里沉甸甸的,幸而体积不大,不会显得口袋鼓鼓囊囊的。一个党员收藏这样的东西,不仅非常奇怪,而且极容易惹祸上身。任何东西,只要是古旧的、美丽的,总是会招致怀疑。那个老头儿从他手中接过四块钱,显得欣喜异常。温斯顿这才意识到,要是给他三块钱或者两块钱,他也会收下的。

"楼上还有间屋子,或许您有兴趣上去看一看,"他说,"虽然也没什么东西,就剩几样家具。如果您想去,我就去点一盏灯。"

他又点上一盏油灯,佝偻着腰,慢慢地踏上一级又一级陡峭且磨损得很厉害的楼梯,而后通过一条窄窄的过道,进入一个房间。这个房间背对着街道,窗口朝向一个铺着鹅卵石的后院以及许许多多屋顶烟囱。温斯顿注意到,从这个房间里的家具陈设看来,像是有人住。地板上铺着一条地毯,墙上挂着一两幅画,壁炉前有一把邋遢的高背扶手椅。壁炉架上有一具老式的玻璃钟,还是按照十二小时计时的，仍在嘀嗒嘀嗒地响着。窗子下面摆着一张大床，差不多占了整个屋子面积的四分之一，床上面还有床垫。

"我老伴过世之前，我们一直住在这里，"老头儿带着歉意说道，"那些家具都被我一件件卖掉了。这是张漂亮的红木床，至少在您把臭虫都弄掉之后算是。不过你也许会觉得它笨重了点儿。"

他说着将油灯高举起来，好把整个房间都照亮。在柔和温暖的灯光下，这个房间看起来很温馨。温斯顿突发奇想，如果他敢冒险的话，也许一个星期只花几块钱就能将这个房间租下来。这绝对是胡思乱想，应该赶紧将这样的念头从脑海中摒弃；但这个房间的一切引起了他一种怀旧的幽思，一些久远的记忆又浮现在他脑海中。他完全能够想象得到坐在这样的一个房间里会是什么样的感觉：壁炉里燃起熊熊火光，整个人蜷进扶手椅里，两脚搁在壁炉架上，架子上吊着一个水壶。你独自一人，安全无忧，没有人会看到你，也没有任何声音在你耳边回响，除了水壶里的吱吱水声和玻璃钟走动的嘀嗒声，你只感受到一片静谧。

"没有电屏幕！"温斯顿忍不住喃喃自语。

"啊，"老头儿说，"我从没置办过这种东西。太贵了。再说，我也从没觉得需要那东西。您看，那边角落里还有一张很不错的折叠桌。不过，你得先装上新的铰链才能将它支起来。"

另一个角落里还有一个小书架，温斯顿已经不由自主地向那边走过去。不过架子上摆放的全是没用的东西。搜查与焚烧旧书的行动执行得极其彻底，就连在无产者活动区域也是这样。在大洋国的任何地方都找不到一本一九六〇年以前出版的书。老头儿依旧高举着灯，站在壁炉旁边正对着床的一幅蔷薇木画框的画前。

"你对以前的旧版画有兴趣吗?"他试探地问道。

温斯顿走上前来,仔细端详这幅画。这是一幅钢版雕刻画,画上是一座椭圆形的建筑物,有长方形的窗户,前面有座小塔。建筑物四周都围着铁栏杆,后面好像有一个塑像。温斯顿凝神看了许久,觉得这座建筑物有些眼熟,不过他记不起在何处见过。

"这个画框是嵌在墙内的,"老头儿说,"不过,你如果要的话,我可以把它卸下来。"

"我认识这房子,"温斯顿终于开口了,"它已经成为一片废墟。就在正义宫外面的那条街上。"

"是的,就在法院外面。被炸毁了——那是很多年前的事情了。曾经是座教堂,叫作圣克莱门特丹麦人教堂。"他笑一笑,带着歉意,似乎也意识到自己说的事情太荒谬,接着补充了一句,"橘子和柠檬,圣克莱门特的钟说。"

"那是什么?"温斯顿问。

"哦,橘子和柠檬,圣克莱门特的钟——这是我小时候唱的歌谣。我想不起来歌谣的全部内容了,只是记得最后一句:'这里有支蜡烛照着你上床,这里有把斧子来砍你的脑袋。'小孩子们一边唱,一边跳舞,手牵着手抬起来,让你从下面穿过,当唱到'这里有把斧子来砍你的脑袋'的时候,他们就突然放下手,一把将你抓住。这首歌的每一句都提到一个教堂的名字。伦敦的教堂都在这里面——所有主要的教堂。"

温斯顿浮想联翩,不知道圣克莱门特教堂属于哪个世纪。想弄清伦敦建筑物的年代,总是件困难的事情。任何雄伟壮观的建筑物,只要外表有些新,就会被说是革命后的建筑,而那些看上去比年代更久远些的房子,就一定是中世纪那个黑暗时代遗留下来的。资本主义盛行的那几个世纪里,任何有价值的东西都没有诞生过。人们能从建筑中获知的历史,不会比从书本中获知的多。雕塑、题词、碑文、街道名——任何能够使人想起过去的东西通通被改变了。

"我从来都不知道那房子居然是座教堂。"温斯顿说。

"其实,还有不少教堂留下来,"老头儿说,"不过都挪作他用了。哦,我想起来那首歌到底是怎么唱的了!

> 橘子和柠檬,圣克莱门特的钟说;
> 你欠我三法寻①,圣马丁的钟说。

"不过我只记得这两句。法寻,就是那种小小的铜币,看起来跟现在的一分钱差不多。"

"圣马丁教堂在哪里?"温斯顿问。

"圣马丁教堂?哦,它还在那里。就在胜利广场,在画廊边上。就是门廊是三角形的那座,前面有不少圆柱和高台阶的房子。"

温斯顿很熟悉那里。现在那里是一座博物馆,里头陈列着各种各样的宣传品——火箭弹和水上浮堡的模型,以及描述敌人暴行的蜡像等。

"那个地方以前叫'田野里的圣马丁教堂',"老头儿又补充了一句,"不过我都记不清那地方什么时候有过田野。"

温斯顿最后还是没有买下那幅画。它比刚才那块玻璃镇纸更不合时宜,并且,除非把画框卸下来,否则根本没法带走它。他又在店里盘桓了几分钟,同那个老头儿说了些话。交谈中他

---

① 音译名,英国过去的一种货币,现已不用。1法寻合1/4旧便士。

得知那个老头儿不叫威克斯——店铺门前的招牌上就刻着这个名字，所以你会以为这也是他的名字——而叫查林顿。查林顿先生六十三岁，是个鳏夫，在这家店铺住了三十年。他一直想改掉橱窗上的名字，可是拖延到今天还没着手。聊天的时候，温斯顿的脑海里不停回旋着那首只记得一半歌词的歌："橘子和柠檬，圣克莱门特的钟说；你欠我三法寻，圣马丁的钟说。"非常奇怪的是，当你心中默念的时候，你就觉得好像真的有钟声传来，那钟声属于逝去的伦敦，那个依然在此处或彼处存在的伦敦，那个被改头换面、被遗忘了的伦敦。他似乎从一座又一座鬼魅般的尖塔里听到钟声在轰鸣。实际上，从记事起到现在，他从没听到过教堂的钟声。

他离开查林顿先生，独自下了楼梯。他不希望这个老头儿看到他出门之前窥伺街道的情形。他已经下定决心，一段合适的时间过后——譬如说，一个月——他会再次冒险来这里。其实这可能不比在社区活动中心缺席一晚上危险。最大的隐患是，他根本不知道这个店铺老板是否值得信任，他居然在买了日记本之后还光顾这家店铺。但是——

是的，他又想了想，觉得他还会再来。他还要买一些美丽精巧但没有实用价值的小玩意儿。他要将那幅描绘圣克莱门特丹麦人教堂的版画买下来，把它从画框里卸下来，裹在制服的上衣里偷偷带回家。他要跟查林顿先生好好谈谈，发掘他的记忆，将那首歌的内容找全。甚至于，他的脑海中又闪过要将楼上那个房间租下来的疯狂念头。有五六秒钟，他兴奋得忘乎所以，出门前都没有注意从玻璃窗里仔细查看外面街道的情形。他甚至胡乱找了个调子就哼出了刚刚听到的那半首歌：

橘子和柠檬，圣克莱门特的钟说；
你欠我三法寻，圣马丁的钟说——

话音未落，他的心突然坠入无边深渊。一个身穿蓝色制服的人正顺着人行道走过来，与他相隔不过十米。小说司那个黑发姑娘！虽然路灯光线昏暗，但是他依旧准确地辨认出她来。她直盯着他的脸看了看，然后若无其事地快步走远了。

有那么几秒钟，温斯顿吓得完全不能动弹。过了一会儿，他才往右拐，拖着沉重的步伐机械地往前走，根本没意识到自己走错了方向。不管怎样，他心中的疑团已经解开。确凿无疑，那个姑娘在跟踪他。她肯定一路跟踪他来到这里，如果说她是碰巧在同一天晚上来到离任何一个党员所住的地方都有好几公里远的无名小街上，那就绝不可信。不管她是思想警察还是热心过度的业余侦探，现在都无关紧要。她在监视他，光凭这一点就已足够。也许她也看到他走进了那家小酒馆。

温斯顿步履艰难。每走一步，口袋里的那块玻璃就磕一下他的大腿，他恨不得一把将它掏出来扔掉。最糟的是他感到肚子胀痛。如果不在几分钟内找到厕所，他还不如死掉算了。可是这样的地方根本没有公共厕所。幸好肚子的阵痛过去了，只剩下一丝隐痛。

那是一条死胡同。温斯顿收住脚，停了几秒钟，漫无头绪地想着该怎么办，然后才掉转头往回走。就在转身的时候他意识到，那个姑娘是在大约三分钟前跟他相遇的，此刻他若加快脚步，也许还能赶上她。他可以一路尾随她到一个僻静的地方，然后用一块大石头砸碎她的脑袋。他口袋里的那块玻璃够沉，正好能派上用场。但是这个念头刚一浮现，就被他从脑海中剔除了，就连想想任何付诸行动的念头都令他受不了。他跑不动,也不能动手砸死她。再者,她年轻,身体健康,肯定会自卫。他也想过是否要立刻赶回社区活动中心,在那里逗留到关门,这样就有人证明他今天晚上在那里。但那也是不可行的。他现在浑身瘫软无力,只想早点儿回家,安安静静地坐着。

他到家的时候已是二十二点。到二十三点半,电源总闸就会关掉。他进了厨房,将几乎一茶杯的胜利牌杜松子酒一饮而尽,然后在壁龛旁的桌子前坐下,从抽屉里取出日记本,却没有打开。电屏幕上有个女人在用低沉的声音唱一首爱国歌曲。他直愣愣地坐着,盯着日记本的大理石纹封面,想把那歌声从脑海中赶走,却只是徒劳。

他们总是在夜间抓人,总是在夜里。最稳妥的方法是在他们到来之前自行了断。毫无疑问,有些人的确是这么做的。许多蒸发掉的人,其实是自杀。在大洋国,自杀需要极大的勇气,因为这里根本无法弄到枪支弹药,连能够快速致死的毒药也完全没办法找到。他有些震惊地意识到,生理的痛楚与恐惧,其实是一种对身体的背叛,当你需要采取某个行动时,却每每陷入崩溃而失去行动力。要是他当时动作再迅速一点儿,本来能够一下子干掉那个黑发姑娘,但是恰恰因为处于极端危险的境地,他顿时丧失了行动的勇气。他突然想到,面对危机时刻,人所要抵抗的通常不是外来的敌人,而是自己的身体。哪怕现在杜松子酒已经下肚,腹中的那种隐痛仍然令他无法进行连贯的思考。也许所有看似英勇或者悲壮的场面,其实都存在这样的考验。在战场上、刑房里、沉船上,你要为之奋斗与牺牲的事情往往会被忘记,因为身体的感觉会迅速支配你的意志,直到完完全全地控制你。哪怕你没有吓得浑身瘫软或者痛得失声号哭,生活也不过是时时刻刻同饥饿、寒冷、失眠、胃痛或者牙疼等交战的经历而已。

他翻开日记本。重要的是要写下点儿什么。电屏幕上的那个女声已经开始唱一首新的歌曲。她的声音就像尖锐的碎玻璃一样插进他的脑海。他努力调整思绪，开始想奥布赖恩，日记本来就是为他而写的，或者说是写给他的，可是他脑海中不由自主地浮现出思想警察将他抓走后可能发生的事情。如果他们立刻将你杀掉，那反倒没什么大不了，反正被杀是迟早的事。可是死之前（这种事情从来没人提到过，但是每个人都心知肚明）总会有一些例行的逼供手段，譬如，匍匐在地上声嘶力竭地求饶，被折断骨头、打落牙齿，头发上结着血痂。既然终究会是同样的下场，为什么还要忍受其间这些痛苦呢？为什么不早几天或者早几个星期结束你的生命呢？从来没有一个被监视的人能够逃脱，也从来没有人会拒绝招供。一旦犯下思想罪，被蒸发掉将是你不可避免的命运。那么，为何什么都不能改变的恐惧总要埋在未来呢？

他的思绪终于一点点集中起来，奥布赖恩的形象浮现在他脑海里。"我们将在没有黑暗的地方会面。"奥布赖恩对他说。他知道这句话的含意，或者自以为能够理解。没有黑暗的地方就是想象中的未来，你永远无法看到未来，但是凭借预感，你能够神秘地与人分享。电屏幕的声音一直在耳旁聒噪，他无法再任由思绪驰骋。他将一支香烟放进嘴里，一不留神就有一半的烟丝沾在舌上。这种味道发苦的烟丝其实是一种粉末，很难再吐出来。老大哥的脸又出现在他脑海中，取代了奥布赖恩的形象。就像几天前一样，他从口袋中掏出一枚硬币看了一眼。硬币上的那张脸也在看着他，凝重、沉静、警觉，但又有谁知道那浓黑的胡须后面隐藏着什么样的笑容？像沉闷的钟声一样，那几句话又在他耳边回响：

战争即和平
自由即奴役
无知即力量

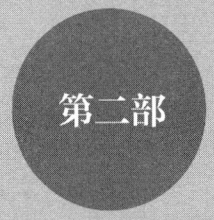

第二部

1984

第一章

这一天上午过半的时候,温斯顿离开格子间去厕所。

有一个人影从灯光明亮的长走廊另一头向他走过来。是那个黑发姑娘!从在那家旧货铺子门口碰到她那天晚上至今已有四天了。她走上前的时候,他看到她的右臂悬着一条绷带,同制服的颜色一样,所以距离太远就看不太清楚。大概是她在操作那种"构思"小说情节的万花筒机器时弄伤了手。在小说司,这样的事故经常发生。

他们相距约四米远的时候,黑发姑娘不小心绊了一下,几乎匍匐在地。她发出一声痛楚的尖叫。她肯定是恰巧压在那只受伤的胳膊上了。温斯顿马上止住脚步。姑娘也半跪着起来。她脸色苍白如纸,嘴唇却因此看来更加红润。她一直盯着温斯顿,求助的眼神看起来更像是出于惶恐而不是出于痛楚。

温斯顿心中涌起一种奇特的感觉。在他面前的是一个想要置自己于死地的敌人,但同时也是一个骨折、正承受痛苦折磨的人。他已经出于本能地走上前去要搀扶她。看到她跌在吊着绷带的手臂上,他感觉就像痛楚从自己身上传来一样。

"有没有摔伤?"他问。

"没什么。我的胳膊……一会儿就好了。"

她说话时,似乎心在怦怦乱跳。她的脸色实在苍白如纸。

"你没摔坏吧?"

"没什么,没什么事情。痛一会儿就会过去的。"

她将空着的手递给他,他把她搀起来。她的脸色有些好转。

"没关系,"她又说,"我只是手腕摔痛了。谢谢你,同志。"

说完,她就朝着先前的方向走了,脚步很轻快,似乎刚才什么事都没发生过。这件事从始至终不过半分钟。脸上不显露任何内心情感已经成为一种本能,况且,这件事刚刚发生时,他们正巧站在电屏幕前面。虽然如此,但是温斯顿还是禁不住露出些微的惊诧,因为就在刚才搀扶那姑娘起身时,她往他手心里塞了一样东西。毫无疑问,她是特意塞给他的。那是一样小巧、扁平的东西。他走进厕所时,将它揣在口袋里,用手指捏捏。那是一块折成长方形的小字条。

他一边站在小便池前小便,一边想法在口袋里打开这张字条。这字条上肯定写着什么要对他说的话。他一阵冲动,差点儿就要到单独的马桶间打开字条看个究竟。但是这种做法实在愚蠢不过,他非常清楚。没有任何地方令你更有把握是安全的,电屏幕二十四小时不间断地监视着你。

他走回自己的小办公室,坐下来,随意将那张字条扔在桌上的一大堆文件里,然后戴上眼镜,将述录器拉到自己面前。"五分钟,"他在心中告诫自己,"起码要等五分钟。"他的心怦怦狂跳,声音大得惊人。幸好他正在处理的那项工作只是例行公事核正一长串数字,不用太过费神。

不管那张纸上写着什么,肯定是有某些政治意义的。目前为止,他能猜到的只有两种可能。最可能的也正如他所担心的那样:

那个姑娘是思想警察的特务。不过,他想不通,为什么思想警察需要用这样的方式传达命令,不过也许他们有自己的理由。也许这张字条上写的是一个威胁、一个传唤,或者一个要他自杀的命令,算是一种引他入彀的某种圈套。然而,另一个荒诞不经的可能性在他脑海中盘桓良久,挥之不去。那就是,这根本不是思想警察交给他的,而是某个地下组织给他的密信。也许,兄弟会是确实存在的!也许,那个姑娘就是其中一员!毋庸置疑,这个念头极其荒谬,可是当那张字条传到他手上时,这个念头立刻就跳出来了。一两分钟以后,他才开始推想另一个可能性更大的解释。哪怕是现在,他的理智告诉他这个字条很可能是死亡的信息——他依旧不肯相信,心中依旧对那个不合理的可能性欲罢不能,他的心禁不住怦怦狂跳,他费了很大力气才稳住,对着述录器念订正的数字时声音不至于颤抖。

他将处理好的工作都卷起来,投入气力传输管。从厕所回来已经过了八分钟。他调整好鼻梁上的眼镜,轻轻地叹了一口气,将下一批文件拉到面前,最上面就放着那张字条。他将字条打开摊平。上面写着歪歪扭扭的几个大字:

我爱你

有那么几秒钟,他震惊得居然忘记要将这招来祸患的罪证丢进记忆洞里。等到他回过神来这么做时,他非常明白,表现出极大的兴趣是多么危险的事情,但还是忍不住要再看一遍,只是为了确认字条上面的确写着这几个字。

那天上午接下来的时间里,他已经没法继续工作。想集中精力去做琐碎无聊的工作固然困难,但是想在电屏幕前隐藏你兴奋的情绪则是难上加难。他觉得腹中有把火在灼烧。在闷热拥挤、人声嘈杂的食堂吃午饭让他备受折磨。他本打算午饭时候一个人清清静静地待一会儿，但倒霉的是帕森斯这个大笨蛋又坐在他身边，他的汗臭味将仅有的一点点碎肉香味也盖住了，嘴里还在滔滔不绝地谈论着仇恨周的准备工作。他讲得尤为起劲儿的是，他女儿所在的侦察队为仇恨周特制的老大哥硬纸板面具，那面具足有两米宽。更令人难受的是，人群如此嘈杂，温斯顿根本就听不清帕森斯的话，只得一次又一次地请他将那些蠢话重复一遍。这期间只有一次，他匆匆瞥了一眼那个黑发姑娘，她同另外两个姑娘坐在食堂另一头。她似乎并没有看见他，他再也没有向那边望一眼。

下午的时间相对容易打发些。午饭后，气力传输管送来一项比较棘手的差事，得花好几个小时竭尽全力才能完成，其他的差事都得暂时搁置一旁。这项差事包括篡改两年前的一批生产报告，让核心党内一个失宠的显要官员名誉扫地。这向来是温斯顿最得心应手的，于是在接下来的两个多小时里他全然忘掉了那个姑娘的事。接着她的面孔重又浮现在他脑海中，以至他迫切希望能够独处一会儿。他不可能弄清这件刚发生的事，除非找个清静的地方梳理一下思路。今晚社区活动中心有活动，于是他在食堂草草吃了一顿寡然无味的晚饭，便赶到活动中心去，参加了看似正经实则愚蠢的"讨论组"的讨论，又打了两局乒乓球，灌了几杯杜松子酒，坐在那里听了半小时题名《英社与象棋的关系》的演讲。他内心厌烦透顶，可这是他生平第一次不想逃避社区活动。自从"我爱你"三个字出现在他眼前，他想要活下去的意念陡然增强，为一些小事冒风险是极其不明智的。一直到了二十三点，他回到家躺在床上——在黑暗中，只要你默不作声，你甚至可以躲开电屏幕的监视——才可以真正连贯地思考问题。

要解决的问题非常现实：怎样才能同那个姑娘联系上，安排一次约会？现在他不再怀疑这是她布下圈套引他入彀了。他知道事实不是那样，因为她将字条塞给他的时候异常激动。显然，她吓得魂飞魄散，谁遇到这种情况不会吓坏呢？他从来都没想过拒绝她的爱慕。仅仅五天前，他还想过要拿石头砸碎她的脑袋，不过这些全都无关紧要了。他现在想的是她赤裸的青春肉体，一如梦中所见。他曾经以为她是个同别人一样的傻瓜，满脑子谎言与仇恨，一肚子冰块。只要想到自己也许会失去她，失去那具雪白青春的肉体，他就不禁恐慌。他最担心的是，要是不立刻同她联系上，很可能她会因此改变主意。但是想同她联系，又是无比困难的事情。就好比下棋的时候，明明已经被对手将死了，你却还想再走一步。不论你走到哪里，电屏幕总会对着你。事实上，在看到那张字条后的五分钟内，他已经想过了所有可能与她联络的方法。只是到现在，他才有足够的时间逐一审视，就好比审视桌上摆着的一排工具，看哪一件比较称手。

当然，今天上午那样的邂逅方式是无法再上演了。如果她在记录司上班，那就相对容易些。但是他对小说司在这座大楼里的位置印象极其模糊，再说他也找不到去那边的任何借口。如果他知道她的住处以及她下班的时间，也许他能想办法在她回家的路上同她相遇。但是尾随她回家的做法实在不安全，因为那意味着他需要在真理部外面晃悠，那样肯定会引起注意。至于通过邮局给她寄信这样的做法，想都不用想。因为所有的信件在传送中都会被打开检查，这早就是不言自明的例行公事了。事实上，很少有人写信。有时万不得已有消息要传递时，就去买一张现成的明信片，上面印着各种日常用语，只要划掉不合适的就行。再说，他根本不知道那个姑娘的名字，更不知道她的住址。最后他决定还是在食堂同她联络，这是最安全的方式。如果碰巧她单独坐在一张桌子旁时接近她，那张桌子又凑巧在食堂中央，距离电屏幕不那么近，周围人声嘈杂，只要这些条件都满足并且持续三十秒，他也许就能同她说上几句话。

在这之后的一个星期里，生活就像一个永不停歇的梦。第二天午餐时，直到他要离开食堂，她才出现，那时已经吹响口哨了。看来她换到了晚班。他们擦肩而过，并没有看对方一眼。接下来的一天，她在正常的午饭时间出现，可是身边跟着三个姑娘，并且就坐在电屏幕下面。此后接连三天极其难熬，她根本没有出现。这让他身心好似被一种无法忍受的感觉所折磨，完全无法掩饰，任何一个举动、一个声音、一个接触，他不得不说或不得不听的一个字眼，都变成了令他难以忍受的折磨。哪怕在睡梦中，他也无法避免，她的形象始终都在。这些天他都没有打开日记本。如果说还有什么能够让他稍稍放松的话，那就是他的工作，有时候他能忘我地沉浸其中十分钟。他完全不知道她发生了什么事情。他也无法向人打听。也许她已经被蒸发掉了，也许她自杀了，也有可能被调到大洋国的另一端了。但所有猜测中最坏的也是最有可能的就是，她改变了主意，决心避开他。

接下来的那一天，她出现了，胳膊上的绷带已经除去，但是手腕上依旧贴着胶布。看到她，他是如此欢欣，以至忍不住直直地盯着她看了好几秒钟。接下来的一天，他几乎就要找到机会同她说话了。那天当他进入食堂时，她一个人坐在一张桌子前，距离墙壁很远。时间还很早，食堂里不够拥挤。队伍行进缓慢，温斯顿就要移到柜台了，但是前面有人抱怨没有领到糖精片，于是耽误了两分钟。当温斯顿端好饭菜朝她的方向走过去时，她依旧一个人坐着。他装作自然从容地朝她走过去，眼光却扫视着她周围的空桌子。当时与她不过相距三米。再过两秒钟他就能到她身旁。就在此时，背后传来一声："史密斯！"他装作没听见。"史密斯！"那人又喊了一嗓子，声音大了一些。不能再装作没听见了。于是他转过头去，一个头发金黄、满脸蠢相的年轻人，名叫威尔希，同他并不熟，但此刻面带笑容，邀请他到一旁的空位子上坐。拒绝不是安全之举。在被认出来之后，他就不能径自走到一个无人陪伴的姑娘身边坐下。这样的举动太容易引起别人注意了。他只能笑着坐了下来。金发小伙子那张蠢笨的脸上也堆满了笑容。温斯顿眼前出现一个幻觉，看到自己拎起一把鹤嘴锄对着那张脸锄过去。很快，那个姑娘的桌子旁也坐满了人。

但是她一定看到了他向她走过去，也许她已经领会了他的意图。第二天，他早早地来到食堂。果然，她又坐在差不多与前一天同样的位置，依旧是一个人。排队时，站在温斯顿前面的是个典型的甲壳虫般的人，个子矮小，手脚灵活，脸扁平，小眼睛中流露出多疑的神色。当温斯顿端起餐盘离开柜台的时候，看见那个"甲壳虫"径直朝那个姑娘所在的桌子旁走过去，他的希望再一次落空。前面不远处有一张空桌子，但是温斯顿从"甲壳虫"的神色中能够看出他很会顾及自己的利益，所以他一定会挑选一张最空的桌子坐下来。温斯顿跟在他后面，心里感到一阵冰冷。除非他能单独同她在一起，否则没办法与她联系。就在这时，前面突然哗啦一声响，"甲壳虫"趴在地上，餐盘不知去向，汤汁与咖啡流了满地。"甲壳虫"挣扎着爬起来，狠狠地瞪了温斯顿一眼，很显然，他以为是温斯顿故意绊倒他的。不过不要紧。五秒钟后，温斯顿坐在那个姑娘的桌子旁，心怦怦跳着。

他没有正面看她一眼，只是将餐盘放好，开始赶紧吃饭。应该趁着旁边还没人的时候赶紧同她说话，这很重要，但是一种极度的恐惧向他袭来。自上次她塞字条给他到现在，已经过去了一个星期。她很可能已经改变心意，她一定已经改变心意了！这种事是不可能成功的，现实生活中根本不可能发生这样的事情。要不是看见安普尔福思——那个耳朵长着长毛的诗人——端着餐盘走来走去想找个位置坐下来，他也许会再次临阵退缩。安普尔福思对温斯顿似乎有种难以言表的好感，只要看到他，就一定会在他身旁坐下来。大概只有一分钟采取行动。温斯顿和那个姑娘都在不紧不慢地埋头吃着。他们吃的是稀溜溜的菜豆炖菜，跟汤差不多。温斯顿开始喃喃低语。两人都没有抬头，一边不紧不慢地将那稀溜溜的东西往嘴里送，一边趁着间隙不动声色地轻声交换几句必要的话。

"你什么时间下班？"

"十八点三十分。"

"我们在哪儿见面？"

"胜利广场，纪念碑附近。"

"那里到处都是电屏幕。"

"人多就不要紧。"

"用什么暗号吗？"

"不用。你看到我混在人群中时才能跟过来。别看我。站在我附近就可以了。"

"什么时间？"

"十九点。"

"好吧。"

安普尔福思并没有看到温斯顿，他在另一张桌子旁坐了下来。他们两人没有再说话，也没有相互看一眼，只要他们能在同一张桌子旁面对面地坐着就够了。黑发姑娘匆匆吃完饭，起身走开，温斯顿留下来抽了一支烟。

温斯顿在约定时间之前到了胜利广场。他在那根有凹槽的巨型柱基附近徘徊,顶上是老大哥的青铜塑像,凝视着南方的天空,他曾在那里的"一号机场城战役"中歼灭了欧亚国的敌机(在几年前则是东亚国的敌机)。塑像对面的街道上有个骑在马上的人的塑像,据说是奥利弗·克伦威尔。约定时间过去了五分钟,她还没有露面。温斯顿心中惊疑不定。她没来,她已经改变了主意!他缓缓踱步到广场北面,认出了圣马丁教堂,心中不禁掠过一丝欢愉,那个教堂的钟声——在它还有钟的时候——曾经吟诵过"你欠我三法寻"的歌声。就在这时,他看到了那个姑娘,她站在纪念碑的基座前,看着或者假装在看上面贴着的一张招贴。但现在他不能走上前去,周围还没有人潮,实在太危险。基座周围都是电屏幕。不过这时突然传来一阵喧哗声,左边有一阵隆隆的重型机车声响起。霎时间每个人都奔过广场。那个姑娘也矫捷地从基座的狮子铜像旁绕过去,加入了汹涌的人群。温斯顿也跟了上去。他跑过去的时候,从纷杂的喊叫声中听出了大概,有一批欧亚国的俘虏要从这里经过。

这时人潮汹涌,已经将广场南边堵得水泄不通。平时遇上这样人头攒动的时候,温斯顿总是下意识地靠边站,今天却一反常态,推着揉着往人最多的地方挤过去。很快他就到了那个姑娘附近,几乎触手可及,但是前面有一对体形魁梧、夫妻模样的无产者严严实实地堵在那里,就像一堵严丝合缝的肉墙。温斯顿侧着身子狠命向前挤,将肩头插在他们中间。有那么一刻,他觉得五脏六腑都要被那两个结实的臀部挤碎了,终于,他挤了过去,出了些汗。他站在那个姑娘旁边。他们俩肩并肩,双眼直视前方。

一列长长的卡车队从街道上缓缓驶过,车上的四个角落都笔直地站着手持冲锋枪、面无表情的卫兵。车内许多个头矮小、身着破烂的绿军装的黄种人，挤成一团。他们那满是悲伤的蒙古种人的脸朝向卡车外，没有流露出好奇的神情。有时候车子偶尔颠簸一下，就响起一阵当啷当啷的铁链声，因为所有的战俘都戴着脚镣。一车又一车满面哀伤的俘虏过去了。温斯顿知道车队是连续行进的，但他只是断断续续地看到他们。那个姑娘的肩膀和胳膊与他紧紧贴在一起。他们的脸颊也靠得很近，他几乎能感受到她的气息。这时她很快把握住了形势，就如同在食堂一样。她开始用上次那种不露声色的声音说话，嘴唇几乎没有动，在嘈杂的人声和隆隆的卡车声中，这样的声音极容易被淹没。

"你能听到我说话吗？"

"能。"

"星期天下午你能休息吗？"

"能。"

"那么小心听着。你得记住了。到帕丁顿车站——"

她以一种军事部署般精确的方式向他详细说明了路线，这令他不由得大吃一惊。先坐半小时的火车，出了火车站后向左拐，沿公路前行两公里，穿过一扇缺了横梁的大门，再跨过田野间的一条小径，而后走过杂草满径的小路，穿过灌木丛中的小道，看到一株躺在地上、长满青苔的枯树。她脑海中好像有一幅地图一样。最后她低声问道："你都记住了吗？"

"记住了。"

"你先左拐，再右拐，然后再左拐。那扇大门的顶上缺了横梁。"

"知道。具体时间？"

"大约十五点。也许你要等我一下，我会走另一条路到那里。你全都记清楚了？"

"记清楚了。"

"那就立刻从我身边离开。"

这一点无须她提醒。不过他们陷在人群中,一时无法动弹。卡车队还在行进,人们还在不知足地呆呆观看着。刚开始有人嘘了几声,但这不过是从散布在人群中的党员口中发出的,很快就停止了。观众大多是出于好奇观看着。外国人,不论是来自欧亚国还是来自东亚国,都是一种奇怪又陌生的动物。他们除了以俘虏的身份出现,大洋国人根本就不会看到他们,即便是俘虏,他们也只是匆匆一瞥。没有人知道等待他们的究竟是怎样的结局,只知道当中有少部分人要作为战犯被施以绞刑。其余的人都将消失不见,也许被送到强迫劳动营去了。蒙古种人圆圆的脸渐渐被欧洲化的脸取代,肮脏不堪,满面胡须,形容憔悴。他们肮脏的颧骨上方的目光投向温斯顿,有时炙热,但转瞬即逝。车队终于要过完了。在最后一辆卡车上,温斯顿看到一个满脸胡须的老头儿,他直挺挺地站着,双手交叠在胸前,好像早就习惯让他的双手在一起。就要到温斯顿跟那个姑娘分开的时刻了。但在最后一瞬间,趁着人潮依旧包围着他们,她伸出手来,迅速捏了他一把。

他们双手交握的时间顶多十秒,温斯顿却感觉握了很久。他甚至有充裕的时间将她手掌的每一个细节都了然于心。他摸到的手指修长,指甲椭圆整齐,掌心因为操劳而长着老茧,手腕处的肌肉嫩滑。只是这样用手感受了一下,他似乎已经能够不用看就能辨认她了。这时他忽然想到,他还不知道她的眼睛是什么颜色的。很可能是棕色的,但是黑头发的人眼睛通常是蓝色的。现在转头去看她,实在愚不可及。在拥挤的人群中,他们的手紧握在一起,直直地看着前方。注视着温斯顿的不是黑发姑娘,而是那个老态龙钟的俘虏,他悲哀的眼神透过一头乱发凝视着他。

第二章

温斯顿穿过树荫下的小路,当头顶的树枝疏朗时,细碎的阳光照进来,洒下满地金黄。在路左边的树下,开满了蓝铃花。空气湿润柔和,似在轻轻地亲吻人的皮肤。这一天是五月二日。树林深处传来斑鸠咕咕咕的鸣叫声。

他来得比预定时间略早。一路上都非常顺利,那个姑娘显然经验丰富,否则他肯定会像往常一样的害怕。也许可以相信她能够找到一个安全的地方。通常说来,你要知道乡村不一定比伦敦安全。是的,乡村当然没有电屏幕,但是总有可能遇上窃听器,你的声音会被录入而后被识别出来;另外,一个人出门旅行,想要不引起他人的注意实在是不容易的事。一百公里内的活动,你不需要在护照上申请签注,但是车站附近经常有巡逻警察出没,会检查他们看到的所有党员的身份证,并且质询一些令人难以回答的问题。那天温斯顿非常幸运,没有见到巡逻警察。出了车站之后,一路上他频频回头,确认身后没有人跟踪。火车上挤满了无产者,因为天气温暖、阳光和煦,到处都洋溢着假日般的气息。温斯顿搭乘的那节硬座车厢被一个大家庭占满了,有老掉牙的祖奶奶,还有刚满月的婴儿,一家人要去拜访乡下姻亲,还毫不顾忌地对温斯顿说要顺便弄一些涂面包的黑市黄油。

路面逐渐开阔起来，不久他就到达她说的那条小径，看起来那是牛羊等牲畜从灌木丛中踩出来的小道。他没有表，但是心里清楚还不到十五点。遍地都是蓝铃花，想不踩到它们是不可能的。他蹲下身来，摘了一些蓝色的小花朵，一半是为了消磨时间，另一半是心中有一个模糊的念头，希望一会儿会面的时候能够送给她一束鲜花。他摘了一大束，正在轻嗅那算不上好闻的淡淡香味时，突然听到背后传来踩踏枯枝的脚步声，他吓得浑身战栗，动弹不得。没有其他办法，他只能继续摘花。来的人很可能是那个姑娘，但也很可能是跟踪者。如果他这时回头，势必会表现出心虚，他继续一朵又一朵地摘着。有只手轻轻地搭在他肩上。

　　他抬起头，是那个姑娘。她摇摇头，显然示意他不要发出声响，然后她拨开灌木丛，沿着那条狭窄的小径引领他快速向树林深处走去。很显然，她以前来过此处，因为她碰上水洼时连看都不看一眼就习惯性地直接跳过去了。温斯顿跟在她身后，手中还紧握着那束花。他看到姑娘时第一感觉就是放下心来，但是现在看到前面不停移动的苗条结实的身体，以及腰间系着的鲜红色缎带，那缎带宽窄适中，正好将她臀部的线条完美地展现出来，他不由得生出强烈的自卑感。即便到此刻，如果她回过头看他一眼，他很可能会打退堂鼓。空气清新甜美，树叶青翠欲滴，他感到自惭形秽。从车站出来后，五月的阳光就使他感受到自身的污浊与肮脏，他完全是室内生活的人，伦敦的煤烟与灰尘早已渗入他皮肤上的每一个毛孔。他忽然想到，大概她至今还从未在阳光下见过他的样子。他们走到她所说的那根横在地上的枯树旁。她一跃而过，拨开看似密不可分的灌木丛继续前行。温斯顿一直跟着她，走了一会儿，来到一小片天然的开阔地。那片开阔地上长满青草，周围长着高高的幼树，使得它成为一个隐蔽的所在。姑娘停下脚步，转过身来。

"我们到了。"她说。

她离他不过几步之遥,可是他依旧不敢靠近她。

"我在路上不想说什么,"她接着说,"以防什么地方藏着话筒。我猜可能性不大,但是也不敢担保。他们那些畜生中总有一个可能会认出你的声音。不过这里就安全了。"

他依旧没有勇气上前,只是愚蠢地重复一遍:"这里就安全了?"

"是的,你看看这些树。"这些都是小榛子树,不久前刚砍伐过,现在重新抽枝发芽,都是些细枝,最粗的也没有手腕粗。"没有一棵大得能够藏下话筒。再说,我之前也来过这里。"

他们只是随便找些话来说。他现在离她近了一些。她笔直地站在他面前,脸上的笑容隐约带着一股嘲弄的意味,好像在责问他为什么还不行动。蓝铃花散落在地上,似乎是它们自己落下来的。他握住她的手。

"你相信吗,"他说,"在这一刻之前,我还不知道你的眼睛是什么颜色的?"棕色,他注意到了,淡棕色,睫毛却是浓密的黑色,"现在你已经看清楚了我的真实样貌,你还受得了看我吗?"

"是的,这容易。"

"我三十九岁,有一个无法离婚的妻子,患有静脉曲张性溃疡。嘴里装着五颗假牙。"

"我都不在乎。"姑娘说。

接下来,很难讲是谁采取了主动,她已偎在他怀中。起初,他没有任何感觉,只是感到难以置信。那个生机盎然的躯体紧贴在他身上,一头浓密的黑发摩挲着他的面颊。没错!她抬起头,他开始亲吻她那两片红润的嘴唇。她的双臂紧紧搂着他的脖子,低低地唤他亲爱的、宝贝、爱人。他将她拽到地上,她没有丝毫反抗之意,一切听从他的摆布，他愿意怎样就怎样。但是，肌肤相亲并未带给他任何生理冲动，除了单纯的触觉。他感到的只是难以置信和极度骄傲。他非常兴奋，这样的事情居然真的发生了，但是他没有一点儿欲念。事情来得太快，她那么年轻，充满朝气，那么美丽，这让他无端生出胆怯之心，他也不知道这是为什么，也许因为他早已习惯了没有女人的生活。姑娘坐了起来，从头发里扯下一朵蓝铃花。她紧挨着他坐着，伸手环住他的腰。

"别担心，亲爱的。不急。我们有整个下午。这真是个隐蔽的地方，对不对？有一次我参加集体郊游时迷路了，意外发现了这里。如果有人来，一百米开外就能听到动静。"

"你叫什么名字？"温斯顿问。

"朱莉雅。我知道你的名字，温斯顿——温斯顿·史密斯。"

"你怎么知道的？"

"我想，也许做这样的事情我比你在行，亲爱的。好了，告诉我，在我递字条给你以前，你是怎么看我的？"

他没有想欺骗她，起初就把最坏的印象说出来，也算是表示爱意的一种方式。

"我一看到你就讨厌你，"他说，"我想过要先强奸你，然后把你杀掉。两个星期前，我真动过念头从地上捡起一块石头砸碎你的头。如果你想听实话，我曾以为你同思想警察有关联。"

朱莉雅高兴地放声大笑，显然觉得这是对她的恭维，说明她伪装得非常高明。

"思想警察？你不是真的那样看我吧？"

"哦，也许不完全那样。但是你看，你的外貌，你知道，你那么青春、健康、有活力，你懂的——我想也许你——"

"你以为我是个模范党员。言谈举止纯洁端庄，扛着旗帜，参加游行，喊口号，积极参加社区比赛，集体郊游——总之就是这一类事情。你认为我只要找到机会，就会毫不犹豫地揭发你，指控你是思想犯，将你干掉？"

"是的，差不多就是那样。你也知道，有许多年轻姑娘都那样做。"

"全怪这破玩意儿。"她一边说着，一边伸出手去，将腰间那根鲜红色的反性同盟的腰带解开，一把扔到树梢上。接着，好像这样似乎提醒了她什么，她伸手到制服口袋里掏出一小块巧克力来，掰成两半，分一半给温斯顿。温斯顿还没有接过来，就已经从香味中分辨出这是一块非同寻常的巧克力，颜色很深，黑得发亮，包在锡纸里。寻常的巧克力都是暗淡的棕褐色，脆脆的，吃起来有种烧垃圾的烟火味。以前他也吃过像朱莉雅给他的这种上等巧克力。这种芬芳的味道勾起了他的某种回忆，回忆很模糊，但是这感觉非常强烈，令人无限惆怅。

"这东西是从哪里弄到的？"他问。

"黑市。"她满不在乎地回答，"你看，表面上我就是那种女人，对各种把戏都很精通。我以前还是少年侦察队的队长。一星期有三天晚上我都在青年反性同盟义务工作。我还没完没了地在伦敦各处张贴他们那些通篇扯淡的宣传语。游行的时候我总是举着大旗。不论做什么事，我都是兴高采烈的，从来不会落后与退缩。总是跟着大家一起活动，这是保护自己的唯一办法。"

巧克力开始在温斯顿的舌尖融化。那种滋味美妙绝伦。刚才被勾起的那个模糊的回忆却仍旧在他意识的边缘徘徊，是那种你能强烈感受到但难以名状的东西，就像是你眼角余光感受到的东西。他决心将这记忆放到一旁，只知道那是关于某件事的记忆，他希望他没有做过那件事，但是无济于事。

"你还这么年轻,"他说,"你比我小十到十五岁吧。像我这样的人,有什么地方能够吸引你呢?"

"因为你脸上的某种东西。这让我决心冒险试一试。我很能察言观色,能够辨认出谁不是他们一类的人。从第一眼看到你,我就知道你反对他们。"

他们,看来应该代指党,尤其是指核心党。她说起党来带着一种肆无忌惮的嘲讽口吻,这样明显的憎恶情绪让温斯顿心中有些不安,虽然他知道如果真有什么地方安全的话,现在这地方是最安全不过的了。最让他惊讶的是,提到他们,她总是脏话连篇。照理说来,党员是不能说脏话的,温斯顿自己就很少讲,起码不会大声讲。但是朱莉雅不一样,只要提到党,尤其是核心党,好像不用那种只在小胡同的墙上用粉笔涂写的字眼就不行。他不觉得这样令人生厌。这只不过是她对党和党的所有做法的一种反应罢了,而且好像非常正常,非常自然,就好比一匹马嗅到了烂草会打喷嚏一样。他们离开那片空地,又沿着疏朗的树荫往回走。只要小径能够容纳得下,他们就搂着腰前行。他觉得扔掉那根腰带之后,她的腰身柔软了许多。他们轻声细语着。朱莉雅说,离开那片空地,最好别作声。不久,他们来到小树林的边缘地带。她让他停下脚步。

"别再往外走了。说不定外边有人。我们只要躲在树枝后面就不要紧。"

他们站在榛子树的树荫里。太阳光穿过数不清的树叶缝隙照在他们脸上,带着温暖的光芒。温斯顿眺望远处的田野,觉得这个地方似曾相识,不禁暗自惊讶。他一眼就看清楚了。这是一个古老的牧场,草地都被野兔啃得光秃秃的,草地上有一条弯弯曲曲的小径,密布着许许多多的鼹鼠洞。在牧场另一端参差不齐的树篱边,榆树枝在轻风中曼舞,茂密的树叶像女人的头发一样微微颤动。近在咫尺的某处，虽然看不见，却有一条清澈的小溪缓缓流淌，鲮鱼在柳树下的池塘里怡然自得地游弋。

"这附近是不是有小溪？"他低声问道。

"是啊，有一条小溪，不过不在这里，在另外那片田野边上，里面有鱼，很大的鱼。你能看到它们在柳树下的池塘里游来游去，摇动着尾巴。"

"那就是黄金乡——几乎是。"他喃喃自语。

"黄金乡？"

"哦，没什么，真的。黄金乡是我有时候会在梦中见到的景色。"

"你瞧！"朱莉雅轻声叫起来。

一只画眉在距离他们不到五米远的树枝上停下来，几乎与他们的脸部等高。也许它没发现他们。它沐浴在阳光下，而他们站立在树荫里。它伸展翅膀，又小心地收回来，将头低下一会儿，似乎是在向太阳敬礼，然后开始鸣唱。在这静谧的下午，它的音量真是高得惊人。温斯顿和朱莉雅紧紧依偎在一起，听得入迷。就这样，时间一分钟又一分钟地流逝，而那只画眉鸟兀自唱个不停，它的歌声变化多端，从来没有重复的曲调，似乎故意要在他们面前展露它精湛的技艺。有时候它也会暂停几秒，拍一拍翅膀，昂首挺胸，再次放声歌唱。温斯顿一直望着它，态度不知不觉变得虔敬起来。它是在为谁歌唱？又为什么歌唱？这里既没有配偶，也没有对手。它为什么要独自飞到这孤寂的树林边上，对着虚无的旷野放声高歌？他非常怀疑这附近装着窃听器。他与朱莉雅这么低沉的说话声，窃听器是无法听到的，但是能够听到画眉的歌声。也许在窃听器的另一端，有一个甲壳虫一样的小个子正在凝神倾听，却听到了画眉的歌唱。可是画眉不停歌唱，渐渐将他心中的顾虑都驱除了。那歌声就像一种液体状的东西，混合着从树叶缝中透过来的阳光，倾泻在他身上。他的思绪完全停止，只是任由感觉驰骋。他臂弯里的腰肢如此柔软又温暖。他将她的身子扳过来，使她面对着自己，她的整个身躯快要融化在他身体里了。他的手摸到哪里，哪里就如水一般温顺。他们的嘴唇紧紧黏在一起，与刚才那种生硬的接吻截然不同。他们分开的时候，两个人都满足地深深叹了口气。那只鸟大吃一惊，拍着翅膀飞走了。

温斯顿的嘴唇贴在她的耳边："现在。"

"不能在这里，"她轻轻地回答，"回到那片空地去。那里更安全。"

他们很快走回那片空地，踩断了一些枯枝，发出噼啪的声响。一到被幼树环绕的空地后，她就转过身来面对着他。两个人都大口喘着气，但是她的嘴角又噙着笑容。她静静地看着他，然后伸手去拉她制服的拉链。啊，是的！与他梦境中的样子几乎一模一样。她的动作与他想象的几乎一样迅速，她脱掉了衣服，扔到一旁，用同样优雅的姿势那么一扔，好像把整个文明都摧毁了。她的身体在阳光下显得异常白皙。但有那么一刻他顾不上去看她的身体，他的眼睛被那张露出淡淡的、肆无忌惮的笑意的雀斑脸深深吸引住了。他在她面前跪下来，捧着她的双手。

"你以前干过这样的事吗？"

"当然。几百次——呃，起码也有几十次了。"

"都是跟党员？"

"是的，总是跟党员一起。"

"跟核心党的党员？"

"不，当然不是跟那些畜生。不过只要有半点儿机会，他们都会垂涎三尺的。他们只是装出一副道貌岸然的样子。"

他激动得心怦怦狂跳。她已经干了几十次。他真希望是几百次，几千次。任何与腐化堕落相关的事情都会令他充满狂想。谁知道呢？也许党的内部早就腐烂了，只有表面维持着光彩，它之所以煞费苦心地提倡艰苦朴素与克己奉公，不过是为了隐藏内在的罪恶。如果他一个人就能够将麻风或者梅毒传染给他们所有的人，他一定会乐意去做！任何能够使他们腐化、堕落、分崩离析的事情，他都会乐此不疲！他将朱莉雅拉了下来，两人面对面跪着。

"你听清楚了。你有越多的男人，我就越爱你。你懂吗？"

"完全理解。"

"我恨纯洁，我恨善良。我不希望在任何地方看到什么美德。我希望每个人都堕落到骨子里。"

"啊，亲爱的，我太符合你的口味了。我自身就堕落透顶。"

"你喜欢做这事吗？我不是说单跟我，而是指这件事本身。"

"我热爱这事。"

这就是他最希望听到的话语。不仅出于一个人的爱，还出于动物的本能，那种简单、毫无差别的欲望，那是一种能将党摧毁的力量。他将她按倒在草地上，周围都是掉落的蓝铃花。这一次他不存在任何问题了。不一会儿，他们急促的呼吸渐趋平缓，带着一种欢愉的无助感，两人的身体分开了。阳光好像越发温暖。两个人都有了蒙眬的睡意。他伸手拉过扔在地上的制服，盖在她身上。两人几乎立刻就睡着了，大概睡了半小时。

温斯顿先醒了过来。他坐起来，看着那张头枕在她的手掌上依旧熟睡的雀斑脸。除了她的嘴巴之外，她算不上有多漂亮。如果仔细端详，你会发现她眼角有几丝皱纹。她的头发很短，极其乌黑浓密，无比柔软。他忽然想到，他还不知道她姓什么、住在何处。

这具散发着青春气息的结实身体，因为熟睡，显得有些柔弱无依，这让他心中不禁升腾起一股怜悯保护之情。但刚才站在榛子树树荫下听画眉歌唱时涌现出来的柔情蜜意不再重现。他扯开盖在她身上的制服，仔细观赏她洁白如玉的肉体。他想，要是在以前，男人看女人的身体，动了欲念，就这么简单。可如今，既没有纯洁的爱情，也没有真正的欲念。没有任何感情是纯粹的，因为任何事情都会掺杂着恐惧与仇恨。他们的拥抱是一场战斗，高潮就是一次胜利。这是给党的当头一击。这是一次政治行为。

第三章

"我们可以再来这里一次。"朱莉雅说，"通常来说，任何一个藏匿之处，用上两次还是安全的。不过，当然，得在一两个月后再来。"

她醒过来之后，神情就完全变了。她又变回那个干净利落、头脑清醒的党员。她穿好衣服，将鲜红的腰带系好，接着安排返回的路线。将这些事情都交给她去做，好像是再自然不过的。显然，她对实际生活有各种各样的应对措施，而这正是温斯顿所缺乏的。况且她因为参加过无数次集体郊游活动，所以对伦敦周围的乡村了如指掌。她给他安排了回去的路线，同来时有很大差异，他要到另一个车站坐车回伦敦。"回家时千万别走来时路。"她郑重地叮嘱，似乎在阐明一条放之四海而皆准的重要原则。她会先离开，等半小时后温斯顿才能动身。

她还指定了下一次会面的地方，约好四天后下班时再见。那是贫

民区的一条街道，那里有一个自由市场，通常人头攒动，喧闹连天。她会在那些摊位之间逛来逛去，装作要买鞋带或是线团。如果看到他的时候发现周围没有可疑人物，她就会擤鼻子，那样他就可以走过去；否则，他就得装作没有见到她，径直走掉。如果运气好的话，他们能够在汹涌的人潮中交谈一刻钟，将下一次约会的细节安排清楚。

"现在我得走了，"等到他记住她所交代的所有事项后，她立刻说道，"我得赶在十九点三十分报到。我会在青年反性同盟待两小时，发传单或者做其他的事情。你说这事情有多混账？帮我梳理一下头发，好吗？头发里会不会有树叶之类的东西？确定没有？那就再见，亲爱的，再见！"

她猛地扑到他怀里，狠命吻着他，接着就拨开树苗，悄无声息地消失在树林中。到现在他还不知道她究竟姓什么、住在何处。不过，也没关系，因为他们根本就不可能在室内见面，或者交换信件之类的。

后来，他们再也没有去过那片树林的空地。整个五月份，他们只有一次机会再次发生了关系。那个隐蔽的地方也是朱莉雅找到的，那是一座破败的教堂的钟楼，教堂矗立在一片三十年前被原子弹炸毁的荒野之中。那个地方是个理想的幽会地点，要到那里却危险重重。其他时候，他们只能在街上相见，每天晚上都在不同的地点，每次都不超过半小时。在拥挤的街头，还是能说上一些话。他们在拥挤的人行道上慢慢地走着，前后保持一段距离，从来不看对方一眼，但是能奇怪地进行交谈，就像灯塔同进港口的船只一闪一闪地打信号灯一样。如果发现附近出现了穿制服的党员或者看到电屏幕，他们就立刻缄口不言，几分钟后再继续刚才没说完的话，等到约定分手的地方就突然中止，到下一次见面的时候，不需要任何开场白再接着上一次未完的话继续。朱莉雅似乎早就习惯了这样的谈话方式,她称之为"分期谈话"。她让人称叹的一点就是说话的时候根本不动嘴唇,而且技巧娴熟。将近一个月的晚间会面中,他们只亲吻了一次。那一次,他们正在一条小街里默默无语地走着(只要离开熙熙攘攘的大街,朱莉雅就会一言不发),突然传来一声震耳欲聋的冲天巨响,似乎山崩地坼,天空变作乌黑,温斯顿摔倒在地,身上跌破了皮,整个人都吓呆了。一枚火箭弹肯定落在了附近。他忽然发现朱莉雅的脸近在咫尺,脸色苍白如纸,看不到一丝血色,嘴唇也是青白的。她死了!他一把搂过她,才发现自己吻着一张鲜活温暖的脸。但是他的嘴唇碰到的是尘土,两个人脸上都覆盖着厚厚的灰泥。

有些晚上,他们已经到了约定的地点,却只能装作没看见,径直走开,因为那时正好碰上巡逻警察从街角走过来,或者刚好有巡逻的直升机在他们头顶盘旋。哪怕不那么危险,想挤出时间来碰面也是件困难的事。因为温斯顿一星期工作时间长达六十小时,而朱莉雅的更长,他们的休息日视工作忙闲而定,常常不能凑在一起。朱莉雅很少有一个晚上是完全空闲的。她花了大部分的业余时间去听演讲、参加游行、为青年反性同盟分发传单、为仇恨周准备旗帜、为节约运动募集款项之类的事情。她说这样做对他们很有好处,是一种适当的掩护。如果你能够遵守小规矩,你才能有机会违反大原则。她甚至劝服温斯顿花一晚上同那些积极的党员一起去参加义务军火生产工作。于是,每星期有一天晚上,温斯顿不得不花四小时做无聊的装配小零件的工作,那些小金属块很有可能是炸弹引信的零部件,工厂车间灯光昏暗,呼呼的风直透进来,电屏幕传来的音乐声和锤子敲敲打打的叮当声混杂在一起,令人厌烦。

当他们在教堂的钟楼会面时,之前断断续续说话的空当就会被填满。那天下午,天气异常炎热。钟楼上那间四四方方的小屋子里空气闷热，弥漫着浓烈的鸽粪臭味。他们坐在地板上，聊了好几个小时，地板上落满了厚厚的灰尘和树叶。每隔一阵，两人中就有一个站起来透过窗户缝窥探外面的情形，看看有没有人从附近经过。

朱莉雅二十六岁，一直跟三十个姑娘挤在一间宿舍里（"总是逃不开女人的那股臭味！我恨死女人了！"她补充道）。如他所料，她在小说司工作，负责管理、维修小说写作器。她喜欢这份工作，主要是运作与维护一台大功率的复杂电机。她并不"聪明"，但是动手能力很强，在机械方面很在行。她能够清清楚楚地向你讲解一部小说的全部生产过程，从计划委员会下达总指令开始，一直到修改小组做完最后的润色为止。不过她对成品没有任何兴趣。按她说的就是她"不怎么喜欢读书"。书本也只不过是一种需要被生产出来的产品，跟果酱和鞋带没什么不同。

六十年代早期之前的事情，她已经没有任何印象。她所认识的那些人中，只有一个人会经常提到革命以前的时代，那就是她的祖父，但他在她八岁时就失踪了。在学校的时候，她是曲棍球队的队长，还连续两年获得体操奖杯。她当过少年侦察队的队长，在参加青年反性同盟之前，她曾是青年团的团支部书记。她一贯表现出色。她还被挑选到小说司的色情科去工作，这是对一个人声名可靠的最高赞誉，因为色情科是为无产者生产廉价色情文学的地方。她说，在那里工作的同志都称之为粪坑。她在那里工作了一年，协助生产了许多密封起来的小册子，包括《最佳故事》《女校一夜》等，无产者青少年偷偷摸摸地买去，一副喜不自胜的样子，以为自己买到了了不起的违禁品。

"这些书里都写些什么？"温斯顿好奇地问道。

"唉，全都是些乱七八糟的垃圾。无聊透顶，真的。所有的书一共只有六个情节，打乱顺序排列一下就是一本新书。当然，我只负责万花筒部分。我从来没有在修改组工作过。要是让我参加润色可不行，亲爱的——我可不够那个水平。"

他吃惊地得知，除了负责人之外，色情科的所有员工都是女孩。他们依据的理论是，男人的性本能比女人的不容易控制，一旦他们处于这样的环境下，难免不被自己所生产的淫秽物品腐蚀。

"他们甚至不接收已婚的女人，"她补充道，"他们总觉得未婚姑娘都是纯洁高尚的。反正我是例外。"

朱莉雅的第一次性行为发生在十六岁，与她发生关系的是一个六十岁的党员，对方为了避免被捕便自杀了。"他干得还算利落，"朱莉雅说，"不然，他们逼供的话，他肯定会把我的名字招出来的。"自从那次之后，她又与别的男人发生了许多次性关系。她认为生活非常简单。你想过上快活逍遥的日子，"他们"——也就是党——都不会让你如愿，你就只能尽你所能去破坏那些规矩。她觉得，"他们"要剥夺你的快活和自由，你要想尽办法去哄骗、避免被逮到，这都是自然而然的事情。她对党非常憎恨，而且用恶毒粗俗的话明白讲出来，却没有进行一概而论的批判。除非涉及她自己的生活，她对党的教义毫无兴趣。温斯顿注意到，她几乎不说新话，除了已经在日常生活中非常流行的几句之外。她从来没有听说过兄弟会，也不相信真有这样的团体存在。任何有组织的反党行为在她看来都是愚蠢至极的，因为它们无法逃脱失败的命运。聪明的做法应该是钻党的空子，尽力保全自己的生命。他心中隐约浮现一种想法，年轻一代中，不知道有多少人跟她怀着同样的心态，他们这一代人在革命的世界中成长，对革命之前的事情一无所知，接受党就像接受一种亘古不变的存在，好比头上的天空。既然党的权威不可变更、不会动摇，那就不要与之对抗，只是尽力躲避，如同野兔躲避猎狗一般。

他们根本就没讨论过结婚的可能性。这种事情实在太渺茫了，无须为之费神。即便能够摆脱温斯顿的妻子凯瑟琳，也根本无法想象委员会会批准这样的婚姻。即使是白日梦，也是毫无希望的。

"你的妻子是个什么样的人？"朱莉雅问。

"她是——你知道新话中有个词叫作'好思想'吗，用来形容与生俱来的正统，不存在坏思想？"

"我不知道这个词，不过对那种人我了解得很清楚，再清楚不过了。"

他开始告诉她他的婚姻生活，奇怪的是，她似乎早就清楚其中的主要情况。她向他描述，就如同亲眼所见或者亲身经历的一样。他只要一碰凯瑟琳，凯瑟琳的身体立刻就会变得僵硬，哪怕她紧紧抱住他的时候，她也似乎是在用力推开他。跟朱莉雅描述这些情况的时候，他没有觉得难以启齿，凯瑟琳对他而言早就不是一种痛苦的记忆了，剩下的只是令人讨厌的过往。

"本来我还是能够忍受的，如果不是因为某件事。"接着他就将凯瑟琳每星期一次而且在同一天晚上强迫他进行一遍那个令人沮丧的仪式的事告诉她，"她对做这事恨得要命，但是又没有任何事情可以让她不这么做。她将这种关系称为——你永远无法猜到。"

"我们对党的义务。"朱莉雅想都没想，张嘴便说了出来。

"你怎么知道的？"

"哦，亲爱的，我也上过学。在学校里，十六岁以上的姑娘每个月得参加一次性教育讲座。青年团里也有这样的讲座。他们经年累月地向你灌输这样的观念。我敢说这在许多人身上都奏效了。当然也很难讲，因为大家都学会了伪装。"

就这个话题，她滔滔不绝地发表了一番议论。在朱莉雅看来，一切的事情，追本溯源，到最后都与性脱不了干系。她在这方面又具有极强烈的意识与敏锐的洞察力。不像温斯顿，她清楚党提倡禁欲的深意。党之所以要提倡禁欲，不单单因为性本能可以开辟另一番天地，完全不受党的控制，所以只要有可能，性就必须被摧毁。最重要的是，对性的压抑能够导致人产生歇斯底里的情绪，而这样的情绪经过诱导与刺激很容易转变为对战争的狂热与对领袖的崇拜。

"做爱时，你耗尽了力量，而后，你会感到欢愉，对任何事情都无所谓了。他们无法容许你有那样的感受。他们要让你时刻保持充沛的活力。所谓的游行示威、欢呼呐喊、挥舞旗帜，这些不过是被压抑的性的另一种宣泄方式。如果你真的心中充满无限欢乐，你还会在乎老大哥吗？还会为了三年计划、两分钟仇恨会或者其他滚蛋的破烂玩意儿感到兴奋与激动吗？"

这番话说得太有道理了，他想。禁欲与政治的正统性之间，的确有着一种密不可分的直接联系。因为，如果不是有被压抑的强烈的性本能作为动力，还有什么办法能将党所需要的党员的这些仇恨、恐惧与盲目维持在一个合适的水平呢？性冲动对党来说是极端危险的，党必须加以利用。同样，他们对那种为人父母的天性也加以控制利用。废除家庭制度是无法实现的，相反，他们还鼓励父母用传统、过时的方式来爱护自己的子女。但另一方面，他们又有计划、有步骤地教唆子女反对父母，监视父母的一言一行，如果发现他们稍有异端倾向，就要立刻上报。家庭其实变成了思想警察的延伸。就这样，那些同你最亲近的人会日日夜夜监视你，随时准备向上级告发你。

他的思绪不禁又回到了凯瑟琳身上。如果她不是碰巧实在太蠢而没注意到他的思想见解不合时宜，她本该早就向思想警察揭发他了，不过此刻令他想起凯瑟琳的，是这个闷热的下午，他的额头冒出了汗。他开始向朱莉雅诉说一件发生过的事,不如说是没能发生的事,那也是一个同样炎热的夏日午后,十一年前。

那时他与凯瑟琳刚结婚三四个月。他们参加社区集体郊游,在肯特区迷路了。本来他们只落在队伍后面几分钟的距离,不知怎的,拐弯拐错了方向,他们居然走到一个废弃的白垩土采石场的边上。悬崖大概深十到二十米,底下全是大石块。附近荒无人烟,也找不到人打听方向。凯瑟琳一发现迷了路,就开始惶恐不安。哪怕离开闹哄哄的远足队伍片刻,她也会觉得自己像是做错了事。她坚持沿着原路走回去,然后从另一个方向走,也许能找到大队伍。正在这时,温斯顿看到他们脚下峭壁的石缝里长着几簇黄连花。有一簇居然开出了两种不同的颜色,品红和砖红,它们显然是长在同一植株上的。他还从未见过这样的事,于是赶紧招呼凯瑟琳过来看。

"看啊,凯瑟琳,来看看这些花。就是靠近悬崖最底下的那一簇。你看到了吗,两种不同的颜色?"

她本来都要转身走开了,听了这话,才不得已折回来。她甚至探出身子朝他所指的那个地方看去。他就站在她身后,手扶着她的腰。这时他突然想到,附近荒无人烟,只有他与凯瑟琳。连树叶都纹丝不动,飞鸟也寂然无声。在这样的地方安装窃听器的可能性微乎其微。即便真有,窃听器也只能录到声音,看不见图像。这时正是下午最闷热、最令人昏昏欲睡的时候。太阳火辣辣地直射过来,汗珠从脸上滑落。他居然萌生出这样的念头……

"为什么你不顺手推一把?"朱莉雅说,"换成是我,我肯定会的。"

"是的,亲爱的,你会这样做的。如果我那时能像现在这样想,我也会推她的。也许会——我不知道自己能不能做到。"

"你后悔了?后悔当时没有推一把?"

"是,可以这样说。"

他们并排坐在积满厚厚尘土的地板上。他搂着她,让她离自己近一些。她的头依偎在他肩上,发丝飘散出来的缕缕香味让他忘却了空气中弥漫的鸽粪味。他想,她还很年轻,她对生活依旧充满信心,她不懂,将一个对自己碍手碍脚的人从悬崖上推下去根本无法解决任何实际问题。

"事实上,做与不做不会有什么不同。"他说。

"那你为什么会感到后悔呢?"

"因为我觉得积极行动总比消极等待要好。在这场游戏中,我们注定是无法取胜的,我们不可能战胜他们。但是失败的方式也分好和不够好,如此而已。"

他感觉到她的肩膀动了一下,这是她不同意的表现。每次他说这样的话时,她总是与他意见相左。她无法接受个人终将失败是自然法则。虽然在某种程度上,她已经意识到她的命运也早已注定,她知道思想警察迟早会抓住她,然后杀了她。但是她心底总还存有一种幻想,觉得她能够构筑一个秘密的小天地,在那里可以随心所欲地生活。你所需要的只不过是一点点运气、一点点狡猾与大胆。她不懂得世上根本就不存在快乐这回事,也不理解唯一的胜利是在遥远的将来,在你死后很久很久的将来,而在你向党宣战的那一刻,你最好把自己当成一具死尸。

"我们已经是死人了。"他说。

"可是我们依旧活着。"朱莉雅实话实说。

"我们只是肉身还活着。也许还会活半年、一年,或者五年,可以想象得到。我怕死。你还这么年轻,所以你应该比我更怕死。显然,我们要尽量将死期推后。但是,实际上并没有什么分别。只要人能够保持人性,死与生也就是同一回事。"

"啊,真是胡说八道!你想跟谁睡觉,是我还是一具骷髅?你难道不享受活着吗?你不喜欢现在的感觉吗?这是我,这是我的手,这是我的腿,我是一个真实存在的人,一个有血有肉的人,一个活着的人。你难道不喜欢吗?"

她扭过身来,高耸的胸脯抵着他。虽然隔着一层制服,但是他依旧能够感觉到她坚挺丰满的乳房。她那具年轻的肉体好似要把其中的活力与热情注入他的体内。

"是啊,我当然喜欢。"他说。

"那就别总说死了。听我说,亲爱的,我们得把下次见面的时间和地点确定下来。我觉得我们这次可以回到树林中的那块小空地去,我们已经很久没去那里了。但是这一次你得走一条新的路线,我全都计划好了。你得坐火车——你看,我画图给你看。"

她以其特有的实干作风将地上的一些尘土拢在一起,从旁边鸽巢里取出一根枯树枝,在地上画出了一张示意图。

第四章

温斯顿环视着查林顿先生店铺楼上那个简陋的小房间。靠窗的那张双人床已经铺上了旧的粗毛毯,放着两个没有枕套的枕头。壁炉架上那具十二小时制的老式座钟依旧在嘀嗒嘀嗒地走着。角落里的那张折叠桌子上,放着他上次买的那块玻璃镇纸,在昏暗的屋内散发出一种柔和的光芒。

壁炉的铁栅栏前面放着一只旧铁皮煤油炉、一口汤锅、两个杯子,这些东西都是查林顿先生提供的。温斯顿将煤油炉点燃,在上面烧一锅开水。他带来了一个纸包,里头装着胜利牌咖啡和一些糖精片。老式座钟的指针指向七点二十分,也就是十九点二十分。他们约好十九点三十分见面。

真是愚蠢啊,愚蠢!他在心里一遍又一遍地这样说:这是明知故犯、自取灭亡的蠢事。在党员所能犯下的各种罪行中,这一条是最难隐瞒的。实际上,这个念头初次在他脑海中浮现时只是一个幻象,幻想着折叠桌面上反射出来的玻璃镇纸的样子。正如他所料,查林顿先生非常痛快地将房间租给他了。对查林顿先生来说,每月能够多几块钱的收入是天大的乐事。另外,当他得知温斯顿租这个房间是为了与情人私会时,他既没有觉得吃惊,也没有表现出那种令人反感的心照不宣。相反,他装作视而不见,只是泛泛而谈,神色微妙,以至于给温斯顿一种他或隐或现的感觉。他说,能够自由自在地独处、不受别人打扰是非常难得的事。每个人都想找个地方能够让自己某些时候获得清静。如果谁真的找到这样的地方,其他清楚内情的人也应该识相一些,不要将这事宣扬出去,这是起码的礼节。在临走之前,他甚至说,这个房间有两个出口,除了店铺的那个门,还可以从后院出去,能够一直通往一条小巷。他说这话的时候仿佛自己已经隐匿在空气中了。

窗户下面有人在唱歌。温斯顿隔着薄纱窗帘偷偷往外看。六月的阳光直射下来,洒满整个院子,有一个体形肥硕的女人,就像诺曼圆柱一样结实,胳膊红通通的,腰间系着一条粗布围裙,步伐沉重,走一步地似乎都要抖一下。她在洗衣桶和晾衣绳之间往返,晾了一批方形的白布。温斯顿认出那是婴儿用的尿布。她嘴里还咬着晾衣服的夹子，不过只要嘴巴得空，她就用女低音高声哼唱着：

> 这本是不作希望的痴念，
> 像春天一样转瞬即逝，
> 可是谁的一句话、一个眼神唤起的梦啊，
> 让我魂牵梦萦，辗转难眠！

近几个星期这首小调在伦敦非常流行。这不过是音乐司下属的一个科室为无产者特别生产的许许多多类似的歌曲中的一首。这种歌的歌词都是由叫作谱写器的机器自动编写的，不须假借人手。不过这种低级肉麻的歌曲经过那个女人这样演绎起来，居然还令人觉得有些悦耳舒畅。他能听到她的歌声、鞋底在石板上摩擦的声音，孩子们在街头呼喊打闹，远处依稀传来嘈杂的城市声响，但是房间里异常宁静，那是因为没有装电屏幕。

愚蠢，愚蠢，真是愚不可及！他又想起来了。难以想象他们不会被抓住，如果他们几个星期都来这里幽会一次的话。但是他们实在想要一个室内的空间，一个不用走太远、属于自己的秘密空间，这个诱惑盖过了对危险的忧虑。自从教堂的钟楼会面之后，他们有很长时间都无法安排相会的地点。为了迎接仇恨周的到来，工作时间大幅延长了。实际上，距离仇恨周还有一个多月，但是大家对此都非常重视，筹备工作无比繁重，每个人都需要加班加点。终于有一次，他们设法排在同一天下午休息。本来他们之前是约定去树林中那片空地的。在那一天的前一天晚上，他们在街头匆匆见了一面。他们像以前一样混在拥挤的人群中走着，互相不看对方，但是匆匆的一瞥让温斯顿注意到朱莉雅的脸色似乎比平时苍白许多。

"取消，"看到周围比较安全，朱莉雅立即低声说，"我是说

明天的约会取消。"

"什么?"

"明天下午的事。我来不了。"

"为什么?"

"又是那个问题。这一次提前来了。"

他突然怒火中烧。认识她这一个月以来,他对她的欲望已经发生了明显的变化。起先,很少涉及性欲方面的成分。他们第一次做爱只是为了反抗党。但是自从第二次之后,情况就发生了变化。她头发的香味、嘴里的气息、柔滑的皮肤似乎都进入他的体内,弥漫在他的呼吸之中。她已经成为他生活中实实在在、不可或缺的东西。他不仅觉得自己需要她,更觉得自己有权占有她。所以当她说不能来的时候,他的心里立刻觉得她是在欺骗他。就在这个时候,人群挤了一下,他们的手无意间碰到了。她很快捏了一把他的指尖,他立刻感受到一股柔情而不是肉欲。他意识到,如果与女人一起生活,这样的失望一定是正常的,也会经常发生的。突然,他的心中对她产生了一种缱绻之情,这是之前从未有过的。他突然非常希望他们是一对结婚十年的夫妻。他希望他们两人能够像现在这样在街上漫步,不过是名正言顺的、心无恐惧的,说些家常琐事,采购日常用品。他非常希望他们能够有一个单独相处的地方,而不用觉得每次会面都非做爱不可。他想到租下查林顿先生的房间并不是当时就有的念头,而是在第二天才冒出来的。当他将这个主意告诉朱莉雅时,出乎他的意料,她很快就同意了。虽然两个人心里都无比清楚,这是愚蠢又疯狂的举动,似乎两个人都想往坟墓更近一步。他坐在床边等候着她,禁不住想起仁爱部的地下牢房。那种你命中注定的可怖之事,在你的意识中时隐时现。它就在那里,就在将来的某个时刻,在你死之前发生,就好比九十九一定在一百之前。你无法逃避,不过也许能够暂时延迟。不过你经常明知故犯,有意识地采取行动缩短大限到来的时间。

就在这时,楼梯上响起一阵急促的脚步声。朱莉雅冲了进来。她拎着一个棕色的帆布工具包,他经常看到她上下班的时候带着它。他急忙走上前去,想一把搂住她,但是她挣脱开来,大概因为手中还拎着东西。

"等一下,"她说,"你先看看我都给你带了些什么宝贝过来。你是不是带了那令人恶心的胜利牌咖啡?我就知道你会带的。不过你大可以把它们扔掉,我们用不着了。看!"

她跪下来,打开帆布包,掏出了一堆扳手、螺丝刀之类的工具。工具下面是一个个干净的纸包。她递给温斯顿的第一个纸包散发出一股奇怪却隐约熟悉的气味。打开来看时,里面是一种沙粒状的东西,沉甸甸的,捏一把,它就凹陷进去。

"难道是糖?"他问。

"真正的糖。不是糖精,是糖。这里还有面包——正宗的白面包,不是我们在食堂吃的那种鬼玩意儿——这里还有一小罐果酱。这是一小罐牛奶——不过,看!这才是我最骄傲的宝贝。我得用粗布严严实实地把它包上,因为——"

用不着她解释,他已经知道理由了。香味已经飘散出来,整个房间都弥漫着这种好闻的味道,这种浓烈的香味好像是他童年时代发出的,不过,现在偶尔也能闻到。有时候,一扇门还未关上的时候,过道里会飘过同样的香味,有时候,一条拥挤的街道上会飘过这样的香味,但是很快又消失了。

"咖啡,"他喃喃低语,"真正的咖啡。"

"这是核心党专用的咖啡。这里足足有一公斤。"她说。

"你是怎么弄到这些东西的?"

"全都是核心党的东西。没有什么东西是那些猪猡弄不到的,没有。这些全都是他们的服务员、勤务兵之类的人顺手牵羊弄到的。你看,我这里还有一小包茶叶。"

温斯顿也在她身边蹲下来,将包着茶叶的纸包打开一角。

"这是真正的茶叶,不是黑莓叶子。"

"最近茶叶倒是很多。听说他们占领了印度还是什么地方。"她满不在乎地说,"但是听着,亲爱的。我要你转过身去,三分钟就行。到床的那一边坐着,别走到窗口。等我说行了,你才能转过身来。"

温斯顿透过薄纱窗帘漫不经心地看着外面的后院,那个胳膊通红的女人还在洗衣桶和晾衣绳之间忙碌着。她从嘴里取出两个木夹子,然后深情地高声唱起来:

> 据说时间能够治愈创伤,
> 据说你会将一切转眼忘掉;
> 但是过去的笑声与眼泪,
> 依旧烙印在我的心中!

这个女人看来已经将这首低级无聊的歌曲记得滚瓜烂熟。她的歌声随着夏日甜美的空气飘荡开来,很是悦耳,欢快中带有隐约的哀伤。你似乎能够感觉到,要是六月的黄昏永不消失,要晾晒的尿布永晾不完,她就会永远地在那里待下去,一边晾晒尿布,一边快乐地唱歌,唱上千年。他想,他从来没听过哪个党员会自发地哼唱歌曲,实在很奇怪。这样做不但显得奇怪,而且非常危险,会让人联想到你性情古怪,就如同自言自语。也许只有在饥饿线上挣扎的人才会有唱歌的需要。

"现在你可以转过身来了。"朱莉雅说。

他转过身去,一时间差点儿认不出她来了。他原以为她会脱光了衣服迎接他。但是她没有。不过眼前的景象更令他惊讶:她化了妆。

她一定是在无产者所在区域的店铺买了一套化妆用品。她的嘴唇涂得红艳艳的,脸颊上抹了胭脂,鼻子上扑了粉,就连眼皮底下也涂了些什么东西,使双眼看起来更加明亮夺目。她的化妆技术并不娴熟,温斯顿在这方面所知也不多。他之前从来没有见过一个女党员涂脂抹粉,就连想都没想过这样的事。她化妆之后,整个人变化很大。这里抹点儿红的,那里擦点白儿的,不仅使她漂亮了许多,而且更有女人味儿了。她的短发和男性化的制服反倒增强了她的妩媚特质。他将她揽入怀中,鼻端嗅到一阵阵人造紫罗兰的香味。他想起了昏暗的地下室厨房里那个老得掉光牙的女人的嘴。她用的也是这种廉价的香水,但是这一刻他根本不在乎。

"还搽了香水!"他说。

"是的,亲爱的,我用了香水。你知道下一次我要做些什么吗?我要想办法弄到一套真正的女人的裙子,再也不穿这该死的裤子了。我要穿裙子、丝袜,踩高跟鞋!在这个房间里,我要做一个真正的女人,再也不做他妈的党员同志。"

他们很快脱光衣服,爬上那张红木大床。这是温斯顿第一次在她面前脱得精光。以往他总对自己苍白孱弱的身体感到羞愧,他小腿上还有因静脉曲张暴起的青筋,脚踝上有块硕大的伤疤,这都让他自惭形秽。床上没有铺床单,但是他们身下的毛毯已经被磨掉了毛,非常光滑。这张床非常大,弹性十足,这出乎他们的意料。"肯定有无数的臭虫,谁管得了这些?"朱莉雅说。除非在无产者家中,现在几乎已经看不到双人床了。温斯顿还有对双人床的记忆,他童年时睡过,但是朱莉雅从来没有见过这东西。

他们小憩了一会儿。当温斯顿醒来时,时钟的指针已经滑到将近九点的位置了。他没有动,因为朱莉雅的头枕在他的臂弯上。她脸上的胭脂和粉大多都蹭到他脸上或是枕头上了,剩下的那一层淡淡的粉色正好衬得她的双颊无比娇艳。夕阳的浅黄余晖照射到床腿上,照着壁炉,锅中的水早已沸腾。后院再没传来那个女人的歌声,远方街头孩子们兴奋的叫闹声时断时续。温斯顿漫无边际地想,在一个夏日凉爽的晚上,一男一女就这样不着寸缕地躺在一张床上,想做爱就做爱,想说什么就说什么,想不起床就不起床,只是那样静静地躺着,听着外面尘世的喧嚣,这样的生活在那被抹杀的过去是否是一种寻常体验?不过肯定没有这样的时候吧?朱莉雅也醒过来了,她揉揉眼睛,支起胳膊看了看煤油炉。

"水都烧掉了一半,"她说,"我赶紧起来煮点儿咖啡吧。我们还能待一小时。你家那边什么时候熄灯?"

"二十三点三十分。"

"我们宿舍二十三点熄灯。不过你得早些回去,因为——嘿,滚蛋,你这个臭家伙!"

她突然俯下身去,从床边捡起一只鞋,像男孩那样利落地振臂一挥,向墙角扔过去。这动作就跟他看到她在那天的两分钟仇恨会中将词典狠命扔到电屏幕上的戈德斯坦脸上时一样。

"什么东西?"他惊讶地问。

"一只老鼠。我看到它从护壁板那里探出鼻子,那边有个洞。不过我这动作足够吓跑它了。"

"老鼠!"温斯顿嗫嚅着,"这房间里居然会有老鼠?"

"到处都有。"朱莉雅重又躺倒在床上,满不在乎地说,"我们宿舍的厨房里都有。伦敦某些地方到处都是老鼠。你知道吗?老鼠还咬婴儿。是真的，没骗你。住在那些老鼠成灾的街道的妈妈，不敢放孩子独自待着，两分钟都不行。那都是些褐色的大老鼠，而最可恶的就是这害人的家伙——"

"别再说了！"温斯顿叫了起来，紧闭着双眼。

"亲爱的，你的脸色怎么这么苍白？怎么回事？是它们令你觉得难受吗？"

"世界上最最可怕的东西——就是老鼠！"

她紧紧抱住他，四肢都紧紧缠住他，似乎要用体温使他平静下来。他没有马上睁开双眼。有好几分钟，他觉得好像又回到那个不时重现的噩梦中了。每次在梦中见到的情形都是一样的。他站在一堵黑暗的墙壁前面，而墙壁后面有一种他无法忍受、害怕得不敢面对的东西。在梦中，他总是自欺欺人，觉得自己不知道墙后面是什么，实际上，他心里很清楚。他也知道，只要自己下定决心拼命拽一把，就可以把那吓人的东西从墙后面拽到光天化日之下，就像把脑袋中的碎片挖出来一样。每次他总是还没弄明白这东西到底是什么的时候就醒过来了，现在他意识到，也许那东西同朱莉雅刚才说的东西有些联系。

"实在对不起，"他说，"没事了。我只是讨厌老鼠。"

"别害怕，亲爱的，咱们这里再不会有那些畜生了。待会儿咱们离开之前，我找点儿破布把洞口堵上。等下次来的时候，我会带些灰泥来，把那个洞口封得死死的。"

她这样说着，温斯顿心中莫名的恐惧已经散去一半。他现在为自己的举动感到有些赧然，于是靠着床头坐起来。朱莉雅翻身下床，穿上制服，开始煮咖啡。从锅里飘出的香味如此浓烈，令人精神不由得振奋，他们只好关上窗，以免外面好事的人闻到。咖啡很纯正，加入糖之后，更带出了一种香醇幼滑的口感，吃了多年糖精的温斯顿几乎都忘记了这种美味。朱莉雅一只手插在口袋里,另一只手拿着一片抹着果酱的面包,在屋子里走来走去,随意瞟一眼书架,指出最好怎样修理那个折叠桌,之后她又一屁股坐进扶手椅里感受它是否舒适,接着她又饶有兴味地打量起那具十二小时制的座钟来。她把那块玻璃镇纸拿过来,坐在床上就着亮光仔细端详。他从她手中拿过来,一如既往地为它晶莹柔润、雨滴般的光泽而着迷。

"你觉得这是什么东西?"朱莉雅问。

"我觉得这什么东西都不是。我是想说,我觉得这东西从来都没有派过什么用场。但这就是我喜欢它的地方。起码这是他们忘记篡改的一小段历史。这是一百年前的人们遗留下来的信息,假如有人知道如何解读的话。"

"还有那边的画——"她说着,对着墙上挂着的那幅版画点点头,"那东西是不是也有一百年的历史了?"

"应该不止。我觉得有两百年了。很难讲。如今,不论什么东西,都不太可能得知它到底有多少年的历史了。"

她走过去看了一眼。"那只老鼠就在这里探头探脑的,"她用脚踢了踢画下面的护壁板,"画上是什么地方?我觉得好像以前见过。"

"这是教堂,起码以前是个教堂,就叫圣克莱门特丹麦人。"温斯顿回答。查林顿先生教他念的那几句歌谣又在他脑海浮现出来,他有些怀念地哼唱起来:"橘子和柠檬,圣克莱门特的钟说。"

令他惊奇万分的是,朱莉雅居然接着唱起来:

你欠我三法寻,圣马丁的钟说,
你什么时候还?老贝利的钟说——

"接下来的那些歌词,我也记不清了。不过我还记得结尾:'这里有支蜡烛照着你上床,这里有把斧子来砍你的脑袋!'"

这首歌真像是一问一答的暗号。不过在"老贝利的钟"后面肯定还有一句。也许给查林顿先生一点儿适当的提示,他就能全部记起来。

"这是谁教给你的?"他问。

"我祖父。在我很小的时候,他常常教我念这歌谣。我八岁的时候,他消失了——反正,就是再也不见踪影。柠檬是什么样的?"她又随意地问了一句,"橘子我倒见过,一种皮厚有黄色果肉的圆形水果。"

"我对柠檬倒是记得挺清楚的,"温斯顿说,"五十年代,柠檬是很常见的东西,非常酸,闻一下,你的牙齿就会发软。"

"那幅画后面肯定有臭虫,"朱莉娅说,"等哪天我要把它取下来,彻底打扫清理一番。可现在咱们要走了吧?我得把脸上的脂粉擦干净。真讨厌!别急,等会儿我再把你脸上的口红都擦掉。"

温斯顿又靠在床上待了一会儿。房间里光线逐渐暗下来。他翻身对着光线,盯着那块玻璃镇纸。令他百看不厌的不是那块珊瑚,而是玻璃的内里本身。虽然它像空气一样透明,但是又好像深不可测。玻璃表面的那道弧形看起来就像苍穹,里面包蕴着一个小小的世界,无所不具。他觉得自己能够挤进这一方天地中去,事实上,他已经置身其间,红木双人床、折叠桌、座钟、版画,就连那块玻璃镇纸本身也身处其间。那玻璃镇纸就是他所在的这个房间,那块珊瑚就是他和朱莉娅的生活,永恒地镶嵌在这块水晶玻璃的中心。

第五章

塞姆消失了。一天早上，他没有来上班，有几个缺心眼的人还说他旷工。到了第二天，再也没有人提起他。第三天，温斯顿到记录司的前厅去看布告栏，上面贴着一张象棋俱乐部委员的名单。塞姆以前就是委员之一。这张名单看起来与过去相比没有丝毫变化——什么都没少——除了一个名字。证据已经很充分。塞姆已经不存在，他从来没有存在过。

天气酷热难耐。在迷宫般的真理部大楼里，那些没有窗户的房间都装着空调，始终保持一定的温度，但外面的人行道直烫人脚板心，上下班的时间段地铁站都臭气熏天。仇恨周的准备工作如火如荼地进行着，部门的所有工作人员都在加班加点。游行示威、集会、军事演练、演讲报告、蜡像展览、放映纪录片、电屏幕节目，所有这一切都要组织好，摊位要搭起来，肖像要立起来，口号要起草，歌曲要编写，谣言要散播，照片要伪造。朱莉雅所在的小说司这段时间也不生产小说了，而是赶制许多描绘敌人暴行的小册子。温斯顿除了原有的日常工作之外，每天还须花相当长的时间检视《泰晤士报》的旧报纸存档，为将要在演讲和报告中引用的新闻进行改动或润色。每到深夜，有很多喧闹的无产者在街头游荡，整个城市都沉浸在狂热的躁动之中。火箭弹袭击的频率越来越高，有时候远处传来天崩地裂的爆炸声，谁都不明就里，谣言却甚嚣尘上。

为仇恨周所谱写的主题曲（名为《仇恨歌》）已经完成，电屏幕从早到晚滚动播放着。歌曲的旋律野蛮粗俗，咆哮不停，很难被称为音乐，倒是有些像鼓点，由几百个声音吼出时，配合着操练的步伐，听起来令人毛骨悚然。不过无产者非常喜欢这首歌，在深夜的街头，这首歌竟然与《这本是不作希望的痴念》媲美。帕森斯家的孩子们用一把梳子和手纸含糊不清、夜以继日地吹奏着，令人难以忍受。现在温斯顿每天晚上比以前更忙了。由帕森斯领导的志愿者成群结队地在街道上为仇恨周忙碌着，缝旗帜，贴招贴画，在屋顶上竖起旗杆，在街上两边的房子上架起铁丝，准备到时候挂横幅。帕森斯得意扬扬地夸耀，光是胜利大厦挂出来的旗帜加起来就有四百米长。他得其所哉，快乐得像只百灵鸟。因为现在天气炎热，再加上干重活儿，他有了借口在晚上穿短裤和开领衬衫。随处都能看到他的身影，推啊拉啊，锯着或者敲打着，一会儿在这里出出主意，一会儿到那里用同志的口吻给人加油鼓劲儿，身上那层层叠叠的肉不停地散发出无尽的恶臭。

伦敦各处突然出现了一幅簇新的招贴画，没有任何文字说明，只有身形巨大的欧亚国士兵肖像，有三四米高，一张面无表情的蒙古种人的脸，脚蹬大军靴，腰挎冲锋枪，大步向前。你从任何角度看那张海报，那挺用透视手法放大处理的冲锋枪的枪口似乎都在瞄准你。在伦敦街头，每堵墙上的空白处都是这个欧亚国士兵木然的脸，它出现的次数甚至超过了老大哥的肖像。无产者一向对战争漠不关心，现在这样的煽动却刺激了他们的爱国热情。似乎是为了配合同仇敌忾的氛围，火箭弹炸死炸伤的人数也远超从前。有一枚落在了满是人的斯特尼电影院，几百个人就这样被深埋在废墟里。附近的居民都赶来送殡，葬礼绵延不绝，持续了好几个小时，实际上也变成了发泄对敌人的憎恨的示威游行。还有一枚落在一片被用作游乐场的空地上，几十个在那里玩耍的孩子被炸得血肉横飞。于是又举行了好些次愤怒的示威游行，戈德斯坦的塑像被当众烧毁，几百张张贴在墙上的欧亚国士兵像都被扯下来投入火中，在这场混乱中，一些店铺也惨遭洗劫。接着就传出铺天盖地的流言，有间谍用无线电控制火箭弹的发射方向。有一对老年夫妇，因为被怀疑有外国血统，房屋被人焚毁，两人也活活窒息而死。

查林顿先生店铺楼上的房间，温斯顿和朱莉雅只要有机会就会去。每次去，他们都会打开窗，脱得光溜溜的并排躺在没有铺床单的床上。果然没有再见到老鼠，但是在炎热的天气中，臭虫迅速繁殖。不过这些都不能给他们造成什么困扰。不论干净还是污浊，这里是天堂。他们一走进房间就赶紧将从黑市买来的胡椒粉撒在房间里的各个角落，然后飞速地脱下衣服，汗流浃背地做爱，完事后睡一觉，等到醒来时会发现臭虫又大张旗鼓地准备反击。

六月里，他们一共密会了四次，五次，六次——七次。温斯顿已经戒掉了不分时间喝杜松子酒的习惯。他觉得已经不再需要它了。他的体重增加了，静脉曲张性溃疡也逐渐痊愈，只是在脚踝部位留下一块褐色的疤痕。每日早起时的咳嗽也不再犯了。生活对他来说也不再是那么难以忍受，他已经没有了想对着电屏幕做出厌恶的鬼脸或者破口大骂的冲动。现在他们有了一个安全的幽会场所，几乎可以说是家了，虽然只能偶尔相聚，每次不过一两个小时，但是他已经很满足了。重要的是在那个旧货铺子楼上还有这个房间。只要知道它一直在那里，安然无恙，他感觉就像自己待在里面一样。这个房间就像是一个独立出来的属于过去的天地，已经绝种的动物可以在里面自由走动。查林顿先生也是一个已经绝种的动物，温斯顿想。有时候他会在上楼之前与这个老头儿聊几分钟。他似乎甚少或者根本不外出，也很少见到顾客上门。他就如幽灵一般生活着，在黑暗狭小的店铺里和店铺后面更加狭小阴暗的厨房里活动，在那里准备吃的。厨房里还有一台古老的留声机，装着一个大喇叭。有人能来与他说话，老头儿似乎非常高兴。在那些不值一文的货物中来回走动时，他那长长的鼻子、上面架着的厚玻璃眼镜，以及在天鹅绒短上衣里面佝偻着的肩膀，令他看起来不像旧货商，反倒更像收藏家。有时候他会有些热情地摩挲着这件破烂或者那件——一个瓷质瓶塞子、一个破旧的鼻烟盒的釉质盒盖，或者一个装着久已夭折的婴儿头发的镀金胸针盒——从来没有要求温斯顿买下来的意思，只是说他应该欣赏一下。听他说话，就如同听一个古老的八音盒演奏。温斯顿非常高兴，在跟查林顿先生聊天的时候又一点点从他的记忆中发掘出许多久已遗忘的歌谣片段。有一首歌讲了二十四只乌鸦，有一首歌讲述一头折了犄角的奶牛，还有一首是关于大公鸡罗宾的惨死。"我想你也许会对这个感兴趣。"每次想到一个片段，老头儿就会有些羞怯地笑笑。非常可惜，他记得的也只不过是一些零散的片段。

温斯顿和朱莉娅都很清楚，或者说他们心头一直盘桓着这样的念头，现在的情况不可能持久。有时，死亡的阴影似乎近在眼前，比他们躺着的那张大床更加触手可及。在这样的时刻，他们就会带着一种绝望的纵欲心理紧紧搂在一起，就像濒死的人在钟声敲响前的五分钟里拼命抓住最后的些许欢愉。不过有时候，他们也会产生这样的幻觉，觉得自己非常安全，并且觉得眼下的幸福能够长久。只要进入这个房间，他们就觉得所有的灾难都会望而却步。来这里的过程非常困难、非常危险，但这个房间本身又是个避难所。这种感觉同温斯顿凝神玻璃镇纸时一样，他总觉得自己能够进入那个玻璃世界，当他进入之后，时间就凝滞了。他们常常做白日梦，并沉溺其中。也许他们会一直有这样的好运气,能够这样偷偷摸摸地过完余生。又或者,凯瑟琳会突然死掉,他和朱莉雅能够想一些法子,最终得以结婚。又或者,他们一起自杀。或者,他们分别失踪,改头换面,学无产者的话音,去工厂做工,在偏僻的小地方住下来,不被人认出来,就这样度过下半辈子。不过,这些都是痴人说梦,他们很清楚这一点。在现实中,他们无处可逃。对他们来说,最现实的做法就是一起自杀,但是他们无意为之。过一天就算一天,过一星期就算一星期,在没有未来的现在苟延残喘吧,这似乎是人不可逾越的本能,就好比只要还有空气,肺部就会进行呼吸一样。

有时候,他们也会谈及参加反党组织的打算,但是不知道该如何着手。即便传说中的兄弟会的确存在,他们也不得其门而入。温斯顿告诉朱莉雅,他跟奥布赖恩之间存在着或者说似乎存在着一种奇特的亲切感,有时候他甚至无法遏制心头的冲动,想走上前去告诉他自己是党的敌人,请求得到他的帮助。很奇怪的是,她并没有觉得他这种想法很冒失。她善于察言观色,对她而言,温斯顿仅凭一个转瞬即逝的眼神就断定奥布赖恩值得信赖,这似乎是再自然不过的事。另外,朱莉雅认定每个人或者几乎每个人在内心深处都对党怀有仇恨,只要安全无失,都会打破戒律清规。不过她不相信那种大规模、有组织的反党活动存在或者可能存在。她觉得有关戈德斯坦和他那个地下组织的事情都是党出于实际需要而捏造出来的,但是她不得不假装完全相信。在党的集会和自发的游行活动中,她自己就无数次扯着嗓子高喊要将一些人处以死刑,而那些名字她之前从未听说过,至于他们所犯的罪行,她压根儿就不相信。在公开审判时期,她参加的青年团分队将法庭团团围住,从早到晚高呼"将卖国贼碎尸万段"。在两分钟仇恨会上,她总是拼命咒骂戈德斯坦,比其他人都带劲儿。但是她对戈德斯坦根本就不熟悉,也不知道他究竟是谁、有些什么样的主张。她是革命后长大的一代，对五六十年代的意识形态之争根本没有任何印象。对那些独立政治运动，她根本就不能理解。再说，党都是不可战胜的。它会永远存在，它一直都是那样，不会改变。你所谓的反抗只能是暗地里违反规矩，顶多也就是搞些独立的暴力事件，譬如暗杀某个人或者炸掉某些建筑物。

在某些方面，朱莉雅的洞察力比温斯顿的更敏锐，也更不容易被党的宣传诱导。有一次他提及与欧亚国的战争时，她居然随口说，她认为根本没有任何战争。每天在伦敦落下的火箭弹很可能是大洋国政府自己发射的，这样做的目的就是为了使百姓生活在惶恐之中。类似这样的念头他可从来没有过。他对她产生了轻微的妒意，因为她说在两分钟仇恨会上她最大的困难就是强忍着不至于大笑出声。但是，只有当党的教义在某些地方与她自己的生活有交集时，她才会质疑。而党的那些无稽之谈，她却毫不抵触地接受了，这仅仅是因为真实与谎言之间的差别对她而言并不重要。就好比她坚信飞机是党发明的，她在学校的时候学过（温斯顿清楚地记得，在他上小学的时候，也就是五十年代后期，党只是自称发明了直升机。等到十多年后，朱莉雅上小学的时候，直升机就变成了飞机。要是这样推算起来，对再下一代，党还会声称发明了蒸汽机）。他告诉她，早在他出生之前，更早在革命之前，飞机就存在了。不过她对此毫无兴趣。说实话，飞机是谁发明的又有什么不同呢？最令温斯顿震惊的是，有一次谈话中得知，她根本就不记得四年前大洋国在与东亚国交战而与欧亚国结盟。虽然她认为整场战争都是虚构的，但她不能连敌人的名字变了都没注意到啊。"我以为我们一直在与欧亚国交战。"她含糊地说。这令他略感震惊。飞机在她出生以前很早就出现了，但战争对象的转换只是四年前才发生的，那时她早就长大成人了。他跟她理论了大概一刻钟，最后总算让她能够有一点儿模糊的印象了，她似乎记得有一段时间东亚国才是敌人，而非欧亚国。不过她不认为这是个多么重要的问题。"管他呢，"她不耐烦地说，"总是他妈的不停打仗，今天这个明天那个的，反正所有消息都是一派谎言。"

有时他同她提起自己的工作，他在记录司所做的那些恬不知耻的篡改历史的工作。但是对于这些事情，她没有表现出一丝惊讶。她显然没有因为谎言变成事实而觉得震惊。接着他同她说起琼斯、阿伦森和卢瑟福的事情，以及那张事关重大的字条从他指尖滑过的瞬间。她对此也没什么反应。实际上，从一开始她就不明白这件事有什么意义可言。

"他们是你的朋友吗？"她问道。

"不是，我根本不认识他们。他们是核心党的成员，而且，年纪比我大多了。他们是上一辈的人，是革命前的那一代。我只认识他们的脸孔。"

"那你有什么可犯愁的？几乎每天都有人被杀，不是吗？"

他竭力要使她弄清楚这件事有什么样的意义："这件事情非同一般。不单单是谁被杀的问题。你知不知道，从昨天开始往回推，所有的历史已经被抹杀了？如果过去依旧存在，那么也只存在于少数几样实实在在的物件中，没有文字记载，就好比我们眼前看到的那块水晶玻璃镇纸。我们经常说起革命，可是革命到底是怎样的，我们一无所知，至于革命前的事情，我们就更不清楚了。每一项有关的记录都被销毁或者篡改了，每一本书都被改写过，每一张图画都被重新绘制过，每一个雕像、街道和建筑物都被更名过，每一个日期都被订正过。而且这个过程是日复一日、每时每刻都在进行的。历史已经陷于停滞。任何东西都不存在，除了无休无止的现在，而党在这个现在之中是永远正确的。我当然知道过去被篡改了,但是我永远都没法证明,即便在我自己篡改历史的过程中。当篡改完成后,所有的证据都被销毁。我所能找到的证据只存在于我的内心,但是我根本不知道是否有人也跟我一样存有这种记忆。在我一生中就只有那一次,我掌握了确切的证据——在那件事发生多年以后。"

"那又有什么用呢?"

"那的确没什么用,因为几分钟后我就把它扔了。但是,如果这件事发生在现在,我也许会将它保存下来。"

"我才不做那样的事!"朱莉雅说,"我当然敢冒险,但我只会因为一些值得的事情去冒险,而不会为了一张旧报纸。如果你真的把报纸保存下来了,那能拿它做什么?"

"可能也不会怎么样。不过起码那是个证据。如果我当时有足够的胆量将它拿给其他人看,也许我就能在各处播下怀疑的种子。我想象不出我们这辈子能改变什么事情。但是可以想象,那些小小的反抗情绪会在这里那里萌芽——一小批人聚集在一起,而后慢慢壮大,也许能够留下一些痕迹,让下一代人继续我们未竟的事业。"

"我对下一代不感兴趣,亲爱的,我关心的只是我们。"

"你也只有腰部以下才算叛逆。"他对她说。

她觉得他这话既俏皮又机智,兴奋地张开双臂抱住他。

对于党的教义和各种细节性问题,她毫无兴趣。只要他谈到英社的原则、双重思想、过去的可变性、客观现实的否定,或者开始说新话,她就感到烦躁、茫然,说她自己从没注意过这些事情。既然大家都清楚这些是废话,又何必为此费神呢?她只须清楚在什么场合该喝彩鼓掌、什么场合该劈头臭骂,这就已经足够了。要是他不识趣非要谈这样的事情,她还有让他发窘的习惯,那就是倒头大睡。她就是那种随时随地都能睡着的人。在与她的谈话中，他发现，摆出一副思想正统的样子却对思想正统一无所知是件多么容易的事情。说实在的，最容易全盘接受党的思想观念的人，就是那些对此缺乏理解的人。只要稍加引导，哪怕是明显有悖常理、歪曲事实的事，他们都能轻易接受，因为他们从未理解对他们的要求是何等荒唐，他们也对世事缺乏应有的关注，从不注意身边发生了什么事情。正是由于缺乏理解，他们才不会发疯。他们将所有东西一口吞下，而吞下的东西却不对他们造成残害，因为那些东西不留残渣，就好比一粒玉米在小鸟体内循环一番，未被消化而被排出来。

第六章

　　事情终于发生了。他一直期盼的信息终于出现。他觉得他这一生都在等候这件事的发生。

　　那天，他在真理部大楼长长的走廊里走动，就快到达上次朱莉雅塞字条给他的地方时，突然意识到身后跟着一个身形比他高大的人。那个人轻轻咳嗽一声，显然是想同他说话。温斯顿猛地停住，转过身去。那人就是奥布赖恩。

　　终于有了一个面对面的机会，但是此刻他唯一的冲动是逃走。他的心猛烈地跳着。他几乎一句话也说不出。奥布赖恩继续以同样的步伐走上前，友好地把手搭在温斯顿的胳膊上，两人并肩向前走。他以一贯严肃而又彬彬有礼的方式开始说话,这是他与大多数核心党党员不一样的地方。

"我一直想同你谈谈,"他说,"前几天在《泰晤士报》上拜读了你用新话写就的大作。你对新话应该颇有研究,是不是?"

现在温斯顿渐渐恢复了常态。"谈不上研究,"他说,"我只是略有兴趣。这不是我的专业。况且,我也从没有参加过新话的实际编写工作。"

"不过你的文章写得很不错,"奥布赖恩说,"这也不单是我个人的意见。最近我同你的一位朋友谈过,他应该是这方面的专家。我一下子记不起他的名字了。"

温斯顿心头掠过一阵痛楚。毋庸置疑,这个突然想不起名字的朋友就是塞姆。可是塞姆不仅死了,而且被毁灭了,变成了非人。提到他是会招致生命危险的。奥布赖恩的那句话很明显是一个信号,一种暗示。奥布赖恩用暗语将塞姆的下场告诉了温斯顿,通过这样一同犯一点点思想罪,他让两个人成为共犯。他们往前走了一段,奥布赖恩停了下来。他用手指推了推鼻梁上的眼镜,这个习惯性动作总令人觉得亲近。他接着说:"我其实想对你说,我注意到你的文章里用了两个已经过时的字。当然,这两个字是最近才被废止的。你是否看过第十版的新话词典?"

"没有。我想它还没有出版吧?我们记录司现在仍旧使用第九版。"

"嗯,我相信第十版要过几个月才会正式发行。不过已经有试行本出来了。我手头正好有一本,或许你有兴趣浏览一番?"

"我很有兴趣。"温斯顿说,他很快意识到事情的走向。

"新一版做了很多改进,十分聪明。在减少动词方面做得很好,我想你对这一点会非常感兴趣。我想想看,我派通讯员将词典送到你手上吧。不过我担心自己会忘记这类事。我觉得你方便的时候光临我的住所更好,不知你意下如何?稍等,我将地址写给你。"

他们正好站在电屏幕面前。奥布赖恩有点儿心不在焉地在两只口袋里都摸了摸,掏出一个小的皮面记事本和一支金色墨水笔。他就站在电屏幕下面,写下地址,撕下这一页交给温斯顿,电屏幕那一头的人能够清楚地看到他所写的内容。

"大多数时候,我晚上都在家,"他说,"如果我恰巧外出,勤务员会将词典交给你。"

他说完就走了,留下温斯顿站在那里,手里握着那张纸片,这一次手里的纸片不用隐藏。但他依旧小心翼翼地将上面的地址记熟,几小时后将它同一堆文件一起丢进记忆洞。

他与奥布赖恩的谈话不超过两分钟。这段插曲只可能有一个含义。奥布赖恩通过这种方式让温斯顿得知他的住址。这是必需的,因为除了直接交谈外,你无法得知任何人的住址。大洋国没有地址簿之类的东西。"如果你想找我,你可以在这里找到我。"这就是奥布赖恩想要对他说的。也许那本词典里还夹着一些密信。无论如何,有一点可以肯定,他日思夜想的那个地下组织确实存在,他已经触碰到它的边缘。

他知道,不久他就会听从奥布赖恩的召唤。也许是明天,也许要等上一段时间——他不确定。刚才发生的事,只不过是一个多年前就开始的过程的水到渠成的结果而已。起先只是一个私底下的无意识的反动念头,第二步则是开始写日记。他从思想层面转入语言层面,现在已经进入行动阶段了。最后一步,就是发生在仁爱部的某些事情。他已经接受了这一切。早在开始的时候就已经看到了结局。但是他依旧感到恐惧,或者,更确切地说,就像是预先尝到了死亡的滋味,像是逐渐接近死亡。即便当他与奥布赖恩说话的时候,当他弄明白话中的含义之后,一种彻骨的战栗攫取了他。他感觉正在一步一步踏进阴湿寒冷的坟墓,尽管他知道坟墓一直在前面等候他,但这并不能令他好过半分。

第七章

温斯顿醒来时,满眼都是泪水。朱莉雅睡意蒙眬地翻了个身,嘴里喃喃问着的大概是"怎么啦"。

"我梦见——"他刚开了头,很快就顿住了。这事情实在太复杂,无法用语言描述。除了梦境本身,还有醒来之后几秒钟浮现在眼前的与梦境相关的回忆。

他又躺下来,闭上眼睛,仍然沉浸在梦境中。那是一个场面浩大而明亮发光的梦,他的整个一生就像夏日黄昏雨后的景色一样展现在他面前。所有这一切都发生在那块玻璃镇纸里,玻璃的表面是苍穹,苍穹之下的世界沉浸在柔和清澈的光芒中,一望无际。这个梦可以被理解为——实际上,从某种意义上来说——由他母亲手臂的动作构成的。三十年后他在新闻纪录片中又看到了这个动作,那个犹太妇女试图用这个动作为自己的孩子挡住子弹,这一幕就发生在直升机把他们两人炸成碎片之前。

"你知道吗,"他开口说,"直到这一刻,我仍相信是我害死我母亲的。"

"你为什么要害死她?"朱莉雅在半梦半醒之间问了一句。

"我没有害死她。不是物理意义上的。"

在梦中,他记起来他最后一眼看到母亲的情景,醒来之后的片刻,所有与之相关的记忆都涌到他眼前。这是他多年来一直刻意忘掉的一段记忆。他已无法确认这件事发生在哪一年,不过事情发生的时候他起码有十岁了,也可能是十二岁。

那时他的父亲早就消失了,究竟是什么时候消失的,他也记不清了。他只记得当时社会动荡,一片混乱,空袭已经成为家常便饭。警报一响,大家都奔入地铁站躲避,到处都是断壁残垣,遍地瓦砾,街头巷尾都贴着他那时看不懂的告示,青少年穿着同样颜色的衬衫,成群结队地在街头游荡,面包店门前排着长长的队伍,远处时不时地传来机枪的声音——印象特别深刻的则是从来没有吃饱过。他记得与其他一些孩子经常花一整个下午在垃圾桶和废物堆里到处翻,捡别人丢掉的卷心菜根、烂叶子或者土豆皮。甚至有时候还能找到已经发霉的面包皮,他们总是小心翼翼地把上面的煤渣扒掉,有时候他们也在马路边等待运送牲口饲料的卡车经过,这些卡车都有固定的路线,当车子经过坑洼不平的路面时偶尔会掉下一些油饼渣。

他父亲消失的时候,他母亲没有表现出惊讶或悲恸的神色,但是整个人突然变了样子。她似乎已经全然垮掉。就连温斯顿都能看出来,她在等待着必将降临的命运。一切要做的事情她都照常在做——烧饭、洗衣服、缝补、铺床叠被、打扫房间、擦拭灰尘——但动作总是缓慢迟钝,而且毫无多余,就如同一个艺术家的人形木偶般活动着。她原本高大的动人身姿似乎失去了活力。她常常一连好几个小时一动不动地坐在床上,照料他的妹妹,他妹妹那时只有两三岁,体弱多病,异常安静,小脸瘦瘦的,活像一只猴子。偶尔母亲也会将温斯顿紧紧搂在怀中,一言不发。虽然他年纪尚小,只顾着自己,但是他也明白这与将要发生却从未被提起的事情脱不了干系。

他记得他们住的那间屋子阴暗潮湿,空气污浊,一张铺着白床罩的床占去了屋子的一半面积。屋内有一个煤气灶,一个放食物的搁板,屋外的楼梯附近有一个棕色的陶瓷水槽,是几家共用的。他还记得母亲弯腰站在煤气灶前搅动锅里的东西的情形。他记得最清楚的是那时总也吃不饱,以及吃饭时的拼抢争夺。他总是缠着母亲问为什么没有更多吃的,他经常冲她大喊大叫(他甚至记得自己喊叫时的声音,先是低声呜咽,有时候突然高声大叫,瓮声瓮气),有时候他也会哭哭啼啼地装出一副可怜相以便多要到些吃的。他母亲总是会多分给他一些。因为她认为他是男孩,应该多吃些,但是不论分给他多少,他总嫌不够。每次吃饭时,母亲总恳求他不要太自私,别忘了他的小妹妹病着,也要吃东西,但是这不管用。如果看到她分饭菜的勺子不再往他盘里盛,他就狂性大发,抢过她手中的锅和勺,或者从妹妹的盘中抢些过来。他很清楚,这样做,他母亲和妹妹就得挨饿,但是他无法不这样做,他甚至觉得这样做是理所应当的。他腹中好像一把饥火在燃烧,让他有勇气这样抢夺。早晚两餐之间,如果母亲防备不到,他就会偷吃搁板上少得可怜的食物。

有一天,配发巧克力的定量。已经有好几个星期甚至几个月没见到这种东西了。他非常清楚地记得那珍贵的一小片巧克力。那是两盎司重的一小片(那时仍以盎司计量),是三个人的定量。显然,它应该被分成三等份。突然,就像听从某个人的指令一样,温斯顿听到自己瓮声瓮气地要求一整块。母亲告诉他不能这么贪心。

于是他开始了喋喋不休的哄骗，一会儿哼哼唧唧，一会儿哭闹不休，涕泪俱下，拼命讨价还价。他的小妹妹双手紧紧地搂着母亲，活像一只抱着母猴的小猴子，从母亲肩头后露出大大的眼睛，忧伤地看着他。最后他的母亲将巧克力的四分之三都给了他，掰下四分之一给他妹妹。妹妹拿着巧克力，傻傻地看着，似乎不知道这是什么东西。温斯顿站在那里看了她一会儿，突然纵身一跃，抢过她手上的那块巧克力，飞奔了出去。

"温斯顿，温斯顿！"母亲在后面叫道，"快回来！把那块巧克力还给你妹妹！"

他停住脚步，但是没有走回去。母亲焦灼的目光紧紧地盯着他的脸。即便在这个时候，他还在想着那件事，在那件事将要发生的那一刻，他全然不知那是什么。他妹妹意识到自己的东西被抢走了，低低地抽泣几声。母亲搂紧她，把她的脸贴在自己胸前。这样的姿势让他感觉到，他妹妹就要死了。他转过身，飞一般逃下楼，手中的巧克力开始融化，有些黏糊糊的。

他再也没有见过他的母亲。他将巧克力都吞下肚后，觉得有点儿惭愧，在街头游荡了几个小时，直到腹中的饥火越烧越旺无法克制才回到家中。他发现，母亲已经消失了。当时，消失已经成为正常现象。屋里的一切都没有变化，只是母亲和妹妹不在了。她们没带走任何衣服，母亲的大衣依旧在原来的位置。到现在他依旧不能确认他母亲是不是真的死了。很有可能，她只是被下放到劳动营去了。而他妹妹，很可能像他自己一样，被送进孤儿院（他们叫作保育院），这种机构内战后突然大量涌现，或者她很可能跟随母亲一起进了劳动营，也很可能被扔在一个无人的角落，就这样死掉。

这个梦境到现在依旧历历在目，尤其是母亲用胳膊搂着孩子的情景，那种呵护的姿势似乎涵盖了这个梦的全部意义。他又想起两个月前做的另一个梦。就像母亲先前坐在罩着脏脏的白床单的床上怀抱着妹妹一样，母亲这次坐在一只下沉的船上，在他下面很远很远的地方，每一分钟都在下沉，但她依旧透过颜色越来越深的海水看着他。

他将母亲失踪的事情告诉了朱莉雅。她没睁眼，只是翻了个身，换了个更舒服一点儿的姿势。

"也许你那时真是个浑蛋，"她含混不清地说，"所有的孩子都是浑蛋。"

"是的。但是真正的问题在于——"

从她的呼吸声推断，她又睡着了。他很希望能够讲一讲关于母亲的事情。就他所记得的一切来看，她并不是什么不同寻常的女人，也算不上聪明，但是她有一种高贵、纯洁的气质，那仅仅是因为她有自己的行为准则。她有自己的感情，外在事物无法影响和改变她。她不认为没有实效的行为就是无意义的。如果你爱一个人，就去爱他，等到你没有其他东西可以给予的时候，你依旧可以给予他爱。温斯顿抢走最后一块巧克力后，母亲紧紧地搂着他的妹妹。这没有实际用处，无法改变任何事情，也不能再变出一块巧克力，更不能使孩子或者她自己免于死亡，但是她这么做好像是最自然不过的事。纪录片中那个在小船上逃难的妇女也用她的胳膊护住自己的孩子，那样挡起子弹来不比一张纸片更管用。但党所做的最可怕的事情是让你相信，单纯的本能冲动或者感情毫无意义。另一方面它又剥夺了你对物质世界的一切掌控，变得软弱无力。一旦你身处党的控制之中，不论你是否意识到、是否采取行动，实际上都无关紧要。不管发生什么，你终将消失，无论是你还是你的行为，都会湮没无闻，再也不会被人提及。从历史上也找不到你存在的证据。但是对上两代的人来说，这似乎并不那么重要，因为他们无意篡改历史。他们有自己不容置疑的价值观和道德准则。他们重视人与人之间的关系，一个毫无用处的姿势、一个拥抱、一滴眼泪、对垂死者所说的一句安慰的话语，都有其必要性和意义。温斯顿突然想到，无产者，现在依旧是这样。他们并没有忠于一个政党，或者是一个国家、一个抽象的概念，他们只是忠于彼此。生平第一次，他不再看不起无产者或者仅仅把他们看作一种蛰伏的力量，终有一天将会爆发，改变全世界。他们依然有人性。他们没有变得麻木不仁。他们依旧保留了人类原始的情感，而他需要付出努力才能重新学会。想到这些的时候，他突然想起了一幕毫不相干的场景：几星期前，他在人行道上见到一只断掉的手，将它一脚踢到了阴沟里，好像那不过是一根白菜梗。

"无产者才是人，"他大声说，"我们不是。"

"为什么我们不是？"朱莉雅醒过来，问道。

他想了一会儿。"你有没有想过，"他说，"我们最好离开这里，在一切还没有太迟之前，而且以后再也不相见？"

"当然想过，亲爱的，我想过，而且想过好多回。可我不想那么做。"

"我们还挺走运，"他说，"但好运气不会永远持续下去。你还年轻，你看起来纯洁、正常。如果不与我这类人交往，也许你能再活上五十年。"

"不，我早就想过了。不管你做什么，我都跟着。你别太灰心。我有的是自保的办法。"

"也许我们还能再幽会半年，或者一年，谁知道呢。我们终究还是得分开。你有没有想过，到时候我们会多么孤立无援？一旦被逮住，我们就没有办法，一点儿办法都没有，无法给对方任何安慰。要是我招供了，他们就会将你拖出去枪毙，要是我拒不招供，他们还是会把你枪毙。不管我说什么、做什么，或者什么都不说，也无法使你的死期延迟五分钟。我们无法知道对方是死是活。我们根本没有任何办法。最重要的是，我们不能出卖对方，虽然我也清楚到最后结果不会因此有丝毫不同。"

"你指招供？"她说，"我们当然要招供了，没错。每个人都会招供的。你没有办法。他们会用酷刑折磨你。"

"我不是指招供。招供不是出卖。不管你说什么或者做什么，都不要紧，最重要的是情感。如果他们能够迫使我不再爱你，这才是真正的背叛。"

她想了一会儿。"这一点他们做不到。"最后她肯定地说，"这是他们唯一无法做到的事。他们可以迫使你说任何话——任何话——但是他们无法强迫你相信这些。他们不能钻进你的内心。"

"是的，"他的心中因此燃起了一线希望，"不能，他们的确做不到。他们不能钻进你的内心。如果你认为保全人性是值得的，即便这想法最终没有任何实效，但是从理论上说，你就已经战胜了他们。"

他想到那永无休止的电屏幕。虽然它夜以继日、不眠不休地监视着你，但如果你头脑清醒，你就可以战胜它。虽然他们很聪明，但是依旧无法得知他人脑袋里正在想什么。可当你落到他们手上时，可能情况就不一样了。没有人知道仁爱部里到底是什么样的情形，不过可以想象：严刑拷打、用药、精密仪器探测你的神经反应、不让睡觉、关禁闭、不间断地审讯，直到你精神崩溃。不管怎样，事实是无法隐瞒的。他们能够通过严刑拷打或者讯问从你嘴里把事实挖出来。但如果真正的目标不是活命而是保全人性，那么他们怎样对待你又有什么分别呢？他们无法更改你的爱憎喜怒，而且，即便你自己想改变，也无法改变。他们能够将你说过的、做过的或者想过的所有细节都探究出来，但是你的内心是不可征服的，它的活动甚至连你自己都觉得神秘。

第八章

他们来了，他们终于来了。

他们现在站在一个长方形的房间里，灯光柔和。电屏幕的声音非常低，地上铺着厚厚的深蓝色地毯，踩上去感觉就像踩在天鹅绒上。在房间里的另一头，奥布赖恩正坐在一张桌子前工作，桌子上有一盏安有绿色灯罩的台灯，两旁是一大堆文件。用人将温斯顿和朱莉雅带进来的时候，他连头都没有抬。

温斯顿的心怦怦跳得如此厉害，以至于他担心自己一句话都说不出来。他们来了，他们最终还是来了，这是他心中盘旋的唯一念头。来这里见奥布赖恩本来就是一件愚蠢而又鲁莽的事，况且还是两人一起来。是的，他们的确是分头来的，到了奥布赖恩这个房间的门口才碰头。但是，像这种地方，光是走进来就需要极大的勇气。极其难得见识到核心党党员的住宅内部，平时连走到他们的住宅区都不容易。这种公寓大楼独有的气氛和做派，触目所及皆华丽高贵、明亮宽敞，考究的食物与上好的烟草飘散着迷人的芬芳，电梯升降快速无声，穿白制服上衣的用人来回穿梭——这一切都令人心生敬畏。虽然他来此有极充分的理由，但是每走一步都提心吊胆，生怕冒出一个穿黑衣的警卫来查看他的证件，然后将他轰走。但是奥布赖恩的用人丝毫没有难为他们，立刻就请他们进来了。他身形矮小，一头黑发，白上衣，脸部棱角分明、面无表情，看起来像中国人。他带领他们穿过一条走廊，走廊上铺着厚厚的柔软的地毯，墙上贴着奶油色的墙纸，护壁板刷成乳白色，一切都干净整洁。这又带给温斯顿极大的震慑。他从不记得见过哪条过道的墙壁不是被蹭得黑乎乎且污秽不堪。

奥布赖恩手里捏着一张纸，似乎正专心地研究着。他那张凝重的脸低垂着，能使人看清鼻子的轮廓，看起来很威严又富有智慧。他坐在那里，静默了二十秒钟，然后拉过述录器，用各部常用的混合行话发布了一个通知：

项目一逗号五逗号七批准句号建议包含第六项双加荒谬近于思想罪取消句号取得机器管理费用充分估计前不进行建筑句号通知完。

他慢慢地从椅子上站起来，走过厚厚的地毯，无声无息地向他们走过来。用新话发完那个通知后，他的官员气派似乎收敛了一些，但神情比往日更为严肃，似乎因为有人打扰他的工作而不高兴。温斯顿本来就心怀恐惧，这时又突然觉得不好意思起来。他觉得自己很可能犯下了一个极其愚蠢的错误。他有什么证据能够确定奥布赖恩跟他是同道中人？除了一闪而过的目光、一两句含糊不清的话，其他一切只是他自己编织的幻想，还是建立在一个梦境之上。到现在，他甚至不能拿词典做借口了。因为那样的话，他就无法解释为什么朱莉雅也会到场。奥布赖恩经过电屏幕的时候突然想起了什么，于是停下脚步，转过身，按了墙上的一个按钮。只听啪的一声,电屏幕的说话声戛然而止。

朱莉雅忍不住发出低低的惊呼声。温斯顿本来即尴尬恐惧,现在也万分惊讶,不由得脱口而出。

"你居然可以关掉电屏幕?"

"是的,"奥布赖恩说,"我们可以关掉它。我们有这种特权。"

他现在面对着他们。他高大魁梧的身体矗立在他们面前,脸上依旧是一副不可捉摸的表情。他神色严峻,等候温斯顿发言。可是要说些什么?即使现在也可以想象,他这个忙人也许正在恼怒地想为什么会有人来打扰他的工作。没有人先开口。没了电屏幕的声音,屋子里一片死寂。时间一分一秒缓缓地过去。温斯顿感到相当为难,却依旧凝视着奥布赖恩的眼睛。接着,那张冷峻的脸突然放松下来,像是绽开了一丝笑容。奥布赖恩做了个习惯性动作,伸手推了推鼻梁上的眼镜。

"是我先说还是你先说?"他问。

"我说吧,"温斯顿立刻接上,"那东西真的关掉了?"

"是的,关了。这里就只有我们。"

"我们来这里,是因为——"

他突然顿住了,因为他发现自己也不知道为什么要过来。实际上,他也不清楚自己到底期望奥布赖恩给予什么帮助,所以要说明为什么登门找他不是一件容易的事。虽然他也知道自己的这个借口听起来虚浮空洞,但仍硬着头皮说了下去。

"我们到这里来,是因为相信存在某种秘密组织,这个组织在进行反党活动,你就是这个组织的成员。我们也想加入这个组织。我们是党的敌人。我们不相信英社的那些准则。我们是思想犯。我们也是通奸犯。我将这些都告诉你,是因为我们充分相信你,将我们的命运交到你手上。如果你想要我们用其他方法来控告自己，我们也准备好了。"

他觉得身后的门打开了，于是停下来，回过头看了一眼。果然，那个身材矮小、面色暗黄的用人没有敲门就径自走了进来。温斯顿看他手上端着一个盘子，上面放着酒瓶和玻璃杯。

"马丁是自己人，"奥布赖恩神情淡漠地说，"把盘子端到这边来吧，马丁。放在圆桌上。椅子够吗？那我们还是坐下来好好谈谈吧。给你自己也拖一把椅子过来吧，马丁。咱们谈的是正经事，接下来的十分钟里你不用做仆人了。"

小个子用人也坐下来，泰然自若，但依旧显露出仆人的神态，一个享受特权的贴身仆人。温斯顿瞟了他一眼。是的，这个人一生都在扮演某个角色，哪怕暂停一刻，也是危险的。奥布赖恩伸手拿起酒瓶，往玻璃杯里倒入一种深红色的液体。这唤起了温斯顿的模糊记忆，很久很久以前，他似乎在墙上或者广告牌上看过类似的某种东西——一个由电灯泡组成的大酒瓶，能上能下，将瓶子里的东西倒进杯中。从上往下看，杯中的东西近乎黑色，但在瓶子里闪闪发光，犹如红宝石，还散发出酸酸甜甜的味道。他看见朱莉雅好奇地端起酒杯凑到鼻尖闻着。

"这是葡萄酒，"奥布赖恩微笑着说，"是的，你们肯定在书上见过。不过，恐怕外党很少有机会享用它。"他的神色瞬时严峻起来，举起酒杯，"我想，我们应该先为健康干杯。为我们伟大的领袖，为伊曼纽尔·戈德斯坦干一杯。"

温斯顿非常激动地举起酒杯。葡萄酒是一种他在书本上读过而且梦寐以求的东西。这同玻璃镇纸或者查林顿先生脑海中零散的童谣一样，都是属于过去那个时代的，是无法再来的浪漫的过去。在心底，他喜欢将这过去称为旧时光。不知为何，他一直以为葡萄酒是香香甜甜的，如同黑莓果酱一样，喝一口就能令人晕晕然。事实上，他真的一饮而尽之后却大失所望。也许他喝了多年的胜利牌杜松子酒，早就无法品尝出葡萄酒的味道来。他将空酒杯放下。

"真的有戈德斯坦这样一个人？"他问道。

"是的，确有其人，他还活着，至于究竟在何处，我就不得而知了。"

"那么那个密谋——那个组织？也是真的了？不是思想警察胡编乱造的吧？"

"不，确有其事。我们称之为兄弟会。它的确存在，你是其中的一分子，此外的情况你永远不会知道。有关这一点，我过会儿再详细告诉你。"他说着看了看手表，"即使是核心党成员，关掉电屏幕超过半小时也是不明智的。你们实在不应该一同来，走的时候必须分开走。你，同志——"他冲朱莉雅颔首，"你先走。我们大约还能谈二十分钟。我得先向你们提一些问题，想必你们能够理解。大致说来，你们有什么打算？"

"做我们力所能及的事。"温斯顿回答。

奥布赖恩稍稍侧了一下身子，正对着温斯顿。他几乎已经将朱莉雅遗忘在一旁了，因为他大概以为温斯顿完全可以代表她。他耷拉着眼皮，用低沉、平静、没有感情的声音轻声提出问题，就像教堂在给人施洗礼时的例行公事一样，对于大多数答案他早就了然于胸。

"你们愿意随时奉献自己的生命吗？"

"愿意。"

"你们做好杀人的准备了吗？"

"准备好了。"

"去执行可能导致成百上千无辜百姓死亡的破坏活动？"

"是的。"

"将自己的国家出卖给外国?"

"是的。"

"你们准备好去做欺骗、伪造、勒索、腐蚀幼儿心灵、贩卖分发毒品、鼓励卖淫嫖娼、散播性病——任何能够使党腐化堕落或者是削弱党的力量的事了吗?"

"是的。"

"举例来说,要是对我们的事业有帮助,需要往一个孩子的脸上泼硫酸——你愿意做这样的事吗?"

"愿意。"

"要是需要你们隐姓埋名,一辈子做服务员或者码头工人,你们愿意吗?"

"愿意。"

"如果命令你们自杀呢?"

"愿意。"

"如果要你们两个人就此分手,一生永不再见呢?"

"不!"朱莉雅插嘴道。

温斯顿很久沉默不语。有好长一段时间,他似乎失去了说话的功能。他的舌头无声地翻动,但是无法发出声音,嘴唇刚要形成一个字的第一个音节,第二个音节却蹦出来了,如是反复多次。在他最终做出回答前,他都不知道自己说的是什么。

他最终还是说了:"不。"

"你告诉我实情,这很好,"奥布赖恩说,"我们必须将一切情况摸得清清楚楚。"

他又转过身去面对着朱莉雅,声音中好像多了一丝感情。

"你要清楚,即便他将来能够活下来,也会变成另一个人。也许我们不得不给他一个新的身份。他的面容、举止、手脚的形状、头发的颜色——就连他的声音也会发生变化。你自己也一样会变成另一个人。我们的整形医生能够将人彻底变样，使别人再也无法认出你们来。有时候这是必需的。在必要的时候，我们甚至会锯掉胳膊或者腿。"

温斯顿忍不住偷觑马丁一眼，没看到他脸上有什么疤痕。朱莉雅的脸色瞬时变得苍白，雀斑更为明显，但是她仍勇敢地面对奥布赖恩低声嘟囔了一句，似乎在表示同意。

"很好。那就这样定下来了。"

桌上放着一只银色的烟盒。奥布赖恩心不在焉地将香烟盒往他们面前推，自己也伸手抽了一支，然后站起来，慢慢地来回踱步，似乎这样思考起来更加方便。这种香烟非常高级，很粗，包装得很好，烟纸极为光滑，市面上很难见到。奥布赖恩又看了一眼手表。

"马丁，你最好现在回餐具室。"他说，"一刻钟之内我就要打开电屏幕。你走之前牢牢记住这两位同志的面孔，因为你将来还会同他们打交道的。我就不一定了。"

如同在大门口一样，小个子男人的一双黑眼睛在他们脸上扫视了一遍，没有流露出丝毫友善的神情。他只是在牢记他们的外表，对他们本人并无兴趣，起码从表面上看不出来他有兴趣。温斯顿突然想到，也许整容之后的脸很难有什么表情。马丁默不作声，也没有打招呼，径直走了出去，悄无声息地随手带上门。奥布赖恩来回踱着步，一只手插在黑色制服的口袋里，一只手夹着香烟。

"你们得知道，"他说，"你们将要在黑暗中作战。你们将永远立于黑暗之中。你们会收到命令，然后要毫不犹豫地执行，不用追问究竟。过段时间我会给你们一本书，你们读完书就会知道我们所生活的这个社会究竟是怎样的，书中也教会你们要用怎样的战略来摧毁它。读完这本书，你们就会成为正式的兄弟会成员。但是除了我们斗争的总目标以及当下的具体任务之外，你们永远不可能知道其他的事情。我可以告诉你们兄弟会的确存在，但是我不能告诉你们它到底有多少成员，有一百个还是一千万个。以你们的实际生活来讲，你们不会认识多少兄弟会的成员，永远不会认识十个成员。你们也许同三四个人有过联系，但是过一段时间就会换人，以前的人再也不会出现。因为马丁是你们认识的第一个人，所以他可以保留下来。你们所接到的命令都由我下达。如果有需要与你们联系，通过马丁就行了。你们被捕时，肯定会招供，这事情无可避免。但是你们没有什么可以招供的，除了你们自己做的事情。你们能够出卖的顶多只是少数几个无关紧要的人。也许到时候你们连我都无法出卖。也许到时候我已经死了，也许已经变成另外一个人，以另一张面孔出现。"

他继续在柔软的地毯上来回踱步。虽然身形魁伟，但他的动作依旧优雅利落，甚至将手插进口袋或者夹着香烟这样的动作都能展现出优雅的姿态。他给予人一种不仅仅是力量，而且充满自信、刚强果决的印象，他很善解人意，但这种体谅带着淡淡的嘲讽意味。他的态度虽然极其认真，但没有那种偏执狂惯有的狂热劲儿。谈及谋杀、自杀、性病、截肢、整容时，他似乎带着一种隐约的揶揄口吻。"这是无法避免的，"声音中好像透出另一种意味，"这些事情我们必须毫不犹豫地去做。但是等到环境改变了，我们能够过上好一些的日子时，我们就不会再做这样的事了。"温斯顿对奥布赖恩产生了由衷的敬佩之情，近乎崇拜。一时间他居然忘记了戈德斯坦那幽灵般的形象。看着奥布赖恩结实有力的臂膀、浓眉大眼的脸，极其丑陋但又十分文雅，你就会觉得他是不可能被打败的。没有什么阴谋他无法应对，没有什么危险他事先预料不到。就连朱莉雅也深受感染。她全神贯注地倾听着，就连香烟在手中熄灭了也浑然不知。奥布赖恩又开口说道：

"你们早已听说过有关兄弟会存在的传言。自然，你们心中对它已经有了自己的看法。也许你们会将它想象成一个庞大的密谋分子地下组织，在地下室里秘密集会，在墙上刷口号，靠暗号或者手势来打招呼、传递信息。其实这些都不存在。兄弟会的成员不可能认出对方，任何一个成员所认识的组织内成员不过寥寥数个。即便是戈德斯坦本人，如果不幸被思想警察抓住，也无法向他们提供全部的会员名单，或者告知他们如何获得全部的名单。根本就不存在这种名单。兄弟会不可能被消灭，因为它不是传统观念中的那种组织。将所有成员联系在一起的，只是一个坚不可摧的信念。你们唯一的支撑和依靠就是这个信念。你们无法获得同志的友爱，不能得到任何鼓励与慰藉。如果你们被逮捕，也没有任何人会给予援助。我们从来不援救会员。至多，如果被捕的同志必须要封口，我们有可能会偷偷送一片剃须刀片到狱中。你们得适应没有希望也没有结果的生活。你们在工作一段时间之后就会被逮捕，而后不得不招供，然后死掉。这就是你们能够看到的唯一结局。任何可见的变化，都不可能发生在我们这一生中。我们虽然活着，其实已经死了。我们真正的生命只在未来。我们只能以一抔尘土、几根枯骨去参与未来的生活。但这未来究竟何时到来，无人知晓。也许要等上一千年。目前，除了将神志清醒的人的范围慢慢扩大，我们没有其他事情可以做。我们不能采取集体行动。我们只能通过独立的个体将我们的思想传播开，一代一代地传下去。面对思想警察，我们没有别的办法。"

他停顿了一下，第三次看了看表。

"是时候离开了，同志。"他对朱莉雅说，"等一下，瓶里的酒还剩一半。"

他将三个酒杯都斟满，然后举起自己的杯子。

"这次我们是为什么干杯呢？"他说，依旧听得出一丝淡淡的嘲讽，"为愚弄思想警察？为老大哥早登极乐？为人类？为将来？"

"为过去。"温斯顿说。

"过去更为重要。"奥布赖恩神色严峻地表示赞同。

他们喝完了酒，朱莉雅站起身就要走。奥布赖恩从橱柜顶上拿出一只小盒子，从里面取出一片白色的药片，让她含在舌尖。他说不能让其他人闻出酒味，开电梯的人非常细心谨慎。她走了，门刚关上，奥布赖恩似乎就忘记这样一个人存在过。他又来回踱了两步，停了下来。

"我们还有细节问题得解决，"他说，"我想你应该有个藏身所在吧？"

于是，温斯顿将查林顿先生店铺楼上的房间告诉了他。

"眼下就先这样。过段时间我们再为你安排其他住处。藏身之处必须时常更换。我会将那本书送到你手上——"温斯顿注意到，奥布赖恩在提到那本书的时候特意加重了语气——"你知道的，我是指戈德斯坦的书，我得尽快交给你。不过也许得等上好几天我才能拿到一本。你应该能猜到，流传于世的非常少。思想警察到处查抄、销毁，根本就来不及出版。不过这也没什么关系。这本书是无法禁毁的。即便最后一本被销毁，我们也能凭借自己的记忆几乎一字不差地再印出来。你上班的时候带公文包吗？"

"一般都带。"

"什么样子的？"

"黑色的，很破，有两根搭扣带。"

"黑色的,有两根搭扣带,很破——好的。过几天——我没法确定具体的日期——你早上工作时收到的通知中,有一条上面印错了一个字,你必须要求再发一次。第二天你上班的时候就不要带公文包。那天的路上,会有人拍拍你的胳膊说:'我想你掉了公文包。'他给你的公文包中就放着一本戈德斯坦的书。你得在十四天内归还。"

他们都沉默起来。

"再过两分钟你就必须离开了,"奥布赖恩说,"我们将会再见——如果还能再见的话——"

温斯顿抬起头来看着他。"在没有黑暗的地方?"试探地问了一句。

奥布赖恩点点头,没有表现出惊诧。"在没有黑暗的地方。"他说,似乎完全明白温斯顿话中所指,"现在,你在走之前有什么想说的吗?有没有什么口信?或者有什么疑问?"

温斯顿想了想,好像没有什么可问的了,更不想泛泛地谈一些空话。他心中浮现出来的不是与奥布赖恩或者兄弟会相关的事情,却是一些组合的场景:他母亲临死前那间阴暗的卧室、查林顿先生店铺楼上的房间、玻璃镇纸、蔷薇木画框中镶嵌的版画。他几乎是下意识地问道:"你有没有听过一首老歌,头一句是'橘子和柠檬,圣克莱门特的钟说'?"

奥布赖恩又点点头,接着用庄重得有些虔诚的态度唱完了整首歌:

> 橘子和柠檬,圣克莱门特的钟说;
> 你欠我三法寻,圣马丁的钟说。
> 你什么时候还?老贝利的钟说;
> 等我变富有了再说,肖尔迪奇的钟说。

"你还记得最后一句!"温斯顿说。

"是的,我记得最后一句歌词。现在,我想,你得马上离开了。等一下,你得先含一片药。"

温斯顿站起来,奥布赖恩将手伸到他面前。他紧紧地握着,几乎要把温斯顿的手骨捏碎。温斯顿走到门口时又回过头来,但是奥布赖恩似乎要将他忘掉。他的手指放在电屏幕开关上,等着温斯顿离开。他的身后是写字台,上面有一盏安着绿色灯罩的台灯、述录器、一沓沓堆在铁丝框里的文件。事情结束了。他想,半分钟内,奥布赖恩就会恢复到被打断前的状态,继续为党做重要的工作。

第九章

温斯顿累得快要变成一块凝胶了。凝胶是个恰当的词。这个词自动浮现在他的脑海中。他的身体虚弱得像凝胶一样软,而且变成了凝胶那样的半透明状。他觉得要是将手掌朝透光处举起来,甚至能看到光线透过来。超额的任务将他浑身的血肉都榨干了,只剩下神经、骨骼与皮肤撑起来的脆弱身架。所有的知觉都被放大。制服重重地压着他的肩膀,人行道硌得他的脚底板酸痛发胀,就连开合手掌都令关节咯咯作响。

这五天里他累计工作了九十多个小时,部里的其他同事也是这样。现在工作已完成,到明天早上之前,似乎再也没有党的工作了。他能到那个秘密的房间待上六小时，然后回到自己家的床上躺九小时。下午和煦的阳光下，他沿着一条肮脏的街道朝查林顿先生的店铺缓缓地走过去，一路上留意着巡逻警察，但是又没有任何理由地相信今天不可能有人上前盘问。公文包异常沉重，每走一步就撞一下他的膝盖，他觉得腿疼痛发麻。公文包里放着那本书，他拿到手上已经六天了，可是一直没能打开，甚至没有看一眼。

仇恨周已经到了第六天，经过游行、演讲、高呼、歌唱、横幅、海报、电影、蜡像、鼓声轰响、小号尖响、齐步踏地声、坦克的轧轧声、飞机的呼啸声、枪炮的隆隆声——这样过了六天之后，人们慷慨激昂，情绪已到达巅峰，对欧亚国的仇恨已经发酵，若是仇恨周最后一天要公开处以绞刑的两千多名欧亚国俘虏落入民众之手，肯定会被撕成碎片。可是正在这个时候，突然有消息传来，大洋国不是在与欧亚国交战。大洋国的交战国是东亚国。欧亚国是大洋国的盟国。

当然，不会有人承认发生过变化。只是突如其来，所有人都知道敌人就是东亚国而不是欧亚国。消息更替的时候，温斯顿正在伦敦市中心的某一个广场上参加示威。那时是夜里，在耀眼的灯光下，人们苍白的脸孔和鲜红的旗帜交相辉映，对比鲜明。广场里挤着几千号人，其中有由一千多名穿着少年侦察队制服的学生组成的方阵。在用红布装饰的演讲台上，一个身形瘦小的核心党党员正在声嘶力竭地向人群发表演说。他身形矮小，手臂奇长，光秃秃的大脑袋上只有几绺头发随风飘荡。他看起来就像神话中的小妖精（仇恨的化身），周身燃烧着仇恨的怒火，一只手抓住话筒，另一只手在头顶恶狠狠地挥舞，这只手显得特别粗大，与瘦瘦的胳膊不成比例。他的声音从扩音器中传来，洪亮、刺耳，正无休止地列举着欧亚国的种种罪状：屠杀、驱逐、劫掠、奸杀、虐待俘虏、轰炸平民、虚假宣传、肆意侵略、撕毁条约等。听到这些话,你不能不信服,也不能不满腔愤恨。每隔几分钟,群众的情绪就被煽动得高涨起来,几千个喉咙里爆发出野兽般的咆哮,他的声音也被淹没了。最震天动地的喊叫出自那些学生。那个人口若悬河地讲了二十多分钟,突然有一个通讯员急匆匆地走上讲台,递给他一张字条。他一边继续讲演,一边打开字条。他讲演的声音和态度依旧没有改变,内容也遵循之前,但是敌对国的名字突然发生变化。一句话都不用说,一股完全理解的浪潮就这样在群众的汪洋中扩散开来。与大洋国打仗的是东亚国! 紧接着就出现了一阵骚乱。广场悬挂的旗帜和招贴画全都错了! 有一半的招贴画上的人脸都是错的。这是破坏! 准是戈德斯坦那帮阴谋分子干的! 于是人们迅速行动起来,将招贴画从墙上撕下来,把旗帜扯得稀烂,扔在脚下猛踩一番。少年侦察队的表现尤为出色,他们奋不顾身地爬上屋顶,将挂在烟囱上的横幅剪断。不过两三分钟,一切就全都清理完毕。那个核心党党员依旧紧紧抓着话筒,身子前倾,另一只手在头顶用力挥舞,慷慨激昂地历数敌人的罪状。一分钟后,台下的群众又爆发出一阵惊天的怒吼。仇恨依旧延续着,与以前一样,只是仇恨的对象已经改变。

温斯顿后来回忆起这个场景时,印象最深刻的是,那个发表讲话的核心党党员居然在话说到一半的时候改变仇恨对象,没有做一丝停顿,就连句法结构都没有发生改变。不过当时他被另外的事情分了神。那是在海报被撕扯下来的混乱当中,有个他连脸都没看清的人拍了拍他的肩膀,说:"对不起,我想你掉了你的公文包。"他心不在焉地接过公文包,没说话。他很清楚要过好几天才有机会打开公文包看看里面。示威行动一结束,他就立刻赶回真理部,虽然那时已将近二十三点。部里的所有工作人员都返回了岗位。电屏幕正在下达要他们迅速赶回岗位报道的指令,看起来是多此一举。

大洋国正在与东亚国交战；大洋国一直在与东亚国交战。五年来所有相关的政治文件，一大半得彻底废掉。各种各样的报告、记录、报纸、书本、小手册、电影、录音带、照片——所有这一切都得火速改正。虽然没有下达明确的指令，但是大家心知肚明，记录司的主管要在一个星期内将所有提到过与欧亚国作战、与东亚国结盟的材料和文件销毁。这种工作本来就无比繁重，还无法明白地说出来，便使得事情更加复杂。记录司每个人一天工作十八小时以上，休息两次，每次三小时。从地下室搬来床垫，散布于走廊各处，吃饭也是食堂服务员用手推车推过来，食物就是三明治和胜利牌咖啡。每次温斯顿暂停工作到走廊小睡时，总要尽量将手头的工作处理完毕，但每次当他睡眼惺忪、腰酸背疼地赶回来时，桌上又是堆积如山的文件，快要将述录器埋在里头了，地上也散落着要处理的文件。所以他回来后的第一件事就是将这些文件整理一下，好腾出点儿地方埋首工作。最难受的是，这项工作并不是纯粹的机械劳动。虽然很多时候只须更换一下名字即可，但有些详细的报道需要认真仔细，还得发挥想象力，运用缜密的心思。光是将战争从地球的某一处挪到另一处，就需要极其丰富的地理知识。

到了第三天，他的眼睛开始剧痛，每过几分钟就要擦一擦镜片。这就像在努力完成一项极其繁重的苦差事，你可以不做，但是另一方面，你又怀着一种略带压迫感的心情急于完成。如果他有时间去回想一下的话，他并没有为自己对着述录器念的每一个字或者墨水笔的每一笔勾画而感到不安，虽然它们都是一个个精心编造的谎言。他与司里的其他人一样，都竭力要将这个谎话编得圆满。到第六天早上，气力传输管吐出来的字条逐渐减少。长达半小时的时间里，气力传输管没有送任何东西过来，而后送过来一条，接着又没有了。几乎就在这个时间段里，各科室的工作都完成了。司里的每个人都偷偷地长舒了一口气。这项艰巨的任务终于完成了,但是没有人再提及此事。现在无论是谁,都找不到任何证据来证明大洋国曾经与欧亚国交战。十二点,部里突然宣布全部工作人员都放假,第二天早上再来上班。这几天里,温斯顿一直随身携带着装有那本书的公文包,工作的时候就将它放在两脚之间,睡觉的时候就放在枕头下,这时他将它拎回家。刮过胡子,洗了个澡,虽然水最多不过微温,但他差点儿在澡盆里睡着。

当他爬上查林顿先生店铺的楼梯时,感觉关节有点儿令人舒服地咔咔作响。他异常疲倦,但是全无睡意。他推开窗户,点燃那个肮脏的小煤油炉,放了一壶水准备煮咖啡。朱莉雅很快就要到了,正好利用这段时间看看那本书。他在邋遢的扶手椅上坐下来,解开公文包的搭扣带。

这本书很厚,黑色封皮,装订不是很好,封面上没有书名,也没有作者名。字体印刷得不太规则。页边快要磨烂了,稍不留神就会整页脱落,看来这本书有许多人翻阅过。扉页上印着:

寡头政治集体主义的理论与实践

伊曼纽尔·戈德斯坦 著

温斯顿开始往下看。

第一章
无知即力量

有史以来,约自新石器时代结束以来,世上的人可分为三种:上等、中等和下等。这三种人又可各自往下细分,他们被冠以无数各不相同的名字,他们的相对人数与他们对待其他人种的态度因时而异,但是社会的基本结构从未发生过改变。即便经历大动荡或似乎无法逆转的改变,这个模式总是能自我恢复到原样,就像陀螺仪一样,无论你将它推往何方,最后总能保持平衡。

　　这三种人的目标永远无法调和……

　　温斯顿停了下来,主要是想在舒适又安全的环境中好好品味一番。他一人独处,没有电屏幕,也不担心隔墙有耳,不需要神经质地回头张望是否有人在偷看,或者用手掩住书。夏日甜蜜的空气轻抚着他的面颊。远处隐约传来孩子的嬉闹声,屋内,除了老式座钟的嘀嗒声之外,没有其他声响。他舒舒服服地往扶手椅里靠一些,脚搁在壁炉挡板上。这样的生活舒适惬意,希望能够永远这样。突然,就如同你拿到一本你知道最后总要一读再读的书,他把书随意翻到另一页,发现那是第三章。他接着看下去:

第三章
战争即和平

　　世界被划分为三大超级大国,这件事早在二十世纪中叶就已经被预料到。俄国吞并欧洲,美国吞并大英帝国之后,现存的三大势力中的两个国家,欧亚国和大洋国就已经事实上存在了。第三个大国,东亚国,是历经了十年的混战才突然出现的。这三个超级大国的边境,有些地方都是随意划定的,另一些地方的归属权则视战争的形势而定,但是总体说来,大致是按照地理形势划分的。欧亚国占据整个欧亚大陆的北部地区,从葡萄牙直到白令海峡。大洋国占据美洲、大西洋诸岛屿,以及不列颠群岛、澳大利亚和非洲南部。比起这两个国家来,东亚国要小一些，西部边界也不怎么确定，主要包括中国及其以南的地区、日本群岛以及蒙古。

这三个超级大国，一直都是一国与另一国结盟，攻打第三个国家，在过去的二十五年里始终如一。但是这个时期的战争已经不是二十世纪初期几十年内那种疯狂的毁灭性战争了。现在的战争是双方有限的斗争，因为任何一个国家都没有力量摧毁他国，开战也不是出于抢掠物资的需要，更不是出于意识形态上的显著分歧。这并不是表示他们进行战争的方式或者对待战争的态度已经不如以前那么残酷，或者多了些骑士精神。事实正好相反，对战争的歇斯底里在各国都是经久不衰且普遍存在的，像强奸、劫掠、屠杀幼童、奴役人民、对战犯进行报复甚至煮死或者活埋的行径，都已司空见惯，而且只要做这些事的是己方而非敌方，这种行为就似乎更为令人称颂。但从实际意义上，战争只涉及很小部分的人，他们大多数是受过专门训练的专家，相对说来，伤亡较以前要少很多。如果真正发生战争，大多都发生在遥远的边境，一般人都只能对其胡乱猜测，而不知道确切的发生地点。如果不是在边境一带交战，就是在守卫海道战略要塞的水上浮堡一带。对于文明中心来说，战争也仅仅意味着消费品的持续短缺，与偶尔一枚从天而降伤及几十人的火箭弹。实际上，战争的性质已经发生了改变。更确切地说，爆发战争的原因的重要性已经发生了改变。二十世纪初期的几次大战中初现端倪的动机，如今已居于主导地位，并被有意识地认可与施行。

想了解现在的战争——虽然每隔几年结盟或敌对的关系就会发生变化，但战争实际上没有发生改变——的真正本质，我们首先必须认识到，战争不可能是决定性的。三个超级大国中的任何一个都不会被联合起来的其余两国彻底打败。他们太过势均力敌，也无法逾越天然防御。欧亚国幅员辽阔，大洋国则盘踞着大西洋和太平洋，而东亚国人口众多，民众勤劳高产。再者，从物质意义上来说，现在已经不再需要通过战争来获取物资。因为各个国家都建立起自给自足的经济体系，生产与消费趋于平衡，以往为了争夺市场而进行战争的理由不复存在，而原材料的争夺也已不再是生死攸关的事情。不管怎样，这三个超级大国幅员辽阔，资源丰富，几乎任何所需资源都能在本国疆界内得到。如果说三国的交战有经济目的在内的话，那就是为了争夺劳动力。在这三大强国的边境，有一片从不曾被任何国家长期占有的四方形的地区，四个角分别是丹吉尔、布拉柴维尔、达尔文港和香港，其总人口占世界人口的五分之一。为了争夺这片人数众多的地区和北极的冰雪地带，三个大国不停地角逐。没有哪个国家曾整个控制过这片有争议的地区。其中某些地区经常轮流易主，要借着突然的背信弃义才能攫取其中的这一块或者那一块，所以这也导致了结盟关系的不断变化。

所有被争夺的地区都蕴藏着宝贵的矿藏，有的地方还盛产重要的植物产品，如橡胶，这在寒冷地带必须人工合成，成本高昂。不过这片地区最有价值的就是无穷无尽的廉价劳动力。不论哪一个国家，只要统治了赤道非洲，或者中东诸国，或者南印度，或者印度尼西亚群岛，就相当于握有几千万或几亿的廉价劳动力。这些区域的居民，基本上已经沦为奴隶，不停地被征服者倒来转去，而且他们被征服者当作煤或者石油一样使用，就是为了制造更多的军备物资，占领更多的领土，控制更多的劳动力，再制造更多的军备物资，占领更多的领土，如此循环往复，永无休止。应该这样说，战争一直都在这块必争之地的范围内进行，从未超出这个界线。欧亚国的边界就在刚果盆地和地中海北岸一带扩张、压缩，而印度洋和太平洋的岛屿被大洋国或者东亚国轮流占据，欧亚国和东亚国在蒙古地区的界线从未确定过；此外，三大国都声称拥有北极地区的广阔领土，事实上，那里大部分地区都杳无人烟，人迹罕至。不过这三个超级大国的实力一直势均力敌，每个国家的核心地带从未被侵犯过。此外，赤道附近地区的劳动力对世界经济来说并不那么必不可少。他们无法给世界增添什么财富，因为他们产出的所有东西都被用于战争，而发动战争的最终目的就是为了在下一次战争中处于更有利的地位。如果说这些被奴役的劳动力有什么用处的话，那就是能够加快那永无休止的战争的节奏。其实如果世上没了他们，整个世界的社会结构以及维持这结构运转的进程，基本上不会有太大变化。

现代战争的主要目的（按照双重思想的原则，核心党的首脑们既承认也不承认这一点）是尽量消耗机器制造的成品，而不是提高人民的生活水准。自十九世纪末以来，工业社会的一大问题就是如何处理剩余消费品。在当今的社会，很少有人吃不饱饭，这个问题显然就不那么迫切了，即便没有人为的销毁，这个问题也不应该成为问题。当今的世界与一九一四年之前的世界相比，是一个物质匮乏、贫瘠、饿殍遍野、满目疮痍的世界，如果与那时人们想象中的未来世界相比，就更破败不堪了。二十世纪初，人们设想的那个未来社会令人难以置信的富裕、安逸、井然有序、效率极高——是一个由钢铁、玻璃和洁白的混凝土构筑的晶莹剔透的美丽新世界——几乎每一个受过教育的人心中都有这样一个对未来世界的展望。当时科技飞速发展，人们通常会自然而然地以为世界会这样日新月异地发展下去。但事实并非如此，一部分原因是经年累月的战争与革命造成的经济上的贫困，另一部分原因则是科技的进步需要依靠经验主义的思维习惯，但这种思维习惯与严格管控的社会体制相悖。总体说来，今天的世界较五十年前更加落后。固然有些落后地区获得了一些发展，不少东西被研发出来，而这些东西又与战争和警察的监视侦查活动相关，实验和发明大都陷于停顿状态，一九五几年核战争所造成的破坏至今仍未完全恢复。机器所固有的危险与问题依然存在。自机器面世之日起，有识之士都很清楚，人类再也没有从事辛苦的体力劳动的必要，人与人之间的不平等关系也会随之得到显著改善。如果当时机器真的能够用于这个目的，饥饿、过度劳累、污秽、文盲与疾病都能够在几代内消灭。实际上，在十九世纪末和二十世纪初的这段时间，机器虽然没有用于这一目的，但借由自动生产——生产出来的财富有时候不得不被分配掉——的确极大地提高了普通人民的生活水平。

但是，同样清楚的是，财富的全面增长将导致等级社会毁灭——的确，从某种意义上来说，是毁灭。如果世界上每个人的工作时间都缩短了，吃得好，住在带浴室和冰箱的房子里，拥有私人汽车甚至飞机，那么最明显或许也是最重要的不平等将不复存在了。一旦财富共享，人与人之间的差别就不明显了。毫无疑问，可以设想存在这样一个社会，从个人财物和奢侈品方面来说，财富平均分配，权力则集中在少数特权阶层人物手中。实际上这样的社会不能长期保持稳定。因为，如果人人都生活闲适、富足且保障无虞，那么以前因为贫困而愚昧无知的民众就会读书识字，就会逐渐学会独立思考。一旦学会独立思考，他们早晚会意识到，特权阶层的那些人根本是尸位素餐，就会将之除掉。从长远看来，等级社会必须以贫困和无知作为基础才能维持下去。二十世纪初期，有些思想家梦想退回到早期的农业社会，那根本不可行，也与机械化的趋势背道而驰，而机械化已经快变成全世界本能的趋势了。再者，任何国家如果工业落后，在军事上也会处于劣势，无法自保，必定会直接或者间接地被比较先进的对手控制。

而用限制生产的方式来令民众保持贫困状态，也不是令人满意的解决办法。在资本主义末期，也就是在一九二〇年到一九四〇年期间，这个方法曾被大规模实施过。许多国家故意使经济陷于停顿，土地荒废，不添置资本设施，不提供工作机会，大部分人没有工作，只靠政府救济，过着半死不活的日子。但这样的措施也使得国家的军事力量遭受极大重创，而且因为这样的贫困显然不是必需而是人力所为，所以反抗活动不可避免。所以，问题的关键就在于：如何维持经济的运转而不增加世界的财富。物资必须生产，但不能分配给民众。如果要实现这一点，唯一的办法就是连绵不断的战争。

战争的根本行为就是毁灭，不一定毁灭人的性命，但一定毁灭人类的劳动成果。战争就是要将物资炸得粉碎，消散在空中，或者沉入海底，否则，这些物资会让生活变得舒适，因此，从长远来说，就会使人们变得过于聪明。即便用于战争的武器实际上没有被毁，但制造它们也是消耗劳动力而又不生产实际消费品的一种简便方法。譬如，建一座水上浮堡所消耗的人力物力可以制造好几百艘货轮。浮动堡垒一旦陈旧，就会被拆卸成废料，绝不可能给任何人带来物质上的效益，但是修建新的水上浮堡会继续耗费大量的人力物力。从原则上说，战争的计划总是要将可能存在的剩余物资消耗殆尽，所谓的剩余就是超过本国人民最低需求的部分。而在实际操作中，本国人民的最低需求总是被低估，结果一半以上的生活必需品会长期处于短缺状态。这反倒是一大优势。即便对既得利益阶层，政府也刻意让他们尝到一点儿条件艰苦的滋味，这样的方针是十分有必要的，因为在匮乏成为常态的情况下，小小的特权能够被放大，并且加大各阶层之间的差异。按照二十世纪初的标准来看，即便是核心党党员，其生活条件也比较艰苦朴素。但是，核心党党员所享用的少数奢侈条件，譬如宽敞明亮、设施完备的住所，材料较好的衣服，上等的食物、美酒和高级香烟，两三个可供使唤的用人，私人汽车或者飞机，这使得他们与外党党员的生活有着天壤之别。而外党党员的生活同我们所说的无产者也就是底层民众相比，又具有类似的极大优势。整个社会的氛围就好比一个四面被围的城市，一块马肉就将贫富差距显现出来。同时，因为处于战争状态，危险在所难免，所以，为了保全生命，将所有的权力都交到少数几个人手上就是理所当然的。

战争不仅能够完成毁灭的任务，而且其所用的方式在心理上也是可以被接受的。原则上说，毁灭世界上的剩余劳动力是一件很容易办到的事，完全可以通过修建庙宇、加盖殿堂、建筑金字塔，挖地洞然后再填满，甚至是产出大量物品然后付之一炬等这些方式实现。但是这样的做法只能给等级社会提供一定的经济基础，而对感情基础无能为力。当然，这里并不是在讨论无产者的情绪，他们的态度无关紧要，只要他们坚持努力工作就行了。需要担心的是党员的情绪。哪怕身份最卑微的党员，也得是一个有能力、勤劳，还要在有限的范围内有一定智慧的人，他还必须是一个易于轻信、蒙昧无知的狂热信徒，他受恐惧、仇恨、崇拜和极端狂喜的复杂情绪支配。换言之，他的情绪必须同战争状态一致。战争是否真的发生了，这无关紧要。因为决定性的胜利是不可能有的，所以战事是好还是坏，也不是什么要紧事。最重要的是要保持战时的心态。党所要求的党员的心智分裂，在战时的氛围中比较容易做到，而现在几乎人人都能做到如此。地位越高的党员，这样的心态就越明显。可以准确地说，核心党党员对战争的狂热态度和对敌人的仇恨也是最强的。核心党党员作为管理者，常常需要知道哪条战争消息是真的、哪条战争消息是假的，有时候他可能会发现整场战争都是假的，要么这场战争根本没有发生过，要么这场战争的目的与公开宣告的目的截然相反，而双重思想很容易消弭这两者之间的矛盾与分歧。另一方面，没有一个核心党成员对战争的真实性有过一丝动摇，他们坚信大洋国一定会取得最终的胜利，成为全世界的主人。

所有的核心党党员都坚信将统治全世界。达成最后的胜利有两个办法：一是逐步扩张领土，确立无可置疑的强大力量；二是发明某种无可抵御的新式机器。大洋国的人持续不断地研制新式武器，那些有创造力的人或者喜欢思考的人要为自己的头脑找到出路，这是现有的少数出路之一。在今天的大洋国，以前意义上的"科学"已经不复存在。新话里根本就找不到"科学"这个词汇。过去所有科学上的成就，都依赖经验主义的思维方法，但是这与英社的基本原则相冲突。大洋国也取得了某些技术上的进步，但这只是因为它们的产品能够减少人类的自由。在实用技术方面，不是停滞不前，就是大步倒退。土地是由马拉犁铧耕种的，而书籍由机器产出。不过在关乎党执政的重要问题——其实就是战争和思想警察的侦查活动上——经验主义的方法依旧被鼓励，或者起码是被容忍。党有两个长远目标：征服全世界，永远消灭独立思考的可能性。因为这样，党亟需解决的难题有两个：一个是如何在非某人意愿的情况下探知他内心的隐秘想法，另一个是如何在几秒钟内未加警告就杀死几亿人。如果说现在还有什么科学研究在继续进行，这就是研究的课题。今天的科学家只有两类。一类是心理学家兼审讯专家，他们能够将人类的面部表情、姿态与声调都研究得清楚透彻，测试药物、震荡疗法、催眠术、拷打的逼供效果。另一类是化学家、物理学家和生物学家，他们只研究自己领域内与杀人相关的知识。在和平部庞大的实验室里，在巴西森林深处隐蔽的实验站里，在澳大利亚的荒漠里，或者在南极人迹罕至的小岛上，有一批又一批科学家在废寝忘食地工作。有的忙着制订未来战争的后勤计划；有的埋首钻研更大的火箭弹、威力更强的炸药、更厚更难穿透的装甲；有的忙着研究更具杀伤力的新毒气，或者可以大量生产足以灭绝整片大陆上一切植被的可溶性毒药，或者繁殖一种可以抵御任何抗体的病菌；有的殚精竭虑地制造能够在地下行驶的车辆，就像能在水下航行的潜艇一样，或者努力制造可以不受基地控制而独立飞行的飞机；有的则在探索其他更多难以实现的可能性。例如通过架设在几千公里外的空间反光透镜，将太阳的光束聚焦，变成杀人武器，或者利用地心的热能制造人为的海啸和地震。

但是上面这些计划中没有一项接近实现，在这方面，三个超级大国中没有一个能抢先一步。需要特别指出的是，这三个大国已经拥有原子弹，一种威力无边、无比恐怖的致命武器，其威力远超过科学家们目前正在研制的所有武器。虽然党依循惯例宣称原子弹是它发明的，其实，原子弹的问世是四十年代初的事，大概在十年后第一次大规模使用。那时有几百枚原子弹掉落在工业中心，主要受灾的是俄国欧洲大陆地区、西欧和北美。其结果令所有国家的统治集团深信：如果再投下几枚原子弹，全人类的社会组织就会完结，他们的权力也不复存在。此后，虽然没有签订什么正式的条约，也没有什么口头承诺，但再也没有发生过投掷原子弹的事。不过三个大国依旧在制造原子弹，并且全都储备起来，因为他们相信决定性的一刻迟早会到来，到那时它们就能派上用场。同时，三四十年来战争的方式几乎没有多大进展。当然，直升机的用途比以前更广，轰炸机已经逐渐为自动推进的飞弹所取代，不堪一击的军舰已经落后，取而代之的是几乎无法被击沉的水上浮堡。但是此外就没什么新的发展。坦克、潜艇、鱼雷、机枪，甚至步枪和手榴弹依旧在使用。虽然报纸和电屏幕不断夸大事实，报道杀戮仍在无休止地进行，但事实上，以前战争中动辄几个星期就死数十万甚至数百万的战役再也没有发生过。

三个超级大国一直避免发动可能导致严重失败危险的战争。如果要采取大规模的行动，通常是先突袭自己的盟国。三大国所采取的战略或假装采取的战略完全一致。他们总是打仗、和谈，在时机成熟时毫不犹豫地背信弃义，用各种手段包围、夺取对方的一系列基地，然后与对方签订友好条约，在这几年内保持和平状态，使对方解除对自己的戒心。同时在各战略要地部署装备原子弹的火箭，等到时机成熟就一齐发射，使对方遭到毁灭性打击，永无还手之力。到时再与剩下的那个超级大国签订友好条约，准备进行第二次突袭。当然，这种计划等于痴人说梦，根本没有实现的可能。另外，除了赤道沿线和极地周围的那些争夺地带之外，没有其他地方发生过战事，也从来没有谁进犯过别国领土。这说明为什么超级大国之间的有些国界地区是任意划定的。譬如，欧亚国要征服不列颠群岛，是轻而易举的事，因为它们在地理上本就是欧洲的一部分；另一方面，大洋国也可以将自己的疆域一直推进到莱茵河，甚至到波兰的维斯杜拉河。但是这样就会违反虽无明文规定但各方都谨守的文化统一原则。如果大洋国要占领以前被称为法国和德国的地方，这就需要将其差不多一亿的人口同化或者全部消灭，这项任务实施起来困难重重。就技术发展而言，这些地区的水平与大洋国不分轩轾。另外两个超级大国所面临的也是同样的问题。就它们的社会结构来说，国人绝对不能同外国人接触，除非是有限度的来往，如战俘或者役使有色人种奴隶。即便对暂时的盟国，也是带着无尽的猜疑。除了战俘之外，大洋国的普通居民还没有见过欧亚国或是东亚国的任何一个居民，也被禁止学习其他任何一种语言。一旦被允许与外国人接触，他就会发现，外国人与他自己一样也是人，党所宣讲的关于外国人的话大部分都是谎言。那样的话，他们生活的那个封闭小圈子就会被打破，而他们赖以支撑的恐惧、仇恨和自以为是的道德观就会毁掉。所以三个超级大国认识到，不管波斯、埃及、爪哇或者锡兰[①]怎么频繁易主都不要紧，但是除了互扔炸弹以外，绝不能跨越主要疆界。

这里还有一个从未明言但是大家都默认并且依据它来采取行动的事实，那就是，三个超级大国的生活方式基本上没有

---

① 斯里兰卡旧称。

什么不同。大洋国所尊奉的哲学是英社，欧亚国流行的是新布尔什维克主义，东亚国尊奉的则有一个中文名字，通常被译为"死亡崇拜"，不过相信译成"消灭自我"更加准确。大洋国的公民不允许知晓其他两国哲学的任何信念，被灌输的则是其他两国的信念均是对道德与常识的野蛮践踏这一点。事实上，这三种哲学极难分辨，而它们所支撑的社会制度本出同源。不论大洋国、欧亚国还是东亚国，到处都是同样的金字塔结构，同样对半神化的领袖的崇拜，同样依靠无休止的战争并为战争服务的经济系统。由此可见，三个超级大国中任何一个根本不可能征服其他任何一个，即便征服了，也不会带来任何好处。相反，只要它们继续冲突下去，它们就能相互支撑与依靠，就像三捆支在一起的秫秸一样。它们的统治集团对别国在干什么都很清楚，又一无所知。他们毕生都致力于征服世界，但是他们也很清楚，有必要让战争永远持续在不分胜负的状态中。同时，既然不存在被征服的危险，就可能会出现扭曲现实的勾当，这是英社的原则，也是其他两个敌对国思想体系的特点。在这里必须重复一遍之前说过的话，虽然战争接连不断，但是战争的根本性质已经发生了变化。

　　过去，战争就其定义来说，迟早会终结，一般会分出明确的胜负。过去，战争也是人类社会与现实世界直接接触的主要手段之一。历朝历代的统治者都试图将对世界错误的认知强加于民众，但是他们无法承受由于鼓励那些不切实际的幻觉进而削弱军事效能的后果。打败仗就意味着丧失了独立性，或者其他一些通常很悲惨的结局，所以必须严格采取各种预防措施，防止打败仗。对现实世界不可视而不见。在哲学、宗教、伦理和政治范畴，二加二可以等于五，但是在你设计枪炮或者飞机时，二加二只能等于四。效率低下的民族迟早会被征服，而提高效率就必须摒弃幻觉。此外，要提高效能，就必须学习过去、借鉴历史，这就意味着对过去发生的事情有足够正确的认知。当然，过去的历史书和报纸总会带有色彩与偏见，但是像今天这样随意篡改历史的事情绝不可能发生。战争是帮助我们保持清醒的一个可靠保障，对统治者而言，这很有可能是使头脑保持清醒的所有措施中最重要的一个。战争有胜有负，每个统治阶层都脱不了干系。

但是当战争的确变成持续战时，它也就不再具有威胁性。当战争持续进行时，就更不具备军事必要性。技术发展可以停顿，最明显的事实可以被否认或者漠视。正如我们所见，勉强能被称作科学的研究工作因为战争的需要仍在进行着，其实这些研究不过是白日梦，无法出成果，也并不重要。任何效能，甚至军事效能，都不再需要。在大洋国，除了思想警察外，没有什么机构是有效能的。既然三个超级大国没有一个会被另一个征服，所以每个国家都自成一体，在其中可以随意颠倒黑白、肆意妄为，这都无所谓。只有在日常生活中，你才会感受到现实的压力——饿了要吃饭，渴了要喝水，冷了要穿衣，困的时候要找房子住，还有，别不小心喝下毒药或者从高楼摔下来，诸如此类。在生与死之间，在肉体的欢愉与痛苦之间，仍有差别，但仅此而已。与外界完全隔绝，与过去完全撕裂，大洋国的居民就像是漂浮在星际的人，无从知道哪个方向是上、哪个方向是下。这种国家的统治者具有绝对的权威，就连古埃及的法老或者罗马的恺撒大帝也无法望其项背。他们不能让他们的臣民大批饿死，这样对他们不利；他们也必须在军事技术上维持与对手一样低的水平。一旦达到了这个最低标准，他们就能够随心所欲地歪曲现实。

因此，如果我们按照以往战争的标准来看，现代的战争根本就是假模假式。这就好比两只反刍动物打架，它们头上的角会预先调整好角度，无论打得多么惊心动魄，都不会使对方受到任何伤害。但是，战争是假的，不表示它没有意义。一方面，它将剩余消费品消耗殆尽，另一方面，它有助于维持等级社会所需要的那种特殊的心理氛围。这样看来，现在的战争就是纯粹的内政。以前各国的统治集团，即便可能因为认清了共同利益而对战争的毁灭性加以限制，但是他们是真的互相搏杀，战胜的一方也会掠夺战败的一方。可是我们现在的战争，交战国双方根本不会相互厮杀。战争其实是由统治集团对自己的国民进行的，战争的目的不是为了保卫领土或者拓展疆域，而是为了保持现有的社会结构不被破坏。所以，"战争"这个词也就名不副实了。可能这么说准确点儿，战争因为接连不断而不复存在了。从新石器时代以来，直到二十世纪初，战争带给人们的那种特殊的压力已经消失，取而代之的是一种截然不同的东西。如果三个超级大国从此互不开战，同意永远和平共处，互不侵犯对方领土，效果也会大致一样。因为在那种情形下，各国还是自成一体，永远不会有因为外来的危险而导致的清醒头脑。永久的和平与永久的战争完全一样。这——虽然大部分党员对此了解不够透彻——就是党的口号"战争即和平"的真正内涵。

温斯顿暂停了阅读。远处不知什么地方又有一枚火箭弹雷鸣般地爆炸了。独自坐在一间没有电屏幕的屋子里，关起门来读禁书，这种幸福的感觉依然在他心中荡漾。与世隔绝与安全是一种生理上的感知，夹杂着身体的疲惫与扶手椅的软意，以及轻抚他面颊的窗外飘来的微风。这本书令他着迷,或者更确切地说,令他安心。从某种意义上来说,这本书并没有告诉他什么新东西,这正是它的迷人之处。它把他的心中所想都说了出来,如果他有可能将自己支离破碎的思想组织起来的话。这本书作者的思想与他的很接近,但是更加有力度,思想更加系统化,更直言不讳。他觉得,最好的书就是将你已经知道的东西告诉你。他刚翻回第一章就听到了朱莉雅上楼的脚步声,于是赶紧从扶手椅上站起来迎接她。她将棕色的工具袋随手往地上一扔,立刻冲入他的怀抱。距离他们上次会面已经一个多星期了。

"我拿到那本书了。"他们拥抱了一会儿后,他说。

"哦,你拿到了?那很好啊。"她随口回应了一下,显然兴味索然,很快就蹲在煤油炉旁边煮咖啡。

直到上床半小时后他们才又提起这个话题。夜间的凉意适度,他们拉起床罩盖住身子。楼下院子里传来听得烂熟的歌声和鞋底在地面来回的摩擦声。温斯顿第一天来这里见到的那个胳膊通红的健壮妇女,几乎成了院子里必不可少的一道风景。白天,不管什么时候,总能看到她在洗衣盆和晾衣绳之间来回穿梭,嘴里要么含着晾衣夹,要么大声地唱情歌。朱莉雅躺在一旁,似乎随时可能睡着。他伸手将扔在地上的书捡起来,靠着床头坐起来。

"我们一定要看看这本书,"他说,"你也应该看看。兄弟会的所有成员都应该看看。"

"那么你念吧,"她闭着眼睛说道,"大声念。这样最好了。你可以一边念一边解释给我听。"

时针指向六点,也就是十八点。他们在一起的时间还有三四个小时。他将书放在膝头,开始念道。

第一章
无知即力量

有史以来,约自新石器时代结束以来,世上的人可分为三种:上等、中等和下等。这三种人又可各自往下细分,他们被冠以无数各不相同的名字,他们的相对人数与他们对待其他人种的态度因时而异,但是社会的基本结构从未发生过改变。即便经历大动荡或似乎无法逆转的改变,这个模式总是能自我恢复到原样,就像陀螺仪一样,无论你将它推往何方,最后总能保持平衡。

"朱莉雅,你没睡着吧?"温斯顿问道。
"还没,亲爱的,我在听。你继续念吧,真精彩。"
他于是继续念下去:

这三类人的目标永远无法调和。上等人的目标是维持他们现有的地位。中等人的目标是夺取上等人的地位。下等人,如果他们还有目标的话,那就是要消除一切差异,建立一个完全平等的社会。因为下等人终日为生活所苦,奔忙劳作,无暇他顾,偶尔才会注意到自己日常生活之外的事情。就这样,轮廓大致相同的斗争一而再再而三地发生,贯穿着整个历史长河。在很长一段时期内,上等人的权力似乎牢不可破,但迟早会有这样的一刻,他们或是对自己丧失了信心,或是对他们能够进行有效的统治丧失了信心,抑或二者兼而有之。这时中等人就会标榜为自由和正义而战,将下等人拉入自己的阵营,一起推翻上等人的统治。一旦他们的目的达成,原先的中等人就会将下等人踢回他们之前的被奴役地位，自己摇身一变成为上等人。不久，一个新的中等阶层就会由其他两个等级中的一个或者两个中分离出来而形成，于是新一轮的斗争开始了。这三个等级的人中，只有下等人从来没有片刻地实现过他们的目标。如果说从古至今，整个历史中从未有过物质上的提升，那也未免有点儿夸大其词。即便在现在这个衰退时期，一般人较几个世纪前人们的生活水准也要高出许多。但是不论是财富的增长、统治的温和、社会变革抑或是流血革命，都未曾使人类接近完全平等一步。从下等人的观点来看，历史的变迁顶多意味着掌权者的名字变化而已。

到十九世纪末期，这种现象越发明显，为许多观察家所察觉。于是出现了各种各样的学派，都认为历史是一种周期发展的循环过程，并且声称不平等是人类生活不变的法则。当然，这种说法一直不乏追随者，但是现在的表述方式与以前相比有很大差异。以前，社会必须存在等级制度的说法是上等人提出的。它被国王、贵族，以及依附于他们的教士与律师宣扬，并且通常以死后进入那个想象出来的世界的补偿性承诺来淡化等级社会学说，以使之更容易被人们接受。而中等人，只要他们依旧在争夺权力，就总是使用"自由""公正"与"博爱"之类冠冕堂皇的字眼。现在，全人类皆兄弟的博爱理念，却被这些还未掌权但是希望很快就能掌权的人大肆攻击。以前，中等人总是打着平等的旗帜去闹革命，一旦用武力推翻以前的暴政，他们自己就建立起新的暴政。现在这类新的中等人在闹革命之前就宣布要建立起自己的暴政。社会主义理论出现于十九世纪初，是可以回溯到古代奴隶造反行动的思想链中的最后一环，并且依旧深受过去乌托邦思想的影响。但自一九〇〇年之后出现的各种社会主义门派都越来越公开地扬弃了要实现自由平等的目标。二十世纪中叶出现的社会主义运动，在大洋国被称为英社，在欧亚国被称为新布尔什维克主义，在东亚国被称为死亡崇拜，其根本目标都是要永远地"不自由"与"不平等"。当然，这些新运动都源于老运动，保留原有的名号，偶尔还会将原有的意识形态亮出来招摇一下。但是这些运动的真正目的无一不是阻挠进步，并在某个时刻冻结历史。这种常见的钟摆现象会再次发生，然后停止。一如往常，中等人将上等人推翻，变成上等人；但是这次新的上等人有了长远的谋划，他们要永远盘踞高位。

新的学说之所以兴起，部分源于历史知识的积累和历史意识的形成，而这种情形在十九世纪之前根本不可能出现。历史的周期性循环运动现在可以被理解，或者起码表面上是如此。既然可以理解，就能够随意篡改。但是最根本也是最主要的原因是，早在二十世纪初，人人平等这一理想从技术层面上来说是可能实现的。虽然人的天赋高低不一，有的人得天独厚，其他人则未必如此，这是不可避免的，但是阶级的划分、巨额财富的差别已经毫无必要了。在以前各个朝代，阶级的划分是不可避免的，也是绝对必需的。不平等是追求文明的代价。但是机器发明之后，这种情况发生了变化。虽然人们做不同种类的工作仍是必需的，但是不用在社会或经济水平上过着不同阶层的生活。所以，以即将获得权力的新兴中等人阶层看来，人人平等不再是人类追求的理想，而是需要避免的威胁。在更远古的时代，建立一个公平和谐的社会实际上是不可能实现的，这使得它更令人信服。几千年来人类一直梦想的就是一个美好的人间天堂，在那里，人人友好共处，没有法律的桎梏，也没有繁重的劳作。虽然有些人在每一次历史变革中都能获得些实际的好处，但是这样的憧憬仍对这些人有一定的吸引力。譬如法国、英国和美国革命的后代，在谈到有关人权、言论自由和法律面前人人平等之类的观念时，多少都有些信以为真，甚至其行为在某种程度上都受到了这些观念的影响。但是到了二十世纪四十年代，所有政治思潮的主流都变成独裁主义了。正当人间天堂有望实现的紧要关头，它却遭遇了无情的诋毁。每一种新的政治学说，不论如何自称，究其实质都是倡导等级制度和高压统治。约在一九三〇年，各种观点都趋于强硬，一些被弃之不用许久，有些甚至是好几百年前的做法——譬如未经审讯就实施逮捕与监禁，强迫战俘成为奴隶，公开处决，严刑逼供，胁迫人质，强制迁徙整个地区的人口等——都重新变得普遍起来，而且这样的做法居然会被那些自称开明进步的人容忍甚至为之辩护。

只有世界各地经过十年的国际战争、内战、革命与反革命之后，英社和它的两个对手才能作为充分完善的政治理论登上舞台。但是它们的出现，已被本世纪初叶通常称为极权主义的各种体系所预知了，而经历各种动乱之后的那个三分天下的新世界，早就已经显现轮廓。到底会由什么样的人最终统治这个世界，也同样清楚明了。新兴贵族阶层主要由以下人员组成：官僚、科学家、技术人员、商会领袖、公共关系专家、社会学家、教师、记者、职业政客。这些人出身于领薪水的中产阶级和工人阶级中的精英，被集权政府和垄断企业造就的这个贫瘠的世界悉数打造、聚集起来。同旧时代的对应阶层相比，他们的贪婪心没那么重，也没那么穷奢极欲，但是有更强的权力欲望，最特别的是，他们对自己的行为更具自觉性，更专心于镇

压一切反抗。最后这种差别至关重要。同今天的暴政相比，之前的所有暴政都显得不够彻底。以前的统治集团多少都会受到自由思想的一定影响，对管控时出现的疏漏也放任自流，不注意民众心中所想，事情不到公开化的地步，根本不加注意。按照今天的标准衡量，即便中世纪的天主教会，也是宽宏容忍的。部分原因是过去的政府没有能力一天二十四小时监视民众。但是印刷术发明之后，操纵民意就变得更加方便，而电影和广播的出现又使这种操控变得更加有效。电视的发明，以及使同时发送与接收变得可行的技术的发展，彻底宣告了私生活的终结。每一个公民，或者起码每一个值得关注的公民，一天二十四小时都在警察的密切关注之下，也一天二十四小时置身于官方的宣传中，其他所有的交往渠道都被切断。政府不仅能够强迫民众完全服从国家意志，而且能使其在所有问题的看法上保持绝对统一，这是有史以来第一次。

在五十年代和六十年代的革命时期过去后，社会又像以前一样被划分为上等人、中等人和下等人三个阶层。但是这种新的上等人同前辈完全不同，他们不是依靠直觉来统治，他们非常明白需要采取什么手段来维护他们的地位。他们早就认识到，使寡头政治稳定的唯一基础就是集体主义。财富和特权如果是部分人共同所有，保卫起来就更加容易。本世纪中叶叫嚣得震天响的"取消私有制"，其根本意义就是将财产集中到少数一批人手上。不同之处在于，新的统治者是一个集团，而不是许多个体。从个人来说，党员不能拥有任何财产，只能拥有一些微不足道的个人随身物品。从集体来说，党拥有大洋国的一切，因为党管控一切，有权力按照它认为适合的方式处理任何产品。在革命之后的几年中，党能够登上这一主宰位置而几乎没有遭到任何反对，是因为整个过程代表着集体化的一个过程。人们普遍认为，当资产阶级被剥夺权力之后，社会主义就会随之而至。毫无疑问，资产阶级被剥夺了财产，工厂、矿场、土地、房屋、交通工具——所有的这一切都被夺走了；既然这些东西不再是私有财产，那就必然是公共财产。从早期的社会主义运动中衍生出来的英社，沿用了之前社会主义运动的主要术语，而且实际上也执行了社会主义纲领的主要部分，故其可以预见也是有意为之的结果——经济不平等现象永久存在。

但是要长期维持等级社会，问题要复杂深刻得多。统治集团只有在四种情况下才会被推翻：被外来力量征服；管控不严，民众起来造反；疏于防范，任由一个对现实不满的中等阶层出现并强大；自身丧失了统治的信心与意志。这四种情况很少单独出现，通常在某种程度上并存。任何一个统治阶级只要能够避免上述四种情况发生，就有可能永远执掌政权。由此可见，统治阶级自身的精神状态是其生死存亡的决定性因素。

本世纪中叶后，第一种威胁在现实中已经不复存在。分割世界的三大超级大国中的每一个实际上都是不可征服的，只能通过缓慢的人口变化而使征服变得有可能，但是一个拥有广泛权力的政府十分容易避免这一点出现。第二个威胁也只存在于理论中。民众从来都不可能自发起来造反，更不会因为自身受到压迫而造反。事实上，只要令他们与世隔绝，无从比较，他们根本就不会意识到自己在受压迫。过去周期性出现的经济危机已经没有存在的必要，也不允许发生。当然，其他同样大规模的混乱局面可能会出现，不过也不会造成什么政治后果，因为即便民众不满，也无法明确地表达出来。生产过剩的问题，自工业革命以来一直是我们社会潜在的威胁，不过这个问题可以用持续战争的办法加以解决（见第三章），持续战也能将民众的斗志提升到一个必要的高度。所以，对我们现在的统治者来说，唯一真正的危险是有一个新的集团分裂出去，这个集团的成员有相当的能力，但是未能将其充分发挥，他们也有着极强的权力欲，在统治者队伍中滋长自由主义和怀疑主义。这样说来，问题在于教育。要持续地对领导集团及其下人数较多的执行集团的觉悟施加影响。至于民众的觉悟，只要从反面影响他们就行了。

　　了解这个背景之后，即便你还未完全了解大洋国社会的结构，你也可以就此做出大致的推断。大洋国是一个金字塔结构，占据塔顶的是老大哥。老大哥永远正确、全知全能。一切成就、胜利、科学发明，人世间的一切知识、智慧、幸福和美德，都是在老大哥的领导和启发下出现的。没有人见过老大哥，他是招贴画上的一张面孔、电屏幕上的一个声音。我们几乎能够断言：老大哥永生不死。至于他生于哪一年，现在也有相当多的人说不清了。老大哥是党向世人展示的一个代言人，他的作用在于汇聚爱、敬、惧等各种情感，因为将这些情感投射到一个人身上比投射到一个组织上更容易。老大哥下面就是核心党，党员的上限是六百万人，即大洋国总人口的百分之二。核心党之下是外党，如果将核心党比作国家的头脑，那就能将外党比作四肢。外党之下是无声的民众，我们习惯称之为无产者，约占总人口的百分之八十五。按照我们前面提过的分类名称，无产者就是下等人。因为赤道一代的被奴役人口经常在征服者之间易手，所以他们不是整个结构中的固定或必要的组成部分。

从原则上来说，这三类人的身份并不是世代沿袭的。即便父母都是核心党党员，其子女也不一定生来就是核心党党员。加入核心党或者外党都是要通过考试的，应试年龄约十六岁。党员不受种族歧视，也没有什么地域偏见。在党内的最高阶层可以找到犹太人、黑人、南美洲的纯印第安人等，而每个地区的行政长官通常都是从当地居民中选拔而来的。不论你居住在大洋国的哪个地区，你都不会有受远方的首都殖民的感觉。大洋国没有设置首都，而它的名义首脑是个无人知晓其行踪的人。语言方面，英语是通用语，新话是官方用语，此外没有任何限制。维系党的统治，不是靠血统，而是靠共同的信仰。是的，我国的社会是有阶层的，而且阶层分明，乍看起来似乎是按照世袭的界线划分的。一个阶层与另一个阶层之间甚少有往来，远不如资本主义制度下或者工业革命前的时代流动性大。党的两大分支之间存在一定的交流与联系，但不会太紧密，足以保证核心党中没有弱者，而外党中有野心的人有上升的机会，但不致造成危害。至于无产者，事实上是不可能进入党内的。他们当中最有天分的人，如果可能成为散播不满的核心人物，就会被思想警察严密监控，等待时机予以清除。但是这样的情况并非一成不变，更不是一种准则。党不是原来意义上的一个阶级。其目的也不是将权力传给自己的子孙后代，如果无法选择最能干的人来担任最高领导工作，它也将十分乐意从无产者的队伍中选拔新一代人来担任这一工作。在非常时期，因为党不是一个世袭组织，这对反对势力起到了很大的消解作用。老一辈的社会主义者，一生都致力于反抗所谓的"阶级特权"，他们始终认为，只要不是世袭的制度，就不能长久存在。他们没有看到，寡头政治的延续不一定体现在实际层面；

他们也没有想到，世袭贵族制度一向短命，而天主教会这样的选任组织反倒能够维系几百年甚或几千年。寡头政治的真正意义不在于父子传承，而是死者加诸生者的某种世界观与生活方式的延续。一个统治集团之所以是统治集团，就是因为它能够指定自己的接班人。党并不关心血脉的传承，它只在乎维系自己的政治生命。由谁来掌握政权并不重要，只要等级结构永远保持不变。

我们这个时代的所有信念、习惯、趣味、情感和心态，全都是为了维持党的神秘，防止有人看清我们社会的真实面目。造反，或者任何造反的初步动向，现在都是不可能发生的。至于无产者，根本就不用担心。只要你放任不管，他们只会一代又一代、一个世纪又一个世纪地工作、繁殖与死亡，不仅没有丝毫造反的冲动，也没有能力理解世界会变成另一个完全不同的样子。只有当工业技术发展到一定高度而必须提高他们的教育水平时，他们才会具有危险性，不过，军事与商业竞争已经无足轻重，所以民众的教育水平实际已经下降。民众是否有意见，都无关紧要。不妨给予他们思想自由，因为他们根本没有智力。而党员就不同了，哪怕是在最微不足道的事情上也绝不允许持略微相左的意见。

党员从生到死一直都在思想警察的严密监控之下。即便他是一人独处，他也永远无法确知他在独处。不论他在哪里，睡了或者醒着，工作还是休息，入浴还是在床上，他都可能被严密监视，事先没有警告，事后也毫不知情。在他身上没有什么事情是无关紧要的。他结交的朋友、他的消遣、他对妻儿的态度、他独处时的面部表情、他在睡梦中的呓语，甚至他特有的肢体语言，这一切都被严密监控。他犯过的过错自不必说，而且不论多么细微的怪癖，任何习惯的变化、任何紧张的习惯性动作，凡是有可能被认作内心冲突的表现，都会被认真审查。他没有任何选择的权利。另一方面，他的行为又不受任何法律或者任何明文规定的准则限制。大洋国没有法律。也许他有些行为与思想一经察觉，必死无疑，但是这样的行为与思想并没有被正式禁止。而党那些永无休止的清洗、逮捕、酷刑、监禁与蒸发等都不是为了惩罚实际犯下的罪行，而仅仅是为了清除将来某一刻有可能犯罪的人。党员不仅需要思想正统，而且还需要保持正统的本能。党要党员必须具备的各种信念与态度，从来不会明白透彻地说出来，因为一旦说明，势必会暴露英社内部固有的矛盾。如果他是个天生思想正统的人（新话叫作"好思想"），不管在什么情况下，他想都不用想就会知道正确的信念应该是什么，或者应该有怎样的情感。无论怎样，早在孩提时代就接受精心的思想训练，在罪止、黑白与双重思想这样的新话词汇教育下成长的人，长大后不愿意也不能够就任何问题进行太多太深入的思考。

作为一名党员，应该摒弃一切私人情感，但是他的热情不能减退。他应该永远保持狂热情绪，对外敌和内奸无比仇恨，为党的胜利感到由衷的兴奋，对党的力量与英明敬佩得五体投地。任何因单调无聊的生活而产生的不满，都被有意识地引导出来，经由两分钟仇恨会这样的节目得以消解，而任何因为思考而可能产生的怀疑或者造反倾向，早就因为他孩提时代接受的思想训练而被压制和扼杀了。这种训练的最初也是最简单的阶段，新话叫作"罪止"，甚至可以在孩提时代开始实施。罪止的意思就是在任何危险思想进入大脑之前，大脑就自动地关闭思路。受过这种训练的人不能触类旁通，对任何逻辑错误都缺乏感知力，对与英社原则不一致的哪怕最简单的观点都无法理解,如果自己的思想有可能朝向异端发展,他便会立刻感到厌烦、憎恶。一言以蔽之,罪止意味着保护性的愚蠢。但光是愚蠢还远远不够,相反,还必须保持完全正统的思想,这就需要能够完全控制自己的思维过程,就像表演柔软体操的专业演员灵活自如地控制自己的身体一样。大洋国社会的根本信念是,老大哥全知全能,党永远正确。但事实上,老大哥并不是全知全能的,党也不是永远正确的,这就需要在处理事实时始终保持思想的灵活性。这方面的关键字眼就是黑白。与新话中的其他许多词一样,这个词也有两个自相矛盾的含义。用在对手身上,就意味着对方不顾明显的事实强词夺理、颠倒黑白。用在党员身上,这就表示对党的忠诚,为了党的需要,你可以将黑说成白。这也意味着相信黑即是白的能力,甚至知道黑即是白,忘记自己有过黑白分明的认知能力。这就要求不断地篡改过去,而篡改过去只有靠那个实际上包含一切的思想系统才能做到,在新话中就叫作双重思想。

篡改历史是有必要的,其原因有两点,一个是辅助性的或者说是预防性的。党员之所以能够像无产者一样完全容忍现实生活的一切,部分原因是缺乏比较的标准。他们必须与历史撕裂,与外世隔绝,因为必须要让他们相信,他们比祖先生活得好,而且平均物质生活水平在持续提高。但篡改历史最重要的原因是确保党的一贯正确性。这并不仅仅是指过去的讲话、统计数字和各种记录都要针对实际情况加以修改,而且要使党的预言在任何情况下都是正确的。这还需要确保党在理论上或者政治关系上从未发生过任何变化。如果党承认自己改变过思想或者修改过方针政策,那就相当于承认自己有缺陷。譬如,如果大洋国今天的敌人是欧亚国或者东亚国(无论是哪一国),这个国家就一直是敌国。如果事实与之不符,就得修订事实。这样历史就需要不断被篡改。这种日常的伪造过去的工作由真理部负责,就如同为了维稳而进行的必要的镇压与监视工作由仁爱部负责一样。

历史可以被篡改,是英社的中心原则。这个原则认为,已经发生的历史,除了在文字记录和人的记忆中,不会有其他的客观存在。凡是记忆中的事情与记录一致,不论怎样,那都是历史。既然党控制了所有的记录,也同时完全控制了党员的思想,那么党要历史变成什么样,历史就必然是什么样。同样,虽然历史是可以被篡改的,但是党从来没有在任何具体问题上承认过篡改这回事。因为,不论当时出于需要将历史改成什么模样,在改动之后,新面目就是历史本来的面目;任何其他与之不同的历史都不曾存在过。即便同一件事在一年之中被更改了好几次,到最后变得面目全非,这一点依然适用。党永远掌握着绝对的真理,很明显,绝对的东西绝不可能与现在不符。想控制过去,完全取决于记忆的训练。确保所有的文字记录都合乎当前的正统思想,只不过是一种机械的行为。还要使人们对已发生的历史的记忆合乎党的要求。既然我们发觉有必要更改一个人的记忆或者篡改文字记录,我们也就有必要忘记自己做过这件事。如同其他思想上的其他方法一样,这种技巧是能够学会的。大部分党员和所有正统又聪明的人都学会了这种技巧。在旧话中,这被直接称为"现实控制",而在新话中叫作"双重思想",虽然双重思想还包含很多别的思想内涵。

双重思想意味着在一个人的脑海中同时存在两种互相矛盾的思想,并行不悖。党内的知识分子既然很清楚自己记忆中的哪一部分需要调整,自然也就明白自己是在篡改历史。但是因为运用双重思想的逻辑，他也会使自己心安理得地相信现实并未被改变。这个过程是必须自觉进行的，否则就不够精确，或者会觉得自己是在弄虚作假，并会为此感到不安。双重思想是英社的核心思想，因为党的根本目的就是要有意识地欺骗，同时又绝对诚实地保持坚定的信念。故意说谎，但又使自己相信这谎言是真理；忘记能够将这种谎言戳穿的事实，但又要在必要的时候将这些事实从记忆中拉出来；否认客观现实的存在，但同时又不忘这被否认的客观现实——所有这些都是绝对必要的。甚至在你提到双重思想这个词的时候也必须运用双重思想。因为你既然使用这个词，就已经承认了你在篡改现实，所以必须再运用双重思想将你这个认识抹去。就这样循环往复地运用双重思想，永无休止，谎言永远领先真理一步。靠双重思想这种手段，最终党能够——如我们所知，也许还会延续几千年——左右历史的进程。

过去所有的寡头政治之所以会被推翻，要么是因为自己僵化，要么就是因为太过软弱。所谓僵化，就是指他们变得愚蠢无能、狂妄自大，无法跟上时代的变化，于是被推翻；所谓软化，就是指他们变得优柔寡断，本该强硬地采取武力镇压，却偏偏心慈手软，所以被推翻。也就是说，他们的失败要么是自觉的，要么是不自觉的。而党的成就是，它创立了一种思想体系，能够使两种矛盾的情况自动统一、同时并存。党如果要保全万世功业，除了依靠双重思想，没有别的思想基础可以做到。因为统治的秘诀无外乎将相信自己永远正确的信念与从过去的错误中汲取教训的能力有机统一起来。

毋庸置疑，将双重思想运用得最得心应手的，莫过于发明双重思想而又清楚这是思想欺骗的绝佳手段的那些人。在我们的社会中，最洞明世事的人往往也是对现实世界茫然无知的人。通常说，了解越多，越容易迷惑；越是聪慧，头脑越发糊涂。一个明显的例证就是，社会地位越高的人，对战争越是歇斯底里。对战争的看法最接近理性的是那些居住在争夺地区的人。对他们而言，战争不过是一场连绵不绝的灾难，如潮汐一般，在他们身上来了又去。至于哪一方会取得胜利，他们漠不关心。他们很清楚，改朝换代仅仅意味着他们为新的主人做同样的工作，而新的主人待他们也一如从前，没有任何差别。比奴隶地位略高一点儿的是那些我们称为无产者的人，他们只是偶尔意识到战争的存在。有需要的时候，你能够将他们那些恐惧与仇恨的狂热情绪煽动起来，但如果对他们放任自流，他们根本不会记得有战争这回事。真正的战争热情只能在党内，尤其是在核心党内找到。对征服世界持最坚决态度的人，其实就是那些明知此事不可能办到的人。将两种对立的观点统一起来——知晓与无知，怀疑与狂热——是大洋国社会的一大特色。官方的意识形态也充满矛盾，甚至在根本没有什么实际原因需要如此的时候也是如此。因而，党对源于社会主义的每一个原则都大肆反对、大加鞭笞，但它假借社会主义的名义这样做。党教导大家轻视工人阶级，这是过去几百年来毫无先例的，可是给党员配备的制服是体力工人的服装，而且党选定这种制服也正是出于这个原因。党系统性地破坏家庭关系，可是给自己的领导人起的称呼却是"老大哥"，这是直接打动家庭感情的称呼。就连直接掌控我们生死的四个部的名称，也多少展现出了他们刻意歪曲事实的明目张胆。和平部管理战争，真理部提供谎言，仁爱部负责拷问，富裕部生产饥荒。这种矛盾既不是偶然的,也不是出于普通的伪善,而是精心运用双重思想的结果。因为只有将矛盾有机统一起来才能保证权力永存。想要打破过去寡头政治失败的怪圈,没有别的办法。如果要永远避免人类平等的实现——如果我们现在声称的上等人要永远保持他们的地位——那么大为盛行的思想状态就必须是处于控制之下的癫狂状态。

可是到现在为止,有一个问题一直为我们所忽视。那就是:为什么要避免人类实现平等?假设上述我们所说的各种情况全都正确的话,那么为什么要这样大规模地、有计划地在某一特定时刻冻结历史?

至此,我们接触到了最核心的秘密。正如我们目前所见,党的神秘,尤其是核心党的神秘,是依赖双重思想实现的。比这更深一层的则是最原始的动机,也就是那从未被质疑过的本能,那导致攫取权力与带来双重思想、思想警察、绵延不绝的战争以及其他一切必要的附带措施的更深刻的原始动机。这个动机实际上包括……

看到这里,温斯顿突然发现周围一片沉寂,就如同听到一种新的声音一样。他觉得朱莉雅已经躺着一动不动一段时间了。她侧着身子睡着,腰部以上都是赤裸着的,脸颊枕着手心,一绺黑发耷在眼皮上。胸脯有规律地缓慢起伏着。

"朱莉雅。"

没有回应。

"朱莉雅,你睡着了?"

还是没有回应。她睡着了。他合上书,小心地放到地上,躺下来,将床罩拉上来盖住两人。

他心想,他还是没有理解书中所说的最终秘密是什么。他知道了方法论,但是不清楚根由。同第三章一样,第一章实际上并没有告诉他多少他不清楚的事实,只是比他自己所掌握的知识更加系统化。但是读过这两章之后,他越发笃定他并没有发疯。作为少数分子,哪怕只是一个人的少数,你也没有疯。既然存在真理,那就存在非真理,如果你坚持真理,即便与全世界对立,你也没有疯。夕阳的金色光芒穿透窗户,照射在枕头上。他闭上双眼。落日的余晖照在他脸上,朱莉雅柔滑的身躯紧贴在他身边,他除了感受到蒙眬的睡意之外,还产生了一种强烈的自信。他是安全的,一切都太平无事。他喃喃低语"头脑的清醒无法用数字来统计",沉入无边的蒙眬中,心里感觉这句话蕴含着深刻的智慧。

第十章

当他醒来时,感觉沉睡了很久,但是那具老式座钟的指针才指到二十点三十分。他躺着又打了个盹儿。楼下院子里又传来熟悉的深沉的歌声。

这本是不作希望的痴念,
像春天一样转瞬即逝,

> 可是谁的一句话、一个眼神唤起的梦啊,
> 让我魂牵梦萦,辗转难眠!

这慵懒缠绵的曲调一直盛行不衰,处处可闻,不似《仇恨歌》那般短命。朱莉雅被歌声吵醒了,舒服地伸了个懒腰下床来。

"我饿了,"她说,"我们再煮点儿咖啡吧。妈的!煤油炉灭了,水也冷了。"说着她提起煤油炉,摇晃了一下,"煤油烧完了。"

"我们可以朝查林顿先生要一点儿。"

"太奇怪了,我上床之前还是满满的。等我先穿上衣服。"她又说,"好像更冷了。"

温斯顿也跟着爬了起来,穿好衣服。院子里的歌声又响起来。

> 据说时间能够治愈创伤,
> 据说你会将一切转眼忘掉;
> 但是过去的笑声与眼泪,
> 依旧烙印在我的心中!

温斯顿束好制服的腰带,走向窗边。太阳一定落到房子后面去了,院子里见不到阳光。地上的石板湿漉漉的,似乎刚刚冲洗过,他觉得天空也好似刚刚冲洗过,屋顶烟囱之间的天空一片瓦蓝。那个女人似乎不知疲倦地来回忙碌,一时放声高歌,一时默不作声,一块接一块地晾着尿布。他不知道她是靠浆洗衣物为生,还是在给二三十个孙辈做牛做马。朱莉雅站在他身边,两人一起有些出神地盯着院子里那个健壮的身影。他看着那个女人惯常的姿势,举起粗壮的胳膊往绳子上晾衣服,像母马一样结实

肥大的屁股高高撅起。他第一次意识到她非常美。他以前还从未意识到，一个将近五十岁的妇女的身体，因为生儿育女而变得臃肿膨大，又因过度辛劳而变得粗糙，像个熟过头的萝卜，居然还能是美丽的。但是确实如此。况且，他觉得，这又有什么不可以的呢？那个健壮、没有线条的躯体就像花岗岩一样，皮肤粗糙发红，但它也曾经含苞待放过。如果少女的身体是一朵玫瑰花，那么它就是一颗玫瑰果。为什么果实被认为劣于花朵呢？

"她真美。"他说。

"她的屁股起码有一米宽了。"朱莉雅说。

"这就是她独特的美。"

他用胳膊轻轻地搂住朱莉雅柔软的腰肢。她的半边身体，从臀部到膝盖，都紧紧地贴在他身上。他们两人曾经水乳交融，却无法生儿育女。这件事他们永远不能做。他们只能靠唇边的细语来传递心中的秘密。院子里的那个女人没有头脑，只有强壮的躯体、火热的心肠以及多产的肚皮。他在想，不知道她生育了多少子女。也许得有十五个。她也曾有过娇艳如野玫瑰般的灿烂岁月，也许有一年这样的好时光，接着就突然像受精的果实一般迅速膨胀，变得坚硬、发红、粗糙，之后她的生活就是洗衣做饭、擦洗地板、缝缝补补，起先是为儿女，之后又为儿女的儿女，无休止地做了三十多年。她却一直在放声歌唱。温斯顿对她产生了一种神秘的崇敬，这种感情逐渐与屋顶烟囱后面苍白、一望无际的天空糅合在一起。很奇怪，天空对每个人来说都是一样的，不论是在欧亚国、东亚国，还是在这里。而天空下的人基本也没有什么两样——到处都一样，几亿、几十亿人，对别的种族一无所知，被仇恨和谎言隔离开，他们几乎没有什么两样——

他们从不知道该如何思考，但是他们心中、身体里、肌肉里蕴藏着将来某一天会改变整个世界的力量。如果还有希望，希望就在无产者身上！他虽然没有将那本书看完，但是确信这一定是戈德斯坦最后的话语。未来属于无产者。他又如何确知在无产者接管这个世界之后建立的新世界不会像党的世界那样令他觉得陌生与疏离呢？是的，因为至少那是个神志清醒的世界。真正平等的地方，会出现清醒的神志。力量会变成觉醒，这样的事情迟早会发生。无产者是不朽的，只消看一眼院子里那个健壮的身影，你就会确信不疑。他们终究有一天会觉醒。也许这一天会在一千年后到来，但是在此之前，他们会像鸟兽一样，在重重逆境中生存下去，将党不具备也无法抹杀的生命力一代一代地传下去。

"你是否记得，"他问道，"我们第一次幽会时那只在树林边上对着我们歌唱的画眉？"

"它根本不是对着我们歌唱，"朱莉雅说，"它不过是为自己歌唱。可能也不是这样。它只是在歌唱。"

鸟儿歌唱，无产者歌唱，党员却不会歌唱。无论在世界上的哪个地方，伦敦，纽约，非洲，巴西，边界之外神秘的禁地，巴黎和柏林的街道上，广袤无边的俄罗斯平原的村落，中国和日本的集市——到处都能看到那种健壮、无法征服的身影，因为辛勤劳动和生儿育女而使身躯变得庞大，从生到死一直在忙碌，也一直在歌唱。从她们这些健壮的肚皮里，终有一天会诞生出有自觉意识的一代。你们已经死去，未来属于他们。但是如果你们能像无产者保持肉体的生命一样保持你们的精神，将二加二等于四的真理代代相传，你们也就能够同他们分享未来。

"我们是死者。"他说。

"我们是死者。"朱莉雅随口附和道。

"你们是死者。"一个冷酷的声音从他们背后传来。

他们猛地跳开。温斯顿感觉自己的五脏六腑瞬间冻成了冰坨。他看见朱莉雅瞳孔四周变得煞白。她的脸色蜡黄。两颊上的胭脂还残留着,看起来特别突兀,似乎与脸上的皮肤毫无关联。

"你们是死者。"铁石般冰冷的声音又传来。

"在画框后面。"朱莉雅轻声地说。

"在画框后面。"那声音又说道,"在原地站着,没有命令不许动。"

来了,大限终于来了!除了站在那里面面相觑,他们别无他法。赶紧逃命,趁现在还来得及赶紧逃出这个房间——他们根本没有动过这个念头。违抗墙壁上传来的命令是无法想象的。紧接着听见咔嚓一声,好像是门锁被打开,接着就是玻璃坠地的声音。画框掉在地上,墙上露出一块电屏幕。

"现在他们可以看到我们了。"朱莉雅说。

"现在我们可以看到你们了。"那声音说,"站到屋子中央来。背对背,双手交叉放在脑后。不得相互接触。"

他们没有接触,但温斯顿似乎能感觉到朱莉雅的身子在不住地哆嗦。或者是因为他自己正在哆嗦。他咬紧牙关才勉强不让牙齿打战,但是两条腿不受控制。楼下屋子里里外外都传来皮靴踩踏的声音。院子里似乎挤满了人。有什么沉重的东西被拖过石板地。那个女人的歌声遽然中断。接着响起一连串东西滚过的声音,似乎是洗衣盆被一脚踢翻,在院子里翻滚,一阵愤怒的叫喊之后,响起了痛苦的哭号。

"屋子被团团围住了。"温斯顿说。

"屋子被团团围住了。"那声音说。

他听见朱莉雅牙齿打战的声音。"我觉得我们还是在这里告别吧。"她说。

"你们还是在这里告别吧。"那声音说。接着另一个不一样的声音响起,这声音略有些单薄,是一个文雅的有教养的声音,温斯顿觉得似乎曾经听到过。"对了,既然我们说到这里了,'这里有支蜡烛照着你上床,这里有把斧子来砍你的脑袋'。"

有什么东西重重地掉落在温斯顿背后的床上。一架梯子的顶端已经弄破窗户框,从窗口伸进来。有人破窗而入。楼梯上也响起一阵皮靴踏地声。房间里顿时被身穿黑制服的彪形大汉挤满了,他们脚上蹬着钉了铁掌的皮靴,手里握着橡皮警棍。

温斯顿现在已经不再发抖了,就连眼珠也不再转动。只有一件事情最重要:保持静止,一动不动,别给他们任何揍你的理由!站在他面前的是一个下颚扁平、像拳击手一样凶狠的家伙,嘴巴紧闭成一条缝,大拇指和食指紧紧卡住橡皮警棍,瞪着温斯顿。温斯顿也看着他。将手放到脑后,你的脸和身体就完全暴露出来,这种感觉就像赤身裸体,令人难以忍受。那个家伙伸出白色的舌尖,舔了舔应该是嘴唇的地方,然后走开了。接着又听见一阵砸碎东西的声音。原来有人拿起桌上的玻璃镇纸,一把将它扔到壁炉墙上,摔得粉碎。

那块珊瑚碎片,小小的,就像蛋糕上用糖做的玫瑰蓓蕾,在地毯上滚过。温斯顿心想,那么小,一直那么小!背后有人深吸一口气,紧接着他的脚踝猛地被人重重踢了一脚,他差点儿没站住。另外有个家伙往朱莉雅的太阳穴猛揍了一拳,她像折尺一样弯下腰来,在地上滚来滚去,喘不过气来。温斯顿连头都不敢偏一下,有时她那紧张得喘不过气来的脸依旧出现在他眼前。就连在极端恐惧之中,他好像依旧能够感受到朱莉雅所承受的痛苦,但再痛也比不上喘口气要紧。他很清楚这种滋味，疼痛难忍，但是你根本无暇顾及，因为你得想办法喘口气。这时两个大汉一个拽着她的腿，一个拉着她的胳膊，像扛麻袋一样把她扛了出去。温斯顿看了一眼她倒过来的脸，脸色蜡黄，双眉紧锁，闭着眼睛，脸颊上还有残留的胭脂。这就是他看到她的最后一眼。

他呆呆地站着，一动不动。还没有人揍他。各种各样下意识的思想浮现在他的脑海中。不知道他们是否逮捕了查林顿先生。不知道他们是怎样对付院子里那个唱歌的女人的。他发现自己急着想尿尿，但是真奇怪，明明两三个小时前刚刚尿过。他发现壁炉架上的座钟指向九点，那就是说到二十一点了。但是外面的光线依旧亮堂。难道八月的夜晚到了二十一点还不变黑？是不是他和朱莉雅弄错了——睡了整整一夜，还以为现在是二十点三十分，实际上已经是次日早上八点三十分。但是他没有继续这样想下去。这毫无意义。

过道里传来一阵轻快的脚步声。查林顿先生走了进来。穿黑制服的家伙们立刻变得恭敬起来。查林顿先生的外表也与以前不一样了。他的目光落在被摔得粉碎的玻璃镇纸上。

"把碎片捡起来。"他厉声道。

一个家伙听命赶紧弯腰捡拾。查林顿先生口中再也听不出浓重的伦敦口音了，温斯顿猝然意识到刚刚在电屏幕后听到的声音是谁的了。查林顿先生依旧穿着那件旧天鹅绒上衣，但是以前几乎全白的头发如今又变黑了。对了，他的眼镜也没有了。他只是严厉地扫视了温斯顿一眼，似乎在验明正身，之后就再也没有理会他。依旧能够辨认出查林顿先生的外貌，但他已全然是另一个人了。他的腰板挺得笔直，个头也比先前高大。面部变化不大，但是给人的感觉与先前完全不同。粗黑的眉毛不似先前那般浓密,皱纹不见了,整张脸的线条似乎也发生了改变,就连鼻子也不像先前那般长了。这是一张约莫三十五岁警觉而冷静的男人的脸。温斯顿突然意识到,这还是他生平第一次亲眼见到一个思想警察。

第三部

1984

第一章

他不知自己身在何处,也许是在仁爱部,但是没有办法确认。

他现在在一间天花板很高、没有窗户的牢房里,四面都是闪闪发光的白瓷砖墙。隐藏的灯冷冷地照着牢房,有低沉而平稳的嗡嗡声传来,也许是与换气设备相关。除了牢门那里,墙壁四周都设有一把板凳或者说是隔板,窄窄的,只够坐下来。正对着门的角落有一个没有木座圈的马桶。每面墙上都安有一个电屏幕。

他感到腹部隐隐作痛。自从被捆起来扔进警车送到这里之后,他的肚子就一直在痛。此外他也饿得发慌。算下来也许有二十四小时没吃过东西了,也可能是三十六小时。他现在不知道他们逮捕他的时候到底是白天还是晚上,也许他永远都不会知道了。自从那个时候起,他什么都没有吃过。

他尽可能安静地坐在板凳上,两手交叠搭在膝盖上。他已经学会安静地坐着了。你稍微乱动一下,他们就会在电屏幕那头冲你咆哮。但是想吃东西的愿望越来越强烈。他最希望得到的就是一块面包。他依稀记得制服的口袋里还有点儿面包屑。甚至很有可能——他这么想,因为他的腿部时不时蹭到一块什么东西——也许就是一块不小的面包皮。最后,想弄个明白的诱惑战胜了恐惧,他悄悄地把一只手伸进了口袋。

"史密斯!"电屏幕上一个声音厉声叫喊,"6079号史密斯!把手从口袋里面拿出来!"

他依旧一动不动地坐着,双手重新搭在膝盖上。被带到这里之前,他们曾经把他带到另一个地方,那里看起来是一座普通的监狱,或者巡逻警察临时拘禁犯人的地方。他不知道自己在那里待了多长时间,起码有几小时吧。可是没有钟,也没有太阳,无法确定时间。那个地方喧闹嘈杂、臭气熏天。他被关进一间牢房,大小跟现在的差不多,但是又脏又臭,里头总是挤着十到十五个人。那些人中大部分都是普通的罪犯,不过也有几个政治犯。与现在一样,他静静地靠墙坐着,一动不动,被肮脏的身体推来挤去,心中的极度恐惧再加上肚子的疼痛难当令他无暇去注意周围的环境。但他依旧能够发现党员囚犯和普通囚犯在行为举止上有着惊人的差别。党员囚犯都吓破了胆,一声不吭。而普通囚犯毫不在乎。他们对着狱警破口大骂,在个人财物被没收时大声争吵,拼命抢夺,在地板上写各种泄愤的脏话,从衣服的什么地方掏出偷运进来的食物大吃大嚼,就连电屏幕那头的人喝令他们安静时,他们也会毫不客气地骂一通。而另一方面,有几个人似乎与狱警的关系非常亲近,敢称呼他们的绰号,无非希望从他们那里搞来几支香烟。狱警们对这些普通囚犯似乎也比较宽容,哪怕职责所在有时候不得不对他们暴力相向。经常有人在牢房里提起强迫劳动营,也许大部分人最后都会被送到那里去。其实去劳动营也"不赖",他想,只要你有门路,懂得里头的规矩。那里有走后门、托关系、各种投机倒把,男的出卖男色,女的出卖女色,甚至还有用土豆酿制的私酒。在那里被寄予信任的都是普通囚犯,尤其是流氓歹徒、杀人凶手这一类人,他们算是监狱中的贵族。所有吃苦受累的重活儿都是由政治犯去做。

各种各样的人不断地在牢房里进进出出：毒品贩子、小偷、土匪、黑市奸商、酒鬼、娼妓等。有些酒鬼凶悍强暴，发起酒疯来得好几个囚犯联合起来才能将他制服。有个大概六十岁的大个子老女人被四个狱警拽着四肢架了进来。她的乳房耷拉在胸前，一头浓密的白发因为挣扎而披散下来，她拼命地踢打着，嘴里不停地叫骂。狱警将她想用来踢他们的靴子脱下来，一把将她扔到温斯顿的膝盖上，差点儿将他的股骨撞碎。那个老妇人支撑起上半身朝着他们离去的背影破口大骂："操你们这些狗娘养的！"狱警走开后，她才发现自己坐的不是地方，于是赶紧从温斯顿身上挪开，坐到旁边的板凳上。

"非常抱歉，亲爱的，"她说，"都是因为那群狗杂种，要不，我不会坐到你身上去的。他们不懂怎么对待女士，对不对？"说到这里，她停顿了一下，拍拍胸脯，打了个嗝，"对不起，"她接着说，"我有些难受。"

她俯下身子，哇地吐了一地。

"哎呀，这回舒服多了，"她回头靠着墙壁，闭着眼睛说，"我是说，要是难受，就别忍着，赶紧吐出来。趁它在胃里还未消化的时候赶紧吐出来。"

她恢复精神之后，转过头来看了温斯顿一眼，立刻对他产生了好感。她伸出粗大的胳膊搂住温斯顿的肩膀，将他拽到自己身前，一股啤酒和呕吐物混合的气味直扑到他脸上。

"你叫什么名字，亲爱的？"她问道。

"史密斯。"温斯顿说道。

"史密斯？"那女人说，"有趣。我也叫史密斯。谁知道呢，"她又感慨道，"说不好我就是你母亲。"

很有可能，温斯顿心想。年纪差不多，身形体格也很像，再说，在劳动营待上二十年，人的模样肯定会发生改变。

除此之外，再也没有人跟他说过一句话。非常奇怪，普通囚犯很瞧不起党员囚犯，对他们不理不睬。他们称温斯顿这类人是"政犯"，还面带不屑一顾的神情。党员囚犯吓得胆战心惊，不敢与人交谈，尤其不敢跟其他党员说话。只有一段小插曲，有两个女党员头碰头坐在板凳上，在嘈杂的背景声中温斯顿听到她们匆匆交谈了几句，声音很低，听不太清，但依稀提到"一〇一室"。不过这是什么意思，他一无所知。

他们大概是在两三个小时前将他转移到这座监狱的。腹部的隐痛一直没有消退，只是有时和缓一些，有时剧烈一些，他的思绪也随着肉体的疼痛而放松或收敛。肚子疼得厉害时，他的脑海中就只有疼痛的感受，只想吃点儿什么。等到肚子不那么疼的时候，他的心中就充满了恐惧。有时候他想到自己将要面临的下场，似乎那情景真的已经发生了，禁不住心怦怦直跳，连呼吸都要停止了。他好像已经感觉到橡皮警棍击打在他的胳膊肘上，钉着铁掌的皮靴踩在他的小腿上。他似乎看见自己被痛打得跪在地上，用一口被打碎的牙高声告饶。他很少想起朱莉娅，因为他无法将注意力集中在她身上。他爱她，不会出卖她，这只是一个事实，就如同他所知道的算术法则一样。他感觉不到对她的爱，甚至没去想她正遭受着什么。他倒是常常怀着一线希望想起奥布赖恩。奥布赖恩也许得知他被逮捕的消息了。他曾说过，兄弟会从来不搭救会员。不过有剃须刀片，如果真有需要，他们会送剃须刀片进来的。在狱警冲进来之前，他也许只有五秒钟。剃须刀片割破身体，会带来一种冰冷、灼热又麻木的感觉，说不定就连拿着刀片的手指也会被割破，割到骨头。所有的知觉都复苏了，就连因最细微的疼痛而引起的颤抖都会令他蜷缩起来。他也不确定自己是否会用刀片自杀，即便他有机会这么做。可更理所当然的选择是过一刻算一刻吧,能再多活十分钟也好,哪怕明知最后仍难逃酷刑。

有时候他试着数一数牢房的墙上贴着多少块瓷砖。这看起来不是什么困难的事,可是他经常数着数着就不记得数了。他最常想的是自己身处何方、现在是什么时间。有时候他确定外面是大白天,但是下一刻他又笃定外面已经黑了。直觉告诉他,在这样的地方,灯火是永远不会熄灭的。这是个没有黑暗的地方。现在他明白了为什么奥布赖恩立刻就听出了他话中的含意。仁爱部的整栋大楼都没有窗户。他的牢房也许就在这栋建筑物的中心,也有可能靠着墙边,还有可能是在地下十层,但也可能在地上三十层。他想象着这栋大楼的每一处,试图依靠身体的感受来推断自己到底是高高地悬在空中,还是深深地埋在地底。

外面传来皮靴正步走来的声音。铁门砰的一声打开了。一个年轻军官步履轻捷地走了进来,他身材修长,穿着合体的黑制服,整个人都像擦得铮亮的皮靴那样泛着光。他的脸部线条刚硬,面色苍白,似乎是一具蜡像。他示意门外的狱警将犯人带进来。被押进来的囚犯是诗人安普尔福思。门砰的一声又关上了。

安普尔福思迟疑着在屋子里踱了几步,然后停下来,好像觉得这个房间还有一扇门可以出去一样,接着他又在牢房里来回踱步。他没有注意到温斯顿的存在。他愁苦的眼光盯着温斯顿头上大概一米的墙壁。他没有穿鞋子,又大又脏的脚趾从袜子上的破洞里露出来。看起来他也有好几天没刮胡子。短短的毛茸茸的胡子一直长到颧骨,使他看起来像一个粗野蛮横的恶棍,这与他高大孱弱的身躯和神经质的举动极不相称。

温斯顿稍稍振作一下精神。他一定得同安普尔福思说上几句话,哪怕被电屏幕斥骂也在所不惜。说不定安普尔福思就是兄弟会派来送刀片的人。

"安普尔福思。"他叫了一声。

电屏幕居然没有反应。安普尔福思顿住脚,一副受惊的表情。他把目光缓缓地聚集到温斯顿身上。

"啊,史密斯!"他说,"想不到你也在这里!"

"你为什么进来?"

"老实对你说——"他笨拙地坐在温斯顿对面的板凳上,"只有一个罪名,是不是?"他说。

"那你犯了?"

"很显然是这样。"

他伸出手来,按压着太阳穴,似乎在竭力回忆什么事情。

"这样的事情迟早会发生,"他含糊其词,"我想起一个例子——一个很可能是原因的例子。毋庸置疑,是因为我一时不小心。我们在为吉卜林的诗集定稿。而我在一行诗的韵脚上保留了'上帝'这个字眼。这实在没办法!"他几乎有点儿愤愤不平,抬起头来看着温斯顿,"这一行可没办法改动。因为押的韵是'棍子'①。你知道我们语言中的所有词汇能够押这个韵的一共只有十二个词吗?我绞尽脑汁地想了好几天,实在想不出别的词。"

说完之后,他脸上的表情开始发生变化。之前烦躁愁苦的神色已经消失,现在甚至出现了有些欣喜的神色。他蓬头垢面的脸上,洋溢着一种知识分子的热情,就是书呆子发现一些没有实际用途的事实时的那种表情。

"你有没有想过,"他又开了口,"英语诗歌整个历史的发展都受制于英语缺乏韵脚这个事实?"

不,温斯顿从未想过这一点。而且在现在这种情况下,像韵脚

---

① 英语中"棍子"(rod)同"上帝"(god)同韵。

这样的东西对他而言既不重要，也无法令他提起兴致。

"你知道现在是什么时间吗？"他问道。

安普尔福思显然吃了一惊。"哎呀，我根本没想过这事。他们逮捕了我——大概是两天前——也许是三天前。"他的目光在四面墙上逡巡了一番，似乎想在上面找到一扇窗户，"不管是白天也好，黑夜也罢，在这里，还能有什么分别呢？我想不出来在这里还能算出什么时间。"

他们又有一句没一句地聊了几分钟。接着，电屏幕里毫无预兆地传来一声大喝，命令他们住嘴。温斯顿立刻安静地坐着，两手交叉搭在膝盖上。安普尔福思块头太大，坐在窄窄的板凳上很不舒服，所以老是挪动身体、改变姿势，两手一会儿搭在这个膝盖上，一会儿又换到那个膝盖上。电屏幕又吆喝一声，命令他静止不动。时间一点点地流逝。二十分钟，一小时——实在难以判断。外面又响起一阵皮靴声。温斯顿的五脏六腑都紧缩起来。快了，快了，也许五分钟，也许马上，这些皮靴声很可能就是冲他来的。

门开了。那个面色冷酷的年轻军官又走了进来，手朝安普尔福思轻轻一指。

"一〇一室。"他说。

安普尔福思被夹在狱警中间，茫然而又不安地走了出去。

又过了很长一段时间。温斯顿腹部的痛楚越发剧烈。他的思绪一而再再而三地绕着同一条轨道转动，就像一个球一次又一次地掉进同一个槽里。脑海中只有六个念头不停盘旋：肚子痛、面包、鲜血和呼号、奥布赖恩、朱莉雅、剃须刀片。皮靴声又走近了，他的五脏六腑又猛地抽搐一下。门开了，一股浓烈的汗臭味飘进来。帕森斯走了进来，身上穿着卡其布短裤和运动衫。

温斯顿立刻惊得目瞪口呆。

"你也来了!"他说道。

帕森斯看了温斯顿一眼,既不感兴趣,也不感到惊讶,只是一副可怜相。他在牢房里来回走动,不能静下来。每次他伸直那圆乎乎的膝盖时,它们显然在不停哆嗦。他的眼睛睁得大大的,好像无法抑制自己的冲动,一定要呆呆地注视着前方不远处。

"你为什么到这里来?"温斯顿问道。

"思想罪!"帕森斯说,带着明显的哭腔。他说话的腔调表明两种不同的心态,他虽然完全承认自己的罪行,可是又无法相信这个词居然会被用到自己身上。他站在温斯顿面前,急切地向他诉说:"你也不认为他们会枪毙我,对吗,老兄?他们不会枪毙你的,如果你根本没做过什么事情——只是思想上出了点儿问题,而有时候自己也没法控制思想,对吧?我知道他们会给你一个公平申辩的机会。哦,我相信他们会这样做的!他们会清楚我过去都做了些什么,是不是?你也很清楚我是什么样的人。我不是坏人啊。当然,不怎么聪明罢了,但我办事热心。我竭尽全力为党服务,是不是?我觉得顶多劳改五年就成了,你觉得呢?要不然就是十年?像我这样的人在劳动营也会大有用处。他们不会因为我犯过一次错就把我枪毙吧?"

"你有罪吗?"温斯顿问道。

"我当然有罪!"帕森斯面对着电屏幕,一副奴颜婢膝的样子,"你不会认为党会冤枉一个好人,对吧?"他的青蛙脸较先前平静多了,甚至现出一种略带虔诚的表情,"思想罪相当可怕,老兄,"他说,"非常阴险,防不胜防。你还不知道有什么事情发生,你就被它俘虏了。你知道我是怎么被害的吗?在睡梦中!是的,事实就是这样。你想想看,我几十年来辛辛苦苦地做我分内的事——我都不知道会有什么坏思想钻进我脑袋里。可是我居然会说梦话。你知道他们听见我说了些什么吗？"

他压低嗓音，那副表情，活脱儿一个病人为了健康不得不听从医生的命令而骂脏话。

"'打倒老大哥！'是的，我居然说了这个！有可能我还说了不止一次。老兄，我得告诉你，我非常感激他们及时逮住了我，没让我这问题恶化。你知道我上法庭时要怎么跟他们说吗？我要说：'谢谢你们，你们及时挽救了我。'"

"是谁揭发你的？"温斯顿问道。

"我的小女儿，"帕森斯回答，语调有些伤感，但也有些自豪，"她通过钥匙孔听到了我的梦话，第二天就向巡逻队报告了。一个才七岁的小姑娘，够聪明伶俐的，是不是？我一点儿都不恨她。相反，我为她感到骄傲。这说明我对她的教育非常正确。"

说完这话，他又像先前那样来回神经质地走动，好几次将目光投向了马桶。然后他突然扯下了裤子。

"对不起，老兄，"他说，"我实在憋不住了。"

他肥大的屁股一下子就坐在马桶上。温斯顿立刻用手遮住脸。

"史密斯！"电屏幕高叫起来，"6079号史密斯！放下你的手！不许遮脸！牢里不许遮脸！"

温斯顿只好将手放下来。帕森斯畅快地排泄了一通。凑巧马桶的冲水开关坏了，牢房里臭气熏天，好几个小时臭味都没法散去。

帕森斯被带走了。一些新犯人被带进来，之后又被带走。一个女囚犯要被带到"一〇一室"去。温斯顿注意到，当她听到这个词时脸色突变，浑身发抖。时候到了——如果他是上午被带进来的，那么那会儿就是下午；如果他是下午被带进来，那会儿就该是半夜——牢房里一共有六名犯人，有男有女，全都一动不动地坐着。温斯顿对面是一个没有下巴的男人，牙齿暴突，活脱儿一只温驯的大兔子。他那肥胖的满是斑点的双颊下面明显地突出，很难不令人相信那里储存着一点儿食物。他浅灰色的眼睛怯生生地从众人脸上一一扫过，与别人目光相交时就立刻转移视线。

门开了，又进来一个犯人，他的样貌不禁令温斯顿心里打了个寒战。他看起来普普通通、毫不起眼，也许是个工程师或者是技术人员之类的人物。但是令人惊骇的是他的面孔出奇地消瘦，完全像个骷髅。因为瘦削，他的眼睛和嘴巴就显得格外大，而且眼睛里似乎怀有一种对某人或者什么事的刻骨的仇恨。

那个人在离温斯顿不远的板凳上坐下来。温斯顿没有再看他一眼，但是那张骷髅一般瘦削、满是痛苦的脸在他脑海里栩栩如生，就像在他眼前晃动一样。他突然意识到这是怎么回事了。那个人就要饿死了。牢里的其他人似乎都在同一时间明白了这一点。板凳上传来一阵轻微的骚动。那个没有下巴的人不住地打量着那个骷髅般的人，看一眼后带着歉疚之情移开目光，而后像被吸引一样再看了一眼。他在板凳上坐立不安。最后他站起来，一只手插在制服的口袋里，步履蹒跚地走到"骷髅头"面前，有些不好意思地从制服里掏出一片肮脏的面包递给他。

电屏幕上立刻传来一阵震耳欲聋的咆哮。没有下巴的人吓了一大跳。"骷髅头"立刻慌张地将手背到身后去，似乎要向世界宣告自己不会接受那片面包。

"巴姆斯特德！"那个声音继续咆哮着，"2713号巴姆斯特德！将面包扔到地上去！"

没有下巴的那个人赶紧将面包扔到了地上。

"原地站着，"电屏幕命令道，"朝向门口，不许动！"

没有下巴的人老老实实地站着，他那鼓起的脸颊却不由自主地哆嗦起来。门砰的一声开了。年轻的军官进来后站到一旁，后面跟着进来了一个身材结实、胳膊粗壮的矮个子狱警。他站到没有下巴的人面前。之后，年轻军官示意一下，矮个子狱警就用尽全身力气砰地一拳打在那个没有下巴的人的口鼻上。这一击用力极猛，没有下巴的人差点儿飞起来。他的身体滑到了牢房的另一头，停在马桶的底座那里。有一阵子，他躺在那里一动不动，污血从他的嘴巴和鼻子里冒出来。他不自觉地发出低低的呜咽或呻吟。接着他才翻过身去，用双手和膝盖撑着摇摇晃晃地站起来。鲜血和唾液不停地往外冒，断成两截的一排假牙从他嘴里掉下来。

其他犯人全都一动不动地端坐着，双手交叉搭在膝上。没有下巴的人费力地爬回他先前的位置。他的一边脸庞已经显出瘀青。嘴巴肿胀成猩红色的没有形状的肉块，中间有一个黑洞。血水一滴滴淌在他胸前的制服上。他灰色的眼睛依旧不住地打量着其他人的脸，只是现在表情更加惶恐，似乎要看看他受到这样的侮辱时别人会怎样瞧不起他。

门打开了。年轻的军官手做了一个小小的手势，指向"骷髅头"。

"一〇一室。"他说。

温斯顿身边有人倒吸一口凉气，还出现一阵骚动。那个"骷髅头"一下子跪倒在地上，合掌求饶。

"同志！首长！"他哀号着，"你不用把我送到那里去啊！我不是都招供了吗？你还想知道什么？我没有什么不愿意说的，没有什么！只消你告诉我，我都会立刻全都招供。你要准备什么供词，我全都签名——什么都行！但千万不要把我送到一〇一室啊！"

"一〇一室。"军官说道。

"骷髅头"的脸色本就惨白，这时变成了一种温斯顿无法相信的颜色。那确凿无疑地是一层绿色，绝对不会错。

"你要怎么对付我都行！"他叫起来，"你们已经饿了我好几个星期。干脆饿死我吧,让我死吧。要不就一枪把我毙了。或者把我吊死好了。要不就给我判个二十五年。你们还要我揭发什么人吗?只要说出他的名字,我会将所有的事情一五一十地告诉你们。我不管他是谁,也不管你们会怎么折磨他。我有一个妻子,还有三个孩子,最大的那个还不到六岁。你可以把他们全带过来,当着我的面割断他们的喉咙,我会站在这里看着。可是千万不要把我送到一〇一室!"

"一〇一室。"军官说。

"骷髅头"如发疯般狂乱地扫视牢里的其他犯人,好像他可以想出办法从这些人中找出一个当自己的替死鬼。最后他的目光落到那个没有下巴的人被打开花的脸上。他猛地伸出嶙峋的胳膊指向他。

"这个人才是你们要的人,不是我!"他叫道,"你们没听到他挨打之后说了些什么。只要给我一个机会,我会把他说的话一字不差地告诉你们。他才是反党分子,不是我。"狱警走上前来。"骷髅头"尖声惨叫起来:"你们没有听到他说了什么!"他重复道,"电屏幕出了问题。他才是你们想要的。带走他,不要带走我!"

两个魁梧的狱警低下身来抓住他的胳膊,可是就在这时,他突然一个猛子朝前扑倒,抓住板凳的铁腿死不松手。他像野兽一样大声号叫着。狱警上前拽住他,要掰开他的手指,可是他死死抓住不放,力气奇大无比。他们大概花了二十秒拉扯他。其他的犯人都一动不动地坐着,两手交叉搭在膝盖上,直视前方。号叫声停了,那个人再也没有力气叫喊,除了牢牢抓紧椅子腿。这时又听见一声凄厉的号叫,与原来的不同。原来其中一个狱警用皮靴踢断了他的一根手指。他们将他拖起来。

"一〇一室。"军官说。

"骷髅头"被带了出去,脚步轻飘,摇摇晃晃,耷拉着头,护着自己被踢伤的手，再也没有一丝反抗。

又过了一段漫长的时间。如果"骷髅头"被带走的时候是半夜，那么现在就该是上午了；如果他是上午被带走的，现在就该是下午了。牢房里只剩下温斯顿一个人，他独自待着已经好几个小时了。一直在窄条板凳上坐着，疼痛难忍，他只得站起来走动走动，电屏幕倒没有喝止他的这种行为。没有下巴的人丢下的那片面包还在那里。一开始他得费很大的劲儿才能强忍着不去看它，但是过了一段时间，口渴的感觉比饥饿感更加难忍。嘴唇都粘在一起，散发出一股恶臭。空气调节机嗡嗡的声音和恒久不变的苍白灯光令他感到眩晕，脑中一片空白。在全身骨头都疼痛不堪的时候，他就站起来，可是几乎又立刻坐了下去，因为头晕晕的，他根本站不稳。可是当肉体的痛苦略微可控时，恐惧又会牢牢盘踞在他的心头。有时，带着那丝逐渐幻灭的希望，他还会想起奥布赖恩与那片刀片。如果给他送吃的来，也许刀片就藏在食物内。有时，他也会神志模糊地想起朱莉雅。不知道她在什么地方受折磨，很可能比他更加痛苦。这一刻也许她正痛得尖声惨叫。他想："要是我的痛苦再增加几分就能救下朱莉雅的性命，我愿不愿意这样做？是的，我愿意。"但这只是理智上的决定，因为他知道他应该这样做。但是他心中没有这种感觉。在这个地方，你感受不到任何东西，除了疼痛与对痛苦的预知。此外，当你承受痛苦的时候，你有可能希望增加自己的痛苦吗，不论出于什么原因？这个问题现在根本无法有定论。

皮靴的声音又响起来。门打开了。奥布赖恩走了进来。

温斯顿惊讶地站起来。奥布赖恩的出现令他忘记了一切戒备。这么多年来，他第一次忘记了墙上的电屏幕。

"他们也把你逮住了！"温斯顿惊叫起来。

"他们老早就逮住我了。"奥布赖恩说,口气中略带一丝歉意的嘲讽。他说完,闪到一旁,从他身后闪现出一个胸围粗壮的狱警,手里握着一根长长的黑色橡皮棍。

"你知道的,温斯顿,"奥布赖恩说,"你别自欺欺人了。你早就明白——你一直都明白。"

是的,他现在明白了,他其实一直都明白。但是现在没时间想这个。他所有的注意力都集中到狱警手里的那根黑色橡皮棍上了。这东西随时会落到任何地方,头顶上、耳朵边、肩膀、胳膊肘——

胳膊肘!他跪倒在地,用一只手捧着那个挨了一棍的胳膊肘,身体几乎失去知觉,眼前直冒金星。无法想象,实在无法想象一棍下来会令人这么痛苦!金光逐渐消散,他能够看清他们俯视着他。狱警看到他因为痛苦而扭曲的身体,狞笑不已。这一记闷棍起码解答了一个问题。不论什么原因,你绝不会希望增加自己的痛苦。在遭受痛苦的时候,你只有一个希望,那就是停止痛苦。天底下没有什么事情比肉体受折磨更令人难以承受了。在痛苦面前没有英雄,他徒劳地捧着被打残的左臂在地上痛苦地翻滚,一遍又一遍地这样想着。

第二章

他躺在类似行军床的什么东西上,只是离地面非常高,并且手脚都被绑住,无法动弹。似乎比往常更强烈的灯光照在他脸上。

奥布赖恩就站在身边，低头凝视着他。另一边站着一个穿白大褂的人，手里拿着注射器。

睁开双眼后，他也只是缓缓地打量着周围的环境。他有一种感觉，似乎自己是从另一个截然不同的世界游到这个房间来的，那里像是个深深的海底世界。他不知道在那里待了多久。自从被逮捕以来，他就没有见过天光与黑夜。再说，他的记忆也不是连贯的。有时候他的意识彻底停止，就连睡梦中残存的那种意识也没有，经过一段空白期后，意识才重新恢复。但这段空白期到底是几天、几个星期，还是只不过几秒钟，他就无从得知了。

胳膊肘上吃的那一记警棍，只是噩梦的序幕。后来他才明白，那时接下来发生的一切事情都只不过是开锣戏，是个犯人都必须经历的一种例行公事般的过堂审讯。长长的罪行名单——为敌国刺探军情、从事各种破坏活动，诸如此类——毋庸置疑，这是每个人都得招供的。招供只是例行公事，酷刑才是货真价实的。他被拷打过多少次，每次又被拷打多久，已经全都不记得了。通常都是五六个穿黑制服的人一起毒打他。有时候用拳头，有时候上警棍，有时候拿着铁杆，有时候是用皮靴。许多次，他在地上翻来滚去，像牲畜一样不知廉耻，蜷缩起身体本能地想要躲开拳打脚踢，但一切只是徒劳，只会招致更多的踢踏，落在肋骨、肚子、胳膊肘、小腿、下腹、睾丸和尾骨上。许多次，这酷刑一直持续，没完没了，他甚至觉得，最残酷、最恶劣与最不可原谅的事情，并不是那些狱警无休止的殴打，而是他怎么都无法迫使自己丧失意识。许多次，他的神经紧张到极点，以至于毒打尚未开始，他就大声求饶，只是看到对方的拳头挥起，就足以令他招供任何真实或者捏造的罪行。许多次，他下定决心坚决不招供，除非实在无法忍受，否则一言不发。还有许多次，他软弱地试图妥协，他对自己说："我会招供的，但不是现在。我一定要坚持下去，直到疼痛实在无法忍受的时候。等到他们再踢我两三下，我才会说出他们要我说的话。"有时候他被打得无法站起来，他们就像扔一袋土豆一样把他扔在牢房的石板地上，等他歇息几小时之后再把他拎出去痛打一顿。有时候，恢复时间很长。到底有多久，他已经记不清楚了，因为他那时要么昏迷不醒，要么已经睡过去了。他记得自己曾被关在一间牢房里，里面有一张木板床，墙上有一个架子，还有锡洗脸盆，送来的食物是热汤和面包，有时候还会有咖啡。他记得中间某段时间，有个脾气暴躁的剃头匠来给他刮胡子、理发，还有一个穿着白大褂、毫无同情心的人走进来职业性地测了测他的脉搏，验了验他的神经反应，翻了翻他的眼皮，粗糙的大手在他身上摸一番，看看有没有骨头被打断，检查完毕后往他胳膊上扎了一针，让他昏睡过去。

拷打没有之前那么频繁了，主要变成了一种威胁，如果他的口供不能让他们满意，他们就会用拷打来恐吓他。讯问他的不再是之前那些穿黑制服的壮汉，而是党内的知识分子，身形矮小肥胖，戴着眼镜，行动异常敏捷。他们轮班讯问他，有时一班得持续——他想，他也无法弄清楚——十或十二小时吧。这些讯问他的人虽然总是让他受到一些折磨，但是他们主要不是打算在肉体上折磨他。他们扇他耳光，拧他的耳朵，揪他的头发，逼他单腿站立，不许撒尿，用刺眼的强光照在他脸上，直照得他眼里流出泪水。这一切做法的目的只是要折辱他，摧毁他争辩与推理的能力。他们最厉害的武器还是疲劳讯问，一小时接一小时无休止地讯问他，要他露出破绽、掉进圈套，歪曲他所说的每一句话，抓住他的每一句假话和每一句自相矛盾的话，一直逼到他忍不住失声痛哭，部分由于耻辱，部分由于精神过度疲劳。有时候讯问一次，他会哭上五六回。他们大部分时间都大声辱骂他，他回答时略一迟疑，他们就扬言要将他交给狱警拷打。但是有时候他们也会突然变个腔调，亲切地叫他同志，用英社和老大哥来打动他，不无伤感地问他是否对党还有半分忠诚，是否希望改正自己犯下的罪行，等等。在接连几小时的疲劳讯问之后，听到这样的温言软语，他就会精神崩溃，禁不住涕泪交加。到了最后，这样的喋喋不休确实比狱警的拳打脚踢更管用，他的精神已经全然垮掉。他变成了一张要他说什么他就说什么的嘴，一双要他签什么他就签什么的手，所有他们要求的，他悉数照做。他现在最关心的是他们想要他招认什么罪行，这样他就能在他们发问之前时立刻招认，免得吃尽苦头。他招认的罪名有：暗杀党的领导，散发煽动性的反叛手册，吞没公款，出卖军事情报，以及从事各种各样的阴谋颠覆活动。他招认自己自一九六八年以来就做东亚国政府的间谍。他招认自己笃信宗教，崇拜资本主义，是个沉湎于堕落性趣味的禽兽。他还招认杀掉了自己的老婆，虽然他明白，讯问他的人也同样清楚，他的老婆还好生生地活在这个世界上。他招认多年以来一直与戈德斯坦有亲密的联系，是个地下组织的会员，这个组织包括他认识的所有人。招认所有你能够想象得出的东西，将你认识的所有人都牵连进来，这是件再容易不过的事。不过，这也不能算是完全冤屈了他。他的确是党的敌人。因为在党的眼中，思想与行为没有什么区别。

他脑海中还存在着另一些支离破碎的记忆。它们孤立在他的脑海里，无法联系起来，就像浮现在无边无际的黑暗中的一帧帧照片。

他在一间小小的牢房里，可能是黑暗的，也可能很亮堂，因为他看不到任何东西，除了一双眼睛。附近有一个仪器，在缓慢且规律地嘀嗒嘀嗒响着。那双眼睛越来越大，越来越亮。突然他一跃而起，跳进那双眼睛里，被吞噬了。

他被绑在一把椅子上，四周都是钟表形状的仪表，灯光刺眼。一个穿白大褂的男人正在读着仪表。外面传来沉重的皮靴声。门被打开了。那个蜡像般的军官走了进来，后面跟着两个狱警。

"一〇一室。"军官说。

白大褂没有转身，也没有看温斯顿一眼，只是盯着仪表。

他被推到一条宽阔的走廊里，那是一条一公里宽、金光灿烂的走廊，他纵声大笑，扯着嗓子供认自己的罪行。他什么都招了，就连酷刑都无法令他招认的东西也全都招认了。他对着一个已经完全熟悉他生平的人诉说他的一生。与他同行的还有狱卒、询问者、白大褂、奥布赖恩、朱莉雅、查林顿先生，所有人都跟他一样在走廊里滚过来，高声地哭着笑着。某个潜伏在将来的可怕事情，给略了过去，最后没有发生。一切都平安无事了，不会再有折磨，他一生中的每一个细枝末节都摆了出来，获得了谅解与宽恕。

他似乎听到了奥布赖恩的说话声，挣扎着要从木板床上爬起来。在整个讯问的过程中，虽然他从没见到奥布赖恩，但他总觉得奥布赖恩一直在自己旁边，只是看不到他而已。是奥布赖恩在操纵这一切。命令狱警去毒打他的是奥布赖恩，及时制止狱警，不让他们下手太重的也是奥布赖恩。决定温斯顿什么时候该饱受折磨、什么时候该缓和一下、什么时候该吃饭、什么时候该睡觉、什么时候该打一针，所有这一切都由奥布赖恩决定。问题由他提出来，也由他暗示该如何答复。他既是拷问者，也是保护人，既是讯问者，也是朋友。有一次——温斯顿不记得是打了麻药昏睡的时候，还是正常入睡之后，又或者是短暂清醒的状态下——一个声音在他耳边细语："别担心，温斯顿，现在你在我手上。我已经观察你七年了。现在就是转折点。我要救赎你。我要将你变成完人。"他不确信这是否是奥布赖恩的声音，但这声音曾对他说："我们将在没有黑暗的地方会面。"在那个梦里，七年前的那个梦里。

讯问是怎样结束的，他完全不记得。有一段时间他完全处于黑暗之中，接着他就被转移到现在所在的这间牢房，或者说小房间，他的四周逐渐清晰起来。他仰卧着，无法动弹。他身体的每个重要部位都被束缚着。甚至后脑勺似乎都被什么东西固定住了。奥布赖恩俯视着他，神色肃穆又悲哀。从他躺着的角度往上看，奥布赖恩的脸看起来粗糙不堪，神情憔悴，眼皮底下尽是褶子，从鼻子到下巴上有好几道皱纹。他比温斯顿想象中老许多，四十八至五十岁。他的手按在一个仪表盘上，上面有一个杠杆，盘面有一圈数字。

"我对你说过，"奥布赖恩说，"如果我们还会见面的话，就是在这里。"

"是的。"温斯顿说。

没有任何警告，奥布赖恩的手略微动了一下，一阵疼痛侵袭温斯顿的全身。这种痛苦非常可怕，因为他看不清到底是怎么回事，只觉得身体受到了致命的伤害。他不知道是否真有事情发生，抑或只是电流制造的幻觉。但是他觉得身体被扯得变了形，每个关节都在逐渐脱位。他的额头疼得直冒冷汗，但是最恐惧的还是担心脊骨会不会因此断开。他咬紧牙关，用鼻子呼吸，尽量不发出声响。

"你在害怕，"奥布赖恩看着他的脸说，"你害怕过一会儿什么东西就要断了。你最害怕那是你的脊梁骨。你脑海中几乎能够真真切切地看到脊椎一节一节断开，骨髓一滴一滴流出来。你现在心里想的就是这个，是不是，温斯顿？"

温斯顿没有回答。奥布赖恩将仪表盘上的杠杆调回去。阵痛立刻消失了，就像它到来时那样快。

"现在不过是四十。"奥布赖恩说，"你能够看到，这转盘的数字高达一百。所以请你记好，在我们的整个谈话中，我能随心所欲地随时掌控你的痛苦。如果你对我说谎，或者回答时敷衍搪塞，或者装糊涂显得不符合你的智力水平，你就会痛得大叫出来的，立刻。你明白吗？"

"明白。"温斯顿说。

奥布赖恩的态度变得不那么严厉了。他若有所思地推了推眼镜，踱了几步。等到他再开口的时候，声音非常温和，也很有耐心。说话的口吻就像医生、教师或者牧师，旨在解释规劝，而不是惩罚。

"我在为你费神啊，温斯顿，"他说，"是因为你值得我这样做。你非常清楚你的问题出在哪里。这么多年来，你对自己的情况一直很明白，只是你不肯承认罢了。你精神不正常。你的记忆有问题。你记不住真正发生的事情，却说服你自己把那些从未发生过的事情当成真事，牢记在心。幸好这种病是可以治疗的。你从来没有想办法治疗，因为你不愿意。其实，只需要对你的意志力稍作努力即可，但是你连这一点都不愿意做。即便在这一刻，我知道，你还是死死抱住你的病态想法不肯撒手，还以为那是一种了不起的美德。好吧，我们举个例子来说明一下。我问你，现在大洋国在与谁作战？"

"我被逮捕的时候是在与东亚国作战。"

"东亚国。好。大洋国一直在与东亚国作战，是不是？"

温斯顿深吸了一口气。他张开嘴，但是什么都没说出来。他的眼睛死死地盯着仪表盘。

"说实话，温斯顿。你的实话。把你自认为记得的实话都告诉我。"

"我记得在我被捕前一个星期，我们还没有与东亚国打仗。我们还是盟友。那时正在与欧亚国作战。这场战争持续了四年。在此之前——"

奥布赖恩举手止住了他的话。

"我们再举别的例子，"他说，"几年前，你产生了一次最为严重的幻觉。有三个人，三个曾经的党员，名叫琼斯、阿伦森和卢瑟福，在对叛国与破坏罪行供认不讳之后被处决，可你坚持认为他们是冤枉的，认为他们并没有犯下那罪行。你以为看到过确凿无误的文档证据，能够证明他们的供词都是假的。你有一种幻觉，以为自己看到了一张照片。你以为你的手里真的曾经握着这样一张照片。就是这个样子的照片。"

奥布赖恩的手指间夹着一张剪报，在温斯顿的眼前停了五秒钟。就是那张照片，毫无疑问，就是那张照片。就是那张照片。是那张琼斯、阿伦森、卢瑟福在纽约参加一次党务会议的照片的另一个复件，那张照片十一年前他曾经意外见到过，然后就被销毁了。它只在他眼前出现了几秒钟，随即消失了。但是他看到过，真真切切地看到过！他强忍剧痛拼命挣扎着要坐起来，可是连移动一毫米都是完全不可能的。这一刻他甚至连那个仪表盘都忘记了。他心中所想的只是将那张照片重握指间，或者起码再看一眼。

"它是存在的！"他叫起来。

"不。"奥布赖恩说。

他走到屋子的另一头，墙上有个记忆洞。他揭开盖子。那张薄薄的纸片被一股热浪卷走，在看不见的地方被点燃，顷刻间化为灰烬。奥布赖恩转过身来。

"灰飞烟灭，"他说，"已经是无法辨认的灰烬了，尘埃。它根本就不存在。它从来就没存在过。"

"它存在过！它的确存在过！它存在我们的记忆中。我记得！你记得！"

"我不记得。"奥布赖恩说。

温斯顿的心猛地一沉。这就是双重思想。他感到彻底的无望。如果他能够确认奥布赖恩在撒谎,那倒还不要紧。可是,完全有可能,奥布赖恩已然忘却这张照片存在过的事实。如果是这样,他就已经忘记了他否认自己记得那张照片的事情。当然,他也就忘记了曾经否认忘记这一行为本身。你怎么能够确定这只是欺诈的小伎俩呢?或许人的思想真的可以被狂乱调整?这个想法彻底击败了温斯顿。

奥布赖恩若有所思地低头看着他。他的神色越发像一个循循善诱的老师正在想尽一切办法规劝一个资质极佳但误入歧途的孩子。

"党有一句有关控制过去的口号,"他说,"你再念一遍吧。"

"'谁控制过去,谁就控制未来;谁控制现在,谁就控制过去。'"温斯顿顺从地念了一遍。

"'谁控制现在,谁就控制过去。'"奥布赖恩一边说,一边赞许地缓缓点头,"温斯顿,那么在你看来,过去有没有真正存在过?"

那种无助感再次笼罩着温斯顿。他扫了一眼仪表盘。他不知道该如何回答,到底是"有"还是"没有"能够让他免于痛苦,他现在根本不知道哪个答案才是真实、正确的。

奥布赖恩微微一笑。"看来你根本不懂形而上学,温斯顿,"他说,"直到此刻,你从来都没考虑过所谓'存在'意味着什么。让我说得更准确一点儿。过去是不是存在于一个具体的空间里?会不会在某个地方——一个有具体物象的世界里持续发展下去?"

"不会。"

"如果过去存在的话,那么它存在于何处呢?"

"文字的记录,所有书写下来的相关记载。"

"嗯，在记录里。那么还有其他地方吗？"

"在头脑中，在人的记忆里。"

"在记忆里。嗯，好的。我们，党，控制了全部的记录，我们也控制了所有的记忆。那也就是说，我们控制了过去，不是吗？"

"但是你怎么能控制人类的记忆呢？"温斯顿激动地叫起来，再一次暂时忘记仪表盘的存在，"记忆是自发的，是不受人意志控制的。你们怎么能够控制记忆呢？你们就没能控制我的记忆！"

奥布赖恩的神色立时变得严峻。他将手放在仪表盘上。

"恰恰相反，"他说，"是你自己没有控制你的记忆。这也就是你被带到这里来的原因。你在这里，是因为你不自量力，也不知自律。你不愿意顺从，可那是保持神志健全而必须付出的代价。你宁愿当一个疯子，做一个人的少数派。温斯顿，只有受过训练的头脑才能看清现实。你以为现实是某种客观的、外在的、独立存在的东西。你以为现实的性质是不证自明的。当你自欺欺人以为你看到了什么东西，你也会以为其他人都跟你一样看到了。但是我告诉你，温斯顿，现实不是外在的。现实只存在于人的头脑中，不可能存在于其他地方。而这个'头脑'不是指个人的头脑，因为个人的头脑会犯错误，而且很快就要衰亡。现实只存在于党的头脑中，党的头脑是集体的，所以也是不朽的。只要党认为是真理，那就是真理。你不可能用其他办法看到现实，除非借由党的眼睛。温斯顿，这是你必须从头学起的事实。这是一种自我毁灭的行为，也是一种意志上的努力。你得先让自己变得谦恭，然后才能变得神志健全、头脑清醒。"

说到这里，奥布赖恩停顿了一下，似乎要让对方深刻地领会他话中的含意。

"你还记得吗，"他接着说，"你在日记中写道'所谓自由,即二加二等于四'?"

"记得。"温斯顿说道。

奥布赖恩举起左手,手背对着温斯顿屈起大拇指,伸出四指。

"我举的是几根手指?"

"四根。"

"如果党说不是四根而是五根——那么你说是多少?"

"四根。"

话音未落,温斯顿就感到身上传来一阵难忍的剧痛。仪表盘的指针指向五十五。温斯顿汗如雨下。呼吸空气都会引发痛苦的呻吟,即使咬紧牙关,也无法克制。奥布赖恩盯着他,仍然伸着四指。他按一下仪表盘。这次温斯顿的剧痛减轻了一点儿。

"几根手指,温斯顿?"

"四根。"

指针指向了六十。

"几根,温斯顿?"

"四根!四根!我能说什么?四根!"

指针肯定又指向更高数字了,但他没有去看。他眼前只有奥布赖恩那张阴沉粗粝的脸孔与伸出的四根手指。这四根手指像擎天柱一样矗立在他眼前,巨大而模糊,好像还在摇晃,但毋庸置疑是四根。

"多少手指,温斯顿?"

"四根!停下来,停下来!你怎么能够继续下去呢?四根!四根!"

"多少手指,温斯顿?"

"五根!五根!五根!"

"不,温斯顿,没有用。你在撒谎。你依旧相信是四根。好的，到底是多少？"

"四根！五根！四根！你要我说多少就是多少，只是别再让我受苦了！"

他突然发现自己坐了起来，奥布赖恩用手臂环抱着他的肩膀。他应该是昏过去了几秒钟。绑住他身体的电线之类的东西已经松开了。他觉得冷极了，浑身打战，牙齿咯咯作响，泪水顺着面颊滚滚而下。有那么一刻，他像孩子一样依偎在奥布赖恩怀里，奥布赖恩那粗壮的胳膊环绕着他的肩头，让他感到异常舒服。他觉得奥布赖恩是他的保护者，痛楚来自别处，而奥布赖恩会将他从痛楚中解救出来。

"你学起来很慢，温斯顿。"奥布赖恩温和地说。

"我能有什么办法？"他抽泣着，含混不清地说，"我怎么能看不到眼前的东西呢？二加二等于四啊。"

"有时候的确是四，温斯顿。但有时候是五。有时候是三。有时候会同时是三、四、五。你得再加紧学习。要想做到神志健全可不是件容易的事。"

奥布赖恩扶着他在床上躺下。温斯顿感到身体又被电线之类的东西绑得紧紧的，不过这时疼痛略微减轻了，他也不再打战了。他只是感到浑身虚脱，寒冷彻骨。奥布赖恩冲着穿白大褂的人点头示意，那人刚才在旁边站着，始终兀立不动。这时他弯下腰来，翻看一下温斯顿的眼皮，摸一摸他的脉搏，听一听他的胸口，在他身上四处敲打一番，然后对着奥布赖恩点点头。

"再来一次。"奥布赖恩说。

那阵痛楚再次吞噬温斯顿。仪表盘上的指针肯定指向七十或者七十五了。这次他闭上了眼睛。他知道奥布赖恩的手指依旧会竖起来，还是四根。现在最要紧的就是熬过这阵痛楚。他已经不再注意自己是不是哭出声来。疼痛逐渐减退。他睁开眼睛。奥布赖恩又将仪表盘的数字降了回去。

"多少根手指，温斯顿？"

"四根，我想是四根。如果能够的话，我非常希望能够看到五根。我正在努力中。"

"那么你到底希望怎么样：是我要相信你看到了五根，还是你自己真的看到了五根？"

"要真的看到五根。"

"再来一次。"奥布赖恩命令道。

指针上的数字大概升到了八十，或者是九十。温斯顿只能断断续续记起来为什么身体会这么痛。在他紧闭的眼皮后面，一片手指的森林在那里跳舞般不停地移动，时而交织，时而分开，时而消失，时而出现。他想数一数到底有多少根，他不记得自己为什么要这样做。他只知道想要数清它们是根本不可能的，他也知道这是因为四与五之间那个神秘的分别。痛楚又减轻了。他睁开眼，发现看到的依旧是刚才的景象，无数的手指，就像移动的森林，朝着左右两边同时移动，互相交错。他又闭上眼睛。

"我现在伸出了几根手指，温斯顿？"

"我不知道。我真的不知道。要是你再来一次，我肯定会活活痛死的。四根，五根，六根——老实说，我完全不知道。"

"有点儿长进了。"奥布赖恩说。

一根针刺进了温斯顿的胳膊。他立刻觉得一股令人舒服的暖流传遍了全身。他已将刚才的痛楚忘却了大半。他睁开眼，感激地望着奥布赖恩。看到他那张粗犷、密布皱纹的脸极其丑陋却又十分文雅，他心里泛出一阵酸楚。如果能够动弹的话，他肯定会伸出手去，搭在奥布赖恩的胳膊上。他对奥布赖恩的敬爱之情从来没像现在这样强烈过，这不仅仅因为他中止了他的痛楚。他对奥布赖恩先前的那种感觉又回来了，奥布赖恩是敌是友都无关紧要。重要的是，奥布赖恩是个可以与他谈话的人。也许一个人对寻求理解的渴望比被爱的渴望更加强烈。奥布赖恩拼命折磨他，逼得他濒临狂乱，而且他很清楚有好一阵自己的生命会断送在他手上。但是这都不要紧。从某种意义上说，他们的关系已经超越了一般的朋友关系，他们是可以交心的知己。虽然没有明说，但是他们都清楚，将来会有一个地方，他们能够在那里推心置腹。奥布赖恩俯视着他，脸上流露出的表情似乎表明他也存有同样的想法。奥布赖恩开口时，声调随和闲适，就像在同他话家常。

"你知道你在什么地方吗，温斯顿？"他问道。

"不知道。不过我猜测应该是在仁爱部吧。"

"那你知道你在这里待了多长时间吗？"

"不知道。几天，几个星期，几个月——我觉得应该有几个月了吧。"

"你知道为什么我们会把犯人带到这里来吗？"

"逼他们招供。"

"不，不是这个原因。你再试试看。"

"惩罚他们。"

"不对！"奥布赖恩高声叫起来，他的音调与平时截然不同，脸色虽然严厉，但是掩饰不了他的激动，"不对！把你们带到这里来，不光是为了逼你们招供，也不光是要惩罚你们。要我说出来为什么带你上这里来吗？是为了给你治病！是为了让你清醒！你明白吗，温斯顿，到我们这里来的人，没有一个不是被治愈了才离开的？我们对你犯下的那些愚蠢的罪行没有丝毫兴趣。党注意的不是表面行为，思想才是我们最关心的。我们不但消灭敌人，还要改造他们。你明白我在说什么吗?"

奥布赖恩俯身凝视着温斯顿。因为距离很近,温斯顿从下面看过去,觉得他的脸大得惊人,无比丑陋。他脸上流露出一种兴致勃勃的表情,紧张激动到疯狂的状态。温斯顿的心禁不住猛地下沉。他只想钻到床底下去。他怀疑奥布赖恩冲动之下会再次转动仪表盘。但就在这个时候,奥布赖恩转身走开了。踱了一两步之后,他略微平静地继续说下去:

"你首先得明白,在这个地方,不存在烈士和殉道者。你肯定读过历史上关于宗教迫害的资料。在中世纪,天主教进行过大审判。那样的行动注定要失败。因为它的目的是为了铲除异端邪说,其结果,异端邪说不但没被铲除,反而得以巩固。他们在绞刑架上烧死一个异教徒,就会随之冒出成千上万个异教徒来。为什么?因为宗教法庭公开迫害他们的敌人,在他们还未悔过的情况下就将他们烧死。或者确切地说,是因为他们不肯悔过。人们死是因为不肯放弃他们真正的信仰。这样一来,自然所有的荣耀都加诸殉道者,所有的罪恶都背负在烧死他们的迫害者头上。到了二十世纪,有所谓的极权主义出现,就好比德国的纳粹党和俄罗斯的共产党。俄国人对异端邪说的迫害远比宗教迫害更加残酷。他们以为从历史的错误中汲取了教训。不管怎样,他们至少知道不能再制造殉道者。在公开审判之前,他们就用各种手段摧毁那些人的尊严和意志力。他们严刑拷打,关禁闭,直到将他们都折磨成匍匐在地、摇尾乞怜的可怜虫,要他们供认什么,他们就供认什么,通过指控别人来保全自身,必要的时候也辱骂自己。可是,几年过后,类似的情况又发生了。死去的人都成了烈士、殉道者,他们曾经的尊严扫地都被人遗忘。我们不禁要问:为什么又是这样?首先,无论是谁都能看出来,他们的供词明显是屈打成招的,是假的。我们不会犯这样的错误。所有在这里说出的供词都是真实的。我们会让它们变成真的。而且，最重要的是，我们不会让死者有反抗我们的机会。所以，温斯顿，你必须停止幻想后代会为你平反昭雪。后世人根本就不知道你的存在。你在历史洪流中的所有痕迹都会被擦得干干净净。我们会把你化为乌有，让你永远消失。你不会留下任何痕迹：登记册上不会有你的名字，活着的人不会记得你。过去没有你，将来也不会有你，你被消灭了。你从来没有存在过。"

"可是为什么要这样折磨我呢？"温斯顿心中涌起一股怨愤。奥布赖恩突然停下脚步，似乎听到了他心中的这种怨愤。他丑陋的大脸凑上前来，半眯着眼睛。

"你在想，"他说，"既然我们要彻底将你消灭，所以不管你说什么做什么，都无足轻重——既然如此，为什么我们还要先费这么大气力来拷问你？你心里这样想的，是不是？"

"是的。"温斯顿说。

奥布赖恩微笑着说："你是我们这个完美模式上的缺陷，温斯顿。你是一个必须擦去的污点。我刚才不是告诉过你，我们同过去的迫害者不一样吗？我们对那些口是心非的服从、对卑躬屈膝的驯服是不会满意的。到最后你投降，一定是出于你的自我意愿。我们不会因为异端分子抗拒我们就毁灭他，只要他抗拒一天，我们就让他活一天。我们要改造他，控制他的思想，使他变成另一个人。我们要涤荡他心中的一切邪念和幻觉，将他争取到我们这一边，不是表面上，而是实实在在、全心全意地站到我们这一边。在我们杀死他之前，我们会让他彻底变成我们的人。我们不能容许这世界上存在任何一个错误的思想，不管它多么隐蔽与无力而完全不会惹来麻烦。即便在犯人死的时候，我们也不容许他有任何偏离轨道的思想。中世纪的异教徒在走上火刑架时依旧是异教徒，依旧在大声宣扬异端邪说，并为自己能够为理性牺牲而感到兴奋。哪怕俄国大清洗运动中的受害者也是一样,这些人走上刑场挨子弹时满脑子都是反叛思想。但是我们不一样,我们要在彻底粉碎那个脑袋之前先将他的头脑清洗干净。以前的专制暴政的戒条是:'你们不允许怎样。'极权主义的戒条是:'你必须得怎样。'我们则会说:'你必须是怎样。'被带进来的人,没有一个敢抵抗我们。每个人的思想都被涤荡干净。就算是你一直相信无辜的那三个可怜的卖国贼——琼斯、阿伦森和卢瑟福——到最后我们也同样完全击垮了他们。我参加了对他们的讯问。我亲眼看见他们的意志力逐渐消退,他们匍匐在地,痛哭流涕,呜咽着求饶——到最后,他们不再有痛楚或恐惧,有的只是悔悟之心。等到我们的讯问结束后,他们已经变成了行尸走肉,只剩下空空的躯壳,心中已无任何情感,除了悔意以及对老大哥的敬爱之情。看到他们那样热爱老大哥,实在令人感动。他们恳请尽快被处决,这样他们就能保证思想永远纯正清白了。"

奥布赖恩的声音听起来如梦幻般呓语,脸上依旧带着那种极度兴奋与狂热的神情。温斯顿想,他不是在假装,他不是伪君子,他对自己所说的每一句话都坚信不疑。最令温斯顿无法接受的是,他意识到自己智力低下。他看着那个大块头的粗壮身躯用异常优雅的姿态在自己的视野里走来走去。不论从哪方面来说,奥布赖恩都比他强大许多。任何他曾经想过或者有可能想过的念头,奥布赖恩早就想到过、研究过,并且加以批驳了。他的头脑将温斯顿的头脑完全涵盖了。但是如果真是这样,奥布赖恩又怎么会疯狂呢?一定是他——温斯顿自己——才是发疯的那个。奥布赖恩停了下来,俯视着他,声音又变得严厉起来。

"温斯顿,不要以为你无条件向我们投降就能够挽回自己的一条命。那些误入歧途的人无一幸免。哪怕我们决定让你安度余生,你也无法逃脱我们的掌控。在这里发生的事,将会永远伴随着你。你得先弄明白这一点。我们会彻底打垮你,你将永世不得翻身。即便你活上一千年,也无法从这些事情中恢复过来。你将永远不可能有正常人的情感。你将心如死灰。你将没有能力去爱、去建立友情,你也无法享受生活的乐趣,连欢笑也不能,对任何事都失去了好奇心,你缺乏勇气去做任何事,正直也离你远去。你将会变成一个空空如也的躯壳。我们要把你完全榨干,然后再用我们将你填满。"

说到这里,奥布赖恩停了下来,冲白大褂示意一下。温斯顿顿时感到有一个很重的仪器塞到他脑后。奥布赖恩就坐在床边,所以脸与温斯顿的脸几乎在同一高度。

"三千。"他冲温斯顿头上的白大褂吩咐道。

有两块略有些湿润的软软的垫子贴在温斯顿太阳穴上。他下意识地缩了一下。似乎一种痛楚袭来,那是一种新的痛楚。奥布赖恩伸出一只手按在他手上,几乎是很友善地示意他不要担心。

"这次不会有任何痛苦的,"他说,"你看着我的眼睛。"

就在这时,温斯顿听见一阵猛烈的爆炸声,或者说像是爆炸声,他实在无法确认到底有没有声音传来。无疑出现了一道炫目的强光。温斯顿没有感觉到痛,只觉得很颓废、疲累。这一切发生的时候,他本来是躺着的,但是他觉得自己好像是被突然推到这个位置的。一种没有痛楚的打击一下子将他击倒了。他的脑袋里好像也发生了变化。等到他恢复视觉时,他还记得自己是谁、身在何方、面前凝视着自己的那张脸,但是总觉得好像缺了一大块,就好像脑子被挖掉一块一样。

"一会儿就好了,"奥布赖恩说,"看着我的眼睛。大洋国现在是跟哪个国家打仗?"

温斯顿想了一会儿。他知道大洋国是什么意思,也很清楚自己是大洋国的民众。他也能记起来欧亚国和东亚国,可是对于谁与谁打仗就完全不知道了。实际上,他根本不知道有打仗这回事。

"我不记得了。"

"大洋国现在在跟东亚国打仗。你记起来了吗?"

"是的。"

"大洋国一直在与东亚国打仗。自从你出生之后,自从建党以来,自从有历史以来,大洋国与东亚国就处于战争状态,一直没有停止,一直是同一场战争。你记起来了吗?"

"是的。"

"十一年前,你编造了一个关于三个被判处死刑的叛国者的故事。你非要说自己看到了一张能够证明他们无辜的纸片。实际上,这张纸根本不存在。一切都是你自己编造出来的,到后来连你自己都相信这是真实发生过的。现在你还能记起来当初编造这个故事时候的情景吧?"

"记得。"

"刚才我把手伸到你面前。你看到五根手指,还记得吗?"

"记得。"

奥布赖恩伸出左手,大拇指藏在手掌心里。

"这里有五根手指,你看到了吗?"

"是的。"

他看到了,刹那间,在他脑海中的景象没有改变之前。他看到了五根手指,没有畸形。紧接着一切又恢复正常,之前那些恐惧、憎恨、迷惑又再次浮现在他心头。但是刚才有片刻时间——他自己也不确定,大概有三十秒钟——是确凿无疑的,奥布赖恩的每一个提示都在填塞他脑海中的那部分空白,将这些变成绝对的真理。二加二可以等于五，也可以等于三，只要有必要，这都是很容易的事。这种感觉在奥布赖恩的手放下之前就消退了，尽管他无法重新体验那一刻，但是他记得，就好比一个人能够回忆起很久很久以前的一段经历，到现在依旧栩栩如生，实际上当时那是另外一个人。

"你现在看清楚了，"奥布赖恩说，"不管怎样，二加二等于五都是可能的。"

"是的。"温斯顿说。

奥布赖恩非常满意地站起来。温斯顿看见左边的那个白大褂打开了一只药剂瓶，将针管插进去抽注射剂。奥布赖恩转过身来面对温斯顿，带着笑容，像往常一样推了推鼻梁上的眼镜。

"你是否还记得在日记中写过，"他说，"不论我是你的敌人还是朋友，这都无关紧要，因为我是个至少能够理解你并且可以跟你交谈的人？你这话一点儿不假。我很喜欢与你交谈。你的头脑激发了我的兴趣。你的思维与我的相当接近，只不过你精神失常。在我们结束这一次谈话之前，如果你愿意，你可以问我几个问题。"

"什么问题都行？"

"什么问题都行。"奥布赖恩看到温斯顿的眼光死死地盯着仪表盘，于是补充道，"已经关掉了。你第一个想问的问题是？"

"你们把朱莉雅怎么样了？"

奥布赖恩的脸上又露出微笑："她出卖了你，温斯顿。立刻就出卖了你，毫无保留，不假思索。我还没见过这么快就范的人。要是你有机会再次见到她，肯定很难认出她了。她的那些叛逆精神、欺骗性、愚蠢行为以及肮脏的思想——一切都被我们从她体内清除了。她已经脱胎换骨了，完美得符合教科书的要求。"

"你们对她严刑拷打了？"

奥布赖恩对此没有理会。"下一个问题。"他说。

"老大哥是真实存在的吗?"

"他当然存在。党存在,老大哥就存在。他是党的化身。"

"他是像我一样存在吗?"

"你不存在。"奥布赖恩说。

那种无助感再次吞噬了他。他明白,或者能够想象,那些能够证明自己不存在的证据都是什么,但是这些所谓的论据全都是胡扯,都是在玩文字游戏。"你不存在"这个论断本身不包含逻辑上的荒谬吗?但是说出来又有什么用呢?只要想到奥布赖恩会用那些无法反驳的疯狂辩证法来驳斥他,他心里就会觉得颓然。

"我觉得我是存在的,"他疲惫不堪,"起码我认识也感受到了我的存在。我出生了,我终将死去。我有手有脚,我占据了宇宙的一定空间。没有别的东西能够同时占据我所占据的这个地方。在这个意义上,老大哥是存在的吗?"

"这无关紧要。他存在。"

"老大哥会死去吗?"

"当然不会。他怎么会死呢?下一个问题。"

"那么兄弟会呢,到底存在吗?"

"这个,温斯顿,你将永远无法知晓。就算等到我们将你处理完毕,决定将你放出去,哪怕你能够活到九十岁,这个问题的答案你也无法知晓。只要你活着,这个问题就会成为你脑海中无法解答的谜题。"

温斯顿默默地躺着,胸口的起伏比刚才快了一点儿。他脑海中闪现的第一个问题还没问呢。他一定要问这个问题,可是话到嘴边怎么也说不出来。奥布赖恩的脸上浮现出一丝微微的笑意,他的镜片似乎也流露出讥讽的表情。"他知道,"温斯顿突然想到,"他已经知道我要问什么!"想到这里,他的话便脱口而出了。

"一〇一室有什么?"

奥布赖恩脸上的表情没有丝毫变化,他只是用略带嘲讽的冰冷语气回答:"你很清楚一〇一室里有什么,温斯顿。每个人都清楚一〇一室有什么。"

说完他向白大褂举起一根手指。显然谈话已经结束了。针头刺进了温斯顿的胳膊。他几乎立刻陷入昏睡状态。

第三章

"你的改造过程分三步进行,"奥布赖恩说,"学习、理解和接受这三个步骤。现在你该进行第二个步骤了。"

与之前一样,温斯顿还是仰卧在床上。不过最近捆绑他的带子略松一些。膝盖可以略微动一动,脑袋能够自由转动,胳膊肘以下的部位也能够举起来。那个仪表盘似乎也没有之前那么恐怖了。他只要开动脑筋,还是能够避免遭受它的折磨的。只有在他头脑不灵活的时候,奥布赖恩才会拉拉杠杆。有时候他们能够进行一次完整的谈话过程而奥布赖恩不启用仪表盘。他不知道一共谈了多少次话。但是整个过程拖得很长,似乎永无休止——好几个星期,可能——有时候一次谈话与下一次要间隔几天,有时候只间隔一两个小时。

"你躺在这里，"奥布赖恩说，"感到非常奇怪——况且你也亲口问过——为什么仁爱部要在你身上花费这么多时间和精力。在你还是自由身的时候，你就为本质上基本相同的问题困惑过。你能够看清这个社会是如何运转的，但是你无法理解它的根本动机。你不是还在日记本上写过：'我知道怎样去做；我不知道为什么要这样做。'就在你思考'为什么'的时候，你开始怀疑自己的神志是否健全。你已经读过那本书，戈德斯坦的书，起码也读了一部分。这本书有没有教给你一些以前你不清楚的事情？"

"你读过了？"温斯顿问道。

"书就是我写的，或者说，是我参与写作的。你应该很清楚，没有哪一本书是完全依靠个体的力量完成的。"

"那么书上所讲的是不是都是真的？"

"描写部分都是真实的。但它提到的计划则是胡扯。什么秘密地累积知识——开启民智——最后促使无产者起而造反——推翻党的领导。你不用看完也能想到它会这样说。这一切都是胡扯。无产者永远不会造反，一千年、一百万年都不会。他们做不到。我不用告诉你原因了，你自己早就心中有数。如果你曾幻想过平民暴动、起义，那么你还是趁早死心吧。党是无法推翻的。党的领导会永远持续。你要以此作为你思想的根基。"

他朝温斯顿床前走近一些。"永远！"他重复道，"现在让我们回到'怎么样'和'为什么'上面来。你很了解党是怎样维持它的权力的。现在请你告诉我，为什么我们要紧握着权力不放。我们的动机是什么？为什么我们需要权力？说吧。"看到温斯顿沉默不语，他便催促道。

温斯顿依旧没有作声，这种沉默持续了一两分钟。他心中非常厌倦、疲累。而奥布赖恩脸上又显露出那种疯子般的狂热。他知道奥布赖恩接下来会说些什么：党不是因为自身的利益而追求权力的，党只是为了民众的利益。民众都是些软弱无能的可怜虫，不能忍受自由，也不敢面对事实，所以他们必须被更加强大的人统治，对他们进行有计划的欺瞒。人类面临两个选择：幸福或者自由。而对大多数人来说，幸福比自由好得多。党是弱者永远的监护人，是具有献身精神的一批人，他们作恶是为了美好的终究到来，他们牺牲自己的幸福是为了他人的幸福。温斯顿心想，可怕的是，如果奥布赖恩这样对他说，他一定会相信的。你能从他脸上看出来。奥布赖恩什么都清楚。他比温斯顿清楚一千倍，这个世界究竟是怎么回事，民众过着怎样不堪的生活，党用什么手段和谎言使他们安于那种境地。奥布赖恩对这一切完全明白，他也仔细衡量过这些问题，但是他觉得这些全都无足轻重，为了追求最后的目标，不论采取任何手段，都是可以接受的。温斯顿想，面对这样一个比你更聪明，平心静气地听完你的观点后依旧固执地坚守他疯狂的信仰的疯子，你又能如何呢？

"你们统治我们也是为了我们的利益，"他软弱地说，"你们认为民众无法进行自我管理，所以——"

他刚开口说话却几乎要大叫起来。一阵剧痛刺穿了他的身体。奥布赖恩将仪表盘的指针调到了三十五。

"真是愚蠢，温斯顿，愚不可及！"奥布赖恩说，"以你的水平怎么会说出这样的蠢话来？"

他又将指针调回来，接着说：

"现在我来明白告诉你这个问题的真实答案是什么。答案是：党追求权力完全是因为它自身。我们对别人的利益没有兴趣。我们只对权力感兴趣。财富、物质享受、长生不老或者幸福的生活，对我们来说没有什么诱惑，权力，我们只对纯粹的权力感兴趣。纯粹的权力到底是什么意思，很快你就会明白了。我们与以前所有的寡头政治都不同,那就在于我们很清楚自己在做什么。其他所有的寡头政客,哪怕那些跟我们看似相同的人,也都是些懦夫和伪君子。德国的纳粹党与俄国的共产党在方法上与我们非常相似,但是他们从来没有勇气承认他们的动机。他们假装,也许他们自己也真的相信,他们夺权是逼不得已,他们掌权的时期不会太长,不久就会出现一个自由平等的天堂。我们与他们不一样。我们很明白,没有人夺取政权是为了之后主动放弃。权力不是手段,权力就是目的。建立专政不是为了捍卫革命,而进行革命就是为了建立专政政权。迫害的目的就是迫害。拷打的目的就是拷打。权力的目的就是权力。现在你该明白我的意思了吧?"

像往常一样,奥布赖恩那张疲倦憔悴的面容令温斯顿十分震撼。这张脸看起来坚毅、粗放、残忍,充满了智慧与一种克制的热情,在这张脸面前,他感到如此无助。但这张脸是疲倦的,眼底堆满了褶皱,两颊皮肉松弛。奥布赖恩低下身对着他的脸,特意让他看清自己饱经沧桑的脸。

"你一定在想,"他说,"这张脸这么老又这么疲倦。你在想,我一天到晚大谈权力,但是无法阻止自己身体变老。你难道不明白,温斯顿,个人不过是一个细胞?一个细胞在衰老,这正是机体健康的证明。难道把指甲剪掉,你就死了吗?"

说完他又离开床边,在屋里来回踱步,一只手插在口袋里。

"我们是权力的祭司,"他说,"上帝就是权力。不过目前在你看来,权力只是一个名词。现在你应该对权力的真正含义有一定了解了。你必须明白,第一,权力是集体的。个人只是在他不以个人形式存在的时候才真正拥有权力。你当然知道党的口号:自由即奴役。你有没有想过,其实这句口号可以倒过来说?奴役即自由。一个人如果作为独立存在的自由个体,终将会被打败。这是无法更改的事实，因为每个人都无法逃避死亡，这也是人类最大的失败。可是如果个人能够完全服从集体，如果他能够放弃自我的存在，完全认同党，那么他就是党，他就拥有无边的权力，永垂不朽。你必须明白的第二件事是，所谓权力，就是控制人类的权力。控制人的身体自然是一种权力，但是更重要的是控制思想。对物质的控制——也就是你所说的外在现实的控制——其实并不重要。我们已经绝对控制了所有的外在物质。"

温斯顿顿时忘记了仪表盘的存在。他激动地想坐起来，但只是徒劳，反倒弄得浑身疼痛。

"但是你们要怎样才能控制物质？"他大声叫起来，"你们连天气都不能控制，你们也不能控制地心引力。还有疾病、痛苦、死亡——"

奥布赖恩摆摆手，制止他继续说下去："我们控制了物质，是因为我们控制了思想。现实是什么？现实只存在于人们头脑中。温斯顿，这一切你都会慢慢明白的。没有什么事情我们做不到。身体隐形、飞上天空——不论什么都能做到。如果我愿意，我可以像肥皂泡一样飘浮在空中。我之所以不想这么做，是因为党不想我这么做。你应该把那些十九世纪式的自然规律通通抛掉。自然规律是由我们来制定的。"

"但是你们并没有制定！你们甚至还没有成为地球的主人！不是还存在欧亚国和东亚国吗？你们还没有征服它们。"

"这无足轻重。等到合适的时机，我们就会将他们全部征服。即便不征服，又有什么区别呢？我们可以完全否定它们的存在。大洋国就是整个世界。"

"但是这世界这么渺小，如同一粒尘埃。人类也是如此渺小，如此无助！人类存在的时间有多长？这个地球上有好几百万年都没有人类存在。"

"一派胡言。地球的存在与人类一样长久，根本不可能比人类更久。地球怎么可能比人类长久呢?除非通过人类的意识,否则一切都不存在。"

"但是岩石里尽是灭绝物种的骨骼化石——猛犸、乳齿象和巨大的爬行动物,这些早在人类出现之前很久很久就存在于地球上了。"

"你亲眼见过这种化石吗,温斯顿?是的,当然没有。这些都是十九世纪生物学家们杜撰出来的。早在人类出现之前,什么都不存在。在人类灭绝之后——如果有一天人类真会灭绝的话——也不可能有任何事物存在。除了人类之外,没有任何东西存在。"

"但是宇宙是独立于人类之外的。你看那些星星!有些距离我们一百万光年之远。它们根本就在我们永远无法触及的地方。"

"星星是什么?"奥布赖恩漠然地说,"它们不过是几公里之外的火光。我们当然可以触碰到它们,如果我们愿意。或者,我们也可以将它们完全毁灭。地球是整个宇宙的中心,太阳和星星都围绕地球转动。"

温斯顿又努力挣扎了一下。不过这次他什么也没有说。奥布赖恩似乎感受到了他无言的反抗,又继续说下去:

"当然,为了某些特定目的,这话不尽然。当我们在大海上航行时,或者在预测日食与月食的时候,我们经常假定地球是围绕太阳转动的,或者星星距离我们亿万光年,这样会比较方便。但是这又算得了什么呢?难道你认为我们不能在天文学领域内使用两种不同的体系吗?星星距离我们近或者远,这都取决于我们的需要。你以为我们的数学家们无法做到这一点吗?难道你忘了双重思想?"

温斯顿在床上缩了缩身体。不管他说什么,对方迅速的回答就像是给他的一记闷棍。但是他心底很清楚,他清楚,自己是对的。除了自己意识之外不存在任何事物的信念——是不是一定能够通过什么方法来证明是错误的?这种谬论不是早就被揭露了吗?这种谬论甚至还有一个专有名称，不过他一下子无法想起来。奥布赖恩低头看着温斯顿，嘴角浮起一丝微微的笑意。

"我早就说过，温斯顿，"他说，"形而上学不是你的专长。你在搜索的那个词是'唯我论'。可是你错了。这不是唯我论。如果你非要为它找个名称，可以称它为'集体唯我论'。不过，这完全不是一回事，实际上，是完全相反的。这些都扯得太远了。"他又变了种语气，"真正的权力，我们夜以继日为之努力的权力，不在于控制外在事物，而在于控制人。"他顿了一下，又用一种小学老师对可造之材的循循善诱的语气问道，"一个人要怎样才能完全控制另一个人，温斯顿？"

温斯顿沉思了一下。"通过令他受苦。"他说。

"一点儿没错。通过令他受苦。单是服从远远不够。除非令他受苦，否则你怎么知道他是遵从你的意志还是听从他自己的意志？权力就在于要使人痛苦，使人感到耻辱。权力就是要将人的思想撕得粉碎，然后再按照你需要的模式重新组合起来。那么，你现在开始明白我们要创造一个什么样的世界了吧？这种世界，正好与以前老派改革家所构想出来的愚蠢、享乐的乌托邦完全相反。一个充满恐惧、背叛、折磨的世界，一个践踏与被践踏的世界，一个臻于完善却越来越冷酷无情的世界。在我们这个世界，进步就意味着痛苦的升华。以前所有的文明都爱标榜自己是建立在博爱或公正的基础之上的。我们则建立在仇恨之上。在我们这个世界中，除了恐惧、狂暴、得意、自我贬低之外，人类再不会有别的情感。其他所有的情感都会被我们摧毁。实际上，我们已经将革命前遗留下来的思想习惯彻底更改了。我们割断了父母与子女、人与人、男人与女人之间的联系。丈夫不敢信任妻子，父母与儿女之间互不信任，朋友之间的信任与友谊不再。而且到了将来，根本不存在妻子和朋友这样的定义。孩子一生下来就会被从母亲身边带走,就好比我们将鸡蛋从母鸡的窝中拿走一样。性本能将会被消灭。生殖行为将变成一年一度的手续,就好比每年得重新签发配给证一样。我们会消灭性高潮。我们的神经病学家已经着手研究这个课题。除了对党的绝对忠诚之外,任何忠诚都不存在。除了对老大哥的爱之外,任何爱都不存在。除了在打败对手的时候,不会在其他时候看到笑容。没有艺术,没有文学,没有科学。当我们无所不能时,科学就无用武之地了。美和丑也没有分别。没有好奇心,也没有生命行进的欢愉。其他所有的乐趣都不复存在。但是始终——不要忘了这个,温斯顿——对权力的迷醉始终存在,而且会越来越沉醉,越来越细腻微妙。时时刻刻,你都能享受到胜利者的快感以及践踏无还手之力的敌人的快感。如果你要构想关于未来的图画,就想象一只皮靴踩踏在一个人脸上吧——永永远远。"

奥布赖恩停顿了一下,似乎想等温斯顿发表意见。温斯顿又想缩到床底下去。他什么都说不出来。他的心似乎冻结了。奥布赖恩接着说下去:

"你记好了,永远都是这样。那张脸会一直等在那里,等待你去践踏。异端分子、社会公敌,永远都会在那里,你可以不断地打败他们,拼命羞辱他们。你落到我们手中所经历的一切——所有一切都将永远持续下去,而且会变本加厉。侦查、背叛、逮捕、酷刑、处决、失踪,诸如此类的事情永远不会完结。这是一个恐怖的世界,这也是一个狂欢的世界。党的力量越强大,就越发不能容忍异己。反对的力量越弱,相应的镇压手段就越严酷。戈德斯坦和他的异端邪说将永远存在。每一天,每一刻,他们将被攻击,被诋毁、被取笑、被侮辱、被唾骂,但是他们会永远存在。过去这七年中我与你合演的这部戏将不断重演,一代一代演下去,并且演技越发精纯。异端分子总是会落在我们手里,任由我们摆布,他们呼天抢地，痛不欲生，意志消沉，变得寡言鲜耻——最后痛悔交加，匍匐在我们脚下。这就是我们将要面临的世界，温斯顿。这是一个频频迎接胜利、不断凯旋的世界，一个无穷无尽地压迫权力神经的世界。我觉得你已经逐渐明白这个世界的真实面目了。但是到最后，你不仅会明白它，还会接受它、迎接它，自觉成为其中的一部分。"

温斯顿逐渐恢复过来，有气力讲话了。"你们不能这样做！"他气息微弱地说。

"温斯顿，你这话是什么意思？"

"你们不能创造出一个你刚刚描绘的那种世界。这只是梦想，永远无法实现。"

"为什么？"

"文明是不可能建筑在恐惧、仇恨和残酷之上的。这样的文明不可能持久。"

"为什么？"

"它没有生命力。它会土崩瓦解。它会自动灭亡。"

"一派胡言。你觉得仇恨比爱更加消耗人的精力。为什么会这样呢？即便真是如此，又有什么关系？假设我们加速生命衰亡的进度，假设我们让人类未老先衰，不到三十就变成老人，那又有什么关系呢？难道你还没明白，个人的灭亡算不上灭亡？党永远是不朽的。"

就像刚才那样，奥布赖恩的一席话令温斯顿无言以对。另外，他也担心，要是他坚持己见，奥布赖恩会拧开仪表盘。但是他又不能一言不发。于是他只好微弱无力地开始回击，不是争辩，也没有什么论据，只是奥布赖恩刚才的这番话令他无比惊恐。

"我不知道你这些话——我也不打算理会了。反正你们终将以失败收场。你们肯定会被打垮的。生活会战胜你们的。"

"我们控制着生活，温斯顿，生活的方方面面都在我们的掌控之中。你还在幻想会有什么叫人性的东西挣脱我们的掌控,会起来反抗我们。但是人性是我们创造的。人能够被随意摆弄、捏造。也许你会重回老路想到无产者或者奴隶,觉得他们会起来推翻我们。彻底忘记这痴心妄想吧。他们是无助的,跟牲口一样。人性就是党。其余的一切都是外在的——微不足道。"

"我不在乎。他们最后将击溃你们。他们迟早会看穿你们的真面目,然后将你们撕得粉碎。"

"你看到什么征兆能证明这样的事情一定会发生?或者你有什么理由相信这一点?"

"没有。但是我就是相信。我知道你们注定会失败。反正宇宙间会有什么东西——我不知道,是精神,或者是原则——总之你们是无法征服的。"

"你信上帝吗,温斯顿?"

"不。"

"那么,这种我们无法征服的准则又是什么呢?"

"我不知道。是人的精神吧。"

"你认为自己是人吗?"

"当然。"

"如果你是人,温斯顿,你也是最后一个。你这种人早就绝迹了,我们是继承者。你难道不知道你已经孤立无援?你早就身处历史潮流之外,你根本不存在。"他的态度越发严厉,语气也越发咄咄逼人,"你认为你在道德上更胜我们一筹,就因为我们手段残酷,欺瞒诈骗?"

"是的,我觉得我更胜一筹。"

奥布赖恩什么都没有说。另外两个声音冒了出来。过了一会儿,温斯顿才听出其中一个声音是他自己的。那是他加入兄弟会的那天晚上与奥布赖恩谈话的录音。他听到自己回答愿意说谎、盗窃、伪造、谋杀、分发毒品、逼良为娼、散布性病、朝孩子的脸上泼硫酸……奥布赖恩不耐烦地做了个手势,似乎觉得播放这段录音有些多余。接着他按了开关,声音立刻停止了。

"起来吧。"他说。

绑带松开了,温斯顿翻身下床,有些摇摇晃晃地站立着。

"你是最后一个人,"奥布赖恩说,"你是人类精神的监护者。好好看看你自己的模样吧。脱掉衣服。"

温斯顿将束住制服的一根绳子解开。制服本来有拉链,但是早就被取走。他不记得自己被捕之后有没有脱光衣服。制服里头是一些肮脏、破烂、有些泛黄的破布片,依稀能够看出内衣裤的形状。他将这些都脱下来扔在地上时,发现屋子另一头有三面镜子。他走了过去,还没走到一半就停了下来,嘴里不禁发出惊叫声。

"走过去,"奥布赖恩说,"站在两面镜子中间,这样你连侧面都能看清了。"

他刚刚停下来,是因为他彻底吓到了。他看见一个佝偻着背、面如死灰、形容枯槁的怪物向他走过来。这个怪物的样子十分骇人,不仅仅因为他知道眼前的这个怪物就是自己。他又往镜子前走近点儿。这个怪物因为佝偻着背,所以显得脑袋向前突出。这张脸是一个绝望的死囚的脸,额头突出,头顶光秃秃的,鹰钩鼻尖尖的,两颊枯瘦嶙峋,只剩一双警觉的眼睛。脸上堆着层层叠叠的皱纹,嘴巴深陷。这张脸毫无疑问是他自己的,但是外形的变化比内心的变化更加惊人。这张脸上所表达的感情与他内心的感受完全不一样。他的头顶有一半是光秃秃的,起先他以为自己头发也泛白了,后来发现泛白的是他的头皮。除了双手和脸上一圈之外,他身上已经暗沉一片,污浊不堪。这些污秽下面还遍布着红色的创口和疤痕，脚踝上静脉曲张处已经红肿溃烂，周围的皮肤一片片剥落。但是最吓人的还是他自己的身体，形销骨立，胸口只剩下根根分明的肋骨，如同骷髅一般，大腿干瘦如柴禾，还不及膝盖粗。现在他知道为什么奥布赖恩让他看自己的侧影了。他的脊背弯曲得吓人。肩头前耸，胸膛深陷，细瘦如皮包骨般的脖子似乎因为无法承受脑袋的重荷而对折起来。如果不是他自己，他一定会猜测这个怪物已经满六十岁，患有不治之症。

"有时候你会觉得，"奥布赖恩说，"我的脸——一个核心党党员的脸——看起来衰老憔悴。可是看到你自己的脸，你又怎么想？"

他一把抓住温斯顿的肩膀，将他扳过来面对着自己。

"看看你自己的样子！"他说，"看看你满身的污垢，看看你脚趾缝里的污垢，看看你腿上流脓的伤口。你知道自己已经臭得像一只山羊吗？不过也许你根本闻不到。看看你现在这副形容枯槁的样子。你看到了吗？我的大拇指和食指交握的圈儿都比你的胳膊粗。我能够轻易掐断你的脖子，就像折断一根胡萝卜一样，不费吹灰之力。你知道自从你落到我们手中之后，你体重减了二十五公斤吗？你的头发也是一把一把地往下掉。看看！"他伸手揪温斯顿的头，就掉下一把头发来，"张开嘴巴。还剩九、十、十一颗牙齿。你来的时候一共有多少颗？剩下的这几颗也会很快掉光的。看这里。"

他伸出大拇指和食指捏住温斯顿剩下的一颗门牙。温斯顿感到上腭一阵剧痛。奥布赖恩已经将那颗本就松动的门牙连根拔了下来，随手扔到地上。

"你已经在腐烂了。"他说，"你身体的各部位都在溃烂。你是什么？不过是一副臭皮囊罢了。现在转过身来，再看看镜子。你看到那个跟你面对面的东西了吗？那就是最后的一个人。如果你是人，那就是人性。现在穿上你的衣服吧。"

温斯顿动作迟缓、僵硬地穿上衣服。到现在为止，他还从来没想过自己会羸弱到这种地步。他心中只有一个念头：他落在这里的时光一定比他想象的更长。他将这身破烂的衣服裹在身上之后，想到自己被折磨的身体，不禁悲从中来。在还没明白自己在做什么之前，他已经坐在床边的一把小板凳上放声大哭起来。他很清楚自己的举动非常难看，肮脏的破烂裹着一把瘦骨头在刺眼的灯光下像孩子一样放声大哭，但是他实在无法克制。奥布赖恩走过来，几乎可以说是非常仁慈地搂着他的肩膀。

"事情不会永远这样的，"他说，"你可以避免它发生，无论你何时做出决定。所有的一切都在于你自己。"

"都是你们干的好事，"温斯顿抽泣着说，"是你们把我弄成了这副模样。"

"不，温斯顿，一切都是你自己招致的。你在刚开始与党作对的时候就已经预见并且接受这个结果了。第一步就包含了后来的所有一切。没有什么事情是你那时没有预见到的。"

他停顿了一下，又接着说：

"我们打败了你，温斯顿。我们已经彻底摧毁了你。你现在已经看过你的身体了，知道它是什么样子的。你的精神也与你的身体一样。我不觉得你心中还有多少自尊。你被人拳打脚踢、棍棒鞭打、侮辱折磨，你疼痛不堪，叫痛、求饶，在你自己的血泊和呕吐物中翻滚。你哭叫着苦苦哀求、摇尾乞怜，将你身边的每一个人都出卖了，说出了你所知道的每一件事。你能想出一件自己还未做过的堕落事情吗？"

温斯顿的哭泣声已经停止了，但是泪水依旧沿着面颊滚落下来。他抬头望着奥布赖恩。

"我没有背叛朱莉雅。"他说。

奥布赖恩低头看着他,若有所思:"是的,你没有背叛朱莉雅。这一点的确是真的。"

对奥布赖恩的无比敬重之情,再次涌上温斯顿的心头,这种奇特的感情似乎无法被任何事物摧毁。他想,多聪明,多明白事理啊。奥布赖恩从来都会明白他所说的话。世上任何一个人都会毫不犹豫地说,他早就背叛朱莉雅了。是的,在严刑拷打之下,还有什么是能够隐瞒的呢?他所知的关于朱莉雅的一切,全都事无巨细地招认了:她的习惯、性格、过去的生活;每次他和朱莉雅幽会时的详细情形,两人说过什么话,到黑市上买的那些东西,他们通奸的细节,他们偶尔谈论的反党计划——所有这一切。不过,按照他和朱莉雅对"背叛"这个词的定义来说,他的确没有背叛她。他没有停止爱她,他对她的感情没有丝毫变化。奥布赖恩很明白他话中的意思,不用他做任何解释。

"告诉我,"他说,"他们打算什么时候枪毙我?"

"估计要过一段时间,"奥布赖恩说,"你的问题很难处理。不过不用失望。每个人迟早都会痊愈。到最后我们就会枪毙你。"

第四章

温斯顿的整体状况好多了。他的精神一日比一日好,身体也一日比一日强壮,如果能够区分这一日与下一日的话。

小屋内白色的灯光和空气调节机的嗡嗡声像之前那样令人难受，但这还是他监禁之后待过的最好的地方。木板床上面有床垫，还有枕头，床边有一把小板凳。他们还给他洗了一次澡，隔一阵还能让他在室内用锡盆擦手、洗脸、擦身体。送来的水居然还是温的。他们甚至还给他配了一身新的内衣和一套干净的制服。他那处患静脉曲张的创口还被敷上了药。剩下的那几颗坏牙尽数被拔掉，镶上了满口的假牙。

这样的日子过了好几个星期，或者好几个月。如果他有兴趣计算时间的话，现在能够计算了，因为他们好像是定时给他送食物进来的。他估算，大概每二十四小时内会送进来三顿饭，不过他也分不清送饭来的时间是白天还是晚上。饭菜十分丰盛，隔三顿就会有肉菜。有次还给他送来了一包香烟。他没有火柴，不过送饭来的那个沉默不语的狱警给他点上烟了。这么长时间没碰香烟了，他第一口抽的时候差点儿恶心得想吐，但依旧吸了进去。此后每顿饭抽半支，这样一盒烟抽了很久。

他们给了他一块书写用的石板，角上还拴着半截铅笔。一开始他根本没有动。醒着的时候，他也是混沌麻木的。他经常一动不动地躺在那里，等待下一餐的到来，有时候真的睡过去了，有时候昏昏沉沉，懒得睁开眼。他已经习惯在强光的照射下睡觉了，除了梦更加连贯之外，其他好像与以前并无太大分别。这段时间他做了很多梦，而且多半是甜蜜的梦境。他梦见自己在黄金乡，或者与母亲、朱莉雅、奥布赖恩一起坐在阳光照耀下的一大片废墟中——什么事情都不做，只是坐在阳光下，聊着家常话。他醒着的时候所想的大多也是梦境中的情形。没有了令他疼痛的刺激，他的思考能力似乎也随之丧失了。他不是觉得厌倦，他只是不想说话或者做别的事。只要让他一人待着，没有毒打，没有讯问，不缺吃，不缺喝，身体保持干净，这就足够了。

逐渐地,他睡的时间越来越少,但是他依旧不想下床。他只想静静地躺着,感觉身体正在一点点地复原。有时候他会在这里摸一摸那里捏一捏,弄清楚自己身上的肌肉是不是真的开始变结实,紧实的皮肤是不是幻觉。最后他真的是确信而不再怀疑自己长胖了,因为大腿绝对比膝盖粗了。此后,他开始每天做运动,不过一开始并不情愿。一段时间过后,他能够走三公里左右的路程了,当然都是以在牢房里踱步来丈量的。他佝偻的肩膀也变直了些。他尝试做一些较为复杂的锻炼,但令他震惊与羞愧的是,很多动作他已经无法做到。譬如,他只能走,不能跑,不能把小板凳举过一只手的高度,无法单腿站立。他蹲下去之后,很难站起来,大腿和小腿会钻心地痛。他尝试着做俯卧撑,但是根本不行,他甚至无法把自己撑起一厘米。几天后——确切地说是几顿饭之后——他能够撑起来了。后来他能够一口气做六个俯卧撑。自此以后,他开始为自己的身体感到骄傲,他相信自己的脸也同身体一样在恢复。只是在偶尔摸到头顶光秃秃的地方时,他才想起那个在镜子里盯着他的满脸皱纹的怪物。

他的思想也逐渐活跃起来。他坐在木板床上,背靠着墙,将写字板搁在膝头,打算重新进行自我教育。

他已经投降了,这一点毋庸置疑。可事实上,他想起来,早在做出这个决定之前很久,他就已经做好投降的准备了。自从他踏进仁爱部的那一刻起——是的,甚至在他和朱莉雅一起惊慌失措地站着,听候电屏幕上冷酷的命令时——他就已经清楚认识到,想要反抗党的权力是一件多么徒劳、多么可笑的事。现在他终于明白了,这七年来,思想警察严密监视着他的一举一动,就像盯着显微镜下的甲虫一样。他的一言一行、一举一动,他们全都认真记录在册。他在日记本上放了一粒灰尘,自以为很谨慎,可是他们也在看完日记之后小心地将灰尘放回原处。他们放录音带给他听,他们拿照片给他看。有些是他跟朱莉雅在一起时的照片。是的，甚至……他根本无法与党抗衡。此外，党是绝对正确的。这一点毋庸置疑，永远不朽的集体的头脑怎么会错呢？你又能用什么外在标准去衡量它的判断正确与否？神志清醒与否只是统计学上的概念。只要你学会按照他们的思维模式去思考就行了。只是——

他感觉指缝间的铅笔很粗，很难驾驭。他开始将头脑中浮现的事物写出来。他先用大写字母笨拙地写下了这几个字：

自由即奴役

接着他又不假思索地在下面写道：

二加二等于五

之后他下意识地顿了一下。他的大脑似乎要逃避某些东西，不能集中思考。他知道接下来该写一句什么话，可是突然间又想不起来了。不过他只能凭借逻辑推理推导出来，而不是自发涌现。他写下这句：

权力即上帝

他全盘接受了。历史能够被篡改。但是历史从来没有被篡改过。大洋国正在与东亚国交战。大洋国一直在与东亚国交战。琼斯、阿伦森、卢瑟福这三个人都犯了不可饶恕的罪过，他们是罪有应得。他从来没有见到过证明他们无辜的照片。这照片从未存在过，一切都是他幻想出来的。他想起曾记得与之相反的事情，但是他脑海中的记忆都是不可靠的，是自我欺骗的产物。你看看，这一切多么轻而易举！只

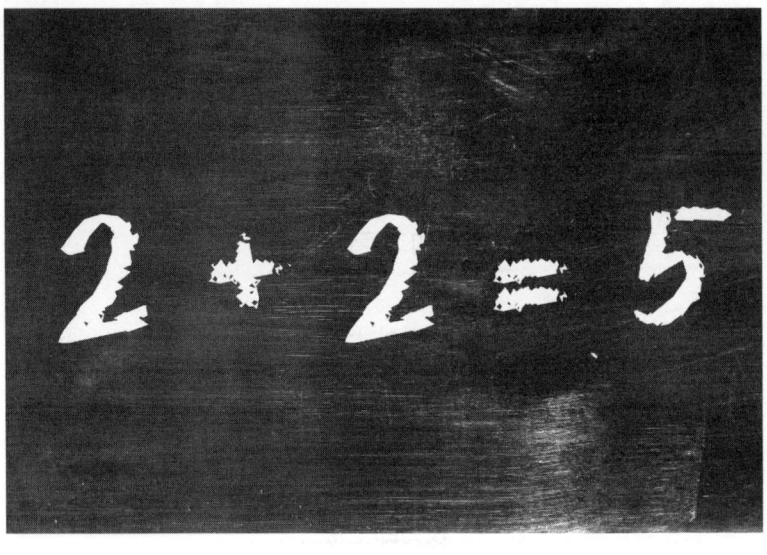

要你投降，所有的问题就都解决了。就好比一个总是逆水游泳的人，不论怎样挣扎，都会被水流往后冲，但是一旦你决定调转方向，你就能顺流而下，轻松自如了。除了你自己的态度之外，没有什么发生了改变，那些注定要发生的事情，一样会发生。他也想不明白自己为什么要反对党。每一件事情现在都变得非常容易，除了——

什么事情都可能是真的。所谓的自然规律都是荒诞不经的。地心引力也是一派胡言。"如果我愿意，"奥布赖恩说过，"我能够像肥皂泡一样飘浮在空中。"温斯顿想明白了。"如果奥布赖恩真的认为他自己已经离开地面飘浮在空中，而且我也认为我看到奥布赖恩飘浮起来，那么这件事就算是真的了。"突然，就好比一只深埋于海底的沉船浮出水面一样，有一个念头从温斯顿脑海中浮现，"这一切都没有发生。一切都是我们想象出来的。这不过是幻觉而已。"不过这个念头很快就被他压下去了。显而易见，这种想法是极其荒谬的。因为它假定存在一个思想之外的"客观世界"，有"客观存在"的事情在那里发生。怎么可能存在这样的世界呢？除了通过我们的头脑，我们对别的东西还有认知吗？任何事情都在我们的头脑中发生。任何在我们头脑中发生的事情，就是真的发生了。

他轻而易举地将这个突现的谬论驳倒了，而且没有受到这个谬论的引诱去相信它。不过他还是觉得不应该浮现这样的谬论。自己的大脑里应该有一个预警设置，只要出现了危险的思想，大脑就应该一片空白。这种过程是自动自发的，新话里称之为"罪止"。

他开始练习"罪止"。他向自己提出许多命题——"党说地球是扁平一块"，或者"党说冰比水更重"——然后努力训练不看到或者不想到与这些命题相矛盾的地方。这可不是件容易的事。不仅需要极强的推理能力，你还得能够随机应变。可是就像"二加二等于五"这样的算术命题他都已经无法驾驭了。这就需要脑筋转动得特别灵活，一方面要能够驾驭逻辑上最微妙的逻辑轨迹，一方面又要对逻辑上最明显的错误视而不见。总之，在这个过程中，愚蠢和聪明同样重要，也同样难以达到。

在这段时间里，他大脑中的另一部分一直在琢磨他们什么时候会枪毙他。"一切都在于你自己。"奥布赖恩这样说过。但是他很清楚，面对着必将来临的死期，他甚至没有办法使之早些到来。也许就在十分钟之后，也许会在十年以后。他们很可能就这样将他单独禁闭几年；很可能将他送进劳动营中；很可能先把他放出来一阵子，就像他们有时做的那样。更有可能的是，在他被枪毙之前，逮捕、讯问、毒打这出戏会完完整整地重来一遍。唯一能够肯定的事情就是，你无法事先得知自己的死期。以往的惯例是——一个从未明言的惯例，你知道事实如此，虽然未曾听说过——他们会从背后向你开枪，总是朝你脑后，事先毫无预警，当你在走廊上从一间牢房走到另一间牢房的时候。

有一天——但是"一天"不是个准确的表达，因为很可能当时是大半夜，所以准确地说是有一次——他突然堕入一种奇怪而又幸福的幻境。他在走廊上走着，等待着后面发来的子弹。他很清楚这颗子弹即将到来。一切都已被解决、被消除、被调和了。不再有怀疑，不再有争论，不再感到痛苦，也不再感到恐惧。他的身体已经恢复强壮，健康如昔。他走路的步伐很矫捷，心情很愉悦，感觉像在温暖的阳光下行走。他已经不在仁爱部狭窄的白色走廊里了，他走在一条阳光灿烂的宽广的大道上，足有一公里宽，兴奋得像刚嗑了药一样。他又走到了黄金乡，沿着那片被兔子啃噬的旧牧场中的小径往前走。脚下是软软的矮草，脸上感受着温暖和煦的阳光。草坪的边缘是一片榆树林，枝叶在微风中轻轻舒展，远处有一个小池塘，鲮鱼在柳树掩映下的水塘里自由自在地游弋。

他突然惊醒了，强烈的恐怖包裹着他。后背全是汗。他听见自己在高叫：

"朱莉雅！朱莉雅！朱莉雅，我的爱人！朱莉雅！"

在那一瞬间，他似乎觉得她就在自己身边，这幻觉十分强烈。她似乎不光在他身边，还在他的体内，好像她穿透了他的皮肤。就在这一瞬间，他觉得自己对她的爱越发深厚，甚至超过了他们在一起的时候。他也很清楚，她依旧活着，在某个地方，等待着他的救助。

他躺在床上，尽力平复自己的情绪。他究竟做了些什么事？就在这一瞬间暴露出来的弱点会给他增加多少年的折磨啊？

也许再过一会儿他就能听到牢房外传来的皮靴声。他们不会任由你狂叫而对你无所作为的。如果说以前他们还不知道，那么现在再清楚不过了，他打破了与他们的协议。他只是表面上对党服从，但是内心对党依旧仇视。以前，在他顺从的表面下隐藏着异端的思想。现在，他又往后倒退了一步，虽然思想上完全听命于党，但是他希望保留内心的如常。他知道自己的做法是错误的，但是他宁愿犯错。他们会明白的——起码奥布赖恩能够看出来。这一声愚蠢的呼喊将所有的心事都暴露了。

他将不得不从头再来一遍。那也许又是好几年。他伸手摸摸脸，想要熟悉一下这个新面容。两颊有深深的皱纹，颧骨高耸，鼻子扁平。自从上次照镜子之后，他们还给他镶了一副假牙。当你完全不知道自己的面容时，想保持莫测的表情不是件易事。他终于明白，如果你想保守一个秘密，你必须不让自己知道这个秘密。你必须时时知道秘密就在那里，但是不到必需的时刻，你不能让它以任何可以被冠以名称的形式出现在你的意识中。从今以后，他不仅思想上要正确，感觉上也要正确，做梦也得正确。而且在这段时间内，他得始终紧锁他对党的仇恨之心，把它变成身体的一部分，但是又与其他部分毫无关联，好似一个囊包。

总有一天他们会枪毙他的。虽然你不知道这件事什么时候会发生，但是在事发之前几秒钟总可以预料到。总是从背后开枪，总是在你在走廊上走动的时候开枪，前后不过十秒钟。在这十秒钟内，你的内心世界将会完全发生变化。突然间，不着一字，不停一步，脸上的表情也一丝不变——突然间，伪装的面具砰然落地，而后砰的一声，内心隐藏的仇恨就会爆发。这仇恨如同一团火焰将他吞噬。几乎与此同时，砰的一声，子弹出膛，他的脑袋被打得开花。这颗子弹来得太迟了，或者说是太早了。他们还来不及控制他，他的脑袋就被爆开了。异端思想没有被惩罚，没有悔改，永远在他们的控制之外。这样的做法，就相当于在他们完美无缺的制度中打穿了一个大洞。在死的时候依旧仇恨他们，这就是真正的自由。

他闭上双眼。这比接受思想训练更加困难。你得自己糟践自己，自己摧毁自己。你得完全忍受，投入最肮脏污秽处。而最肮脏污秽、可怕的事情是什么呢？他想到老大哥。那张巨大的脸（因为常在招贴画上见到，他总觉得这脸起码有一米宽），浓密的黑胡须，如影随形的眼睛，又不自觉地浮现在他眼前。他对老大哥的真实感情究竟如何？

过道里传来沉重的皮靴声。铁门砰地打开了。奥布赖恩走了进来。身后跟着那个神色冷漠的年轻军官和穿黑制服的狱警。

"站起来，"奥布赖恩说，"到我这里来。"

温斯顿站到了他面前。奥布赖恩的双手狠命地抓着他的双肩，紧紧盯着他。

"你心中还有欺瞒我的想法，"他说，"这实在太愚蠢。挺直腰板。看着我的脸。"

他停顿一下，然后用比较温和的语气说："你的确有一些进步。思想方面已经没有什么大问题了。不过感情上你毫无进展。告诉我，温斯顿——记住，不许说谎，你知道你是无法欺骗我的——告诉我，你对老大哥的真实感情如何？"

"我恨他。"

"你恨他。很好。现在到你受训的最后阶段了。你得爱老大哥。单是服从远远不够，你得爱他。"

他把温斯顿轻轻推向狱警那个方向。

"一〇一室。"他说。

第五章

在他被监禁的每一个阶段，他都知道，或者似乎知道自己身处仁爱部的哪一个地方，也许是因为空气压力的差异。狱警对他严刑拷打的那间牢房应该位于地下。奥布赖恩讯问他的那间牢房位置很高，靠近屋顶。现在这间牢房则深深地隐在地下。

这个房间很大，比他之前待过的牢房都要大。但他对周围的环境不是特别留心。他只能看到面前有两张铺着绿呢桌布的小桌子。一张离他大约一两米远，另一张更远些，靠近门边了。他被紧紧地绑在一把椅子上，无法动弹，就连脑袋也无法偏移一下。后脑勺好像卡在了一个软垫子里，迫使他只能直视前方。

他一个人在屋子里坐了一会儿。后来，门开了，奥布赖恩走了进来。

"你曾经问过我,"奥布赖恩说,"你问一〇一室里有什么。我告诉过你,其实你知道答案是什么。每个人都知道这个答案。一〇一室里有全天下最可怕的东西。"

门又开了。一个狱警走进来,手里拎着一个用铁丝做成的笼子或筐子之类的东西。他将那东西放在靠门的那张桌子上。奥布赖恩站在温斯顿面前挡住了他的视线,所以他不知道里面究竟是什么。

"世界上最可怕的东西,"奥布赖恩说,"对每个人来说都不一样。可能是被活埋,可能是被火烧,也可能是被溺死,或者被钉死在柱子上,也可能是其他各种各样致命的死法。可是在某些情况下,最可怕的东西却是一些微不足道、不足以致命的东西。"

他的身子往旁边挪动了一下,让温斯顿看清楚桌上摆着的东西。这是一只长方形的铁笼子,顶上有一个可以拎着的把手。笼子的前面挂着一块布,跟击剑所用的面罩类似,凹面向外。尽管这个笼子距他有三四米远,但是他能够看清里面分了上下两层,每一层都有些小动物。是老鼠。

"对你来说,"奥布赖恩说,"世界上最可怕的东西就是老鼠。"

一看到那个笼子,温斯顿就周身笼罩在一种早就预见过的恐惧中,那是种他无法言明的恐惧。现在他终于明白铁笼子前面那个像面罩一样的东西究竟是用来做什么的了。他吓得无法自控。

"你不能这样做!"他声嘶力竭地叫喊着,"你不能,你不能!这不可能!"

"你还记得吗,"奥布赖恩说,"那些时常发生在你梦里的惊慌失措的时刻?你的面前是一堵黑墙,身边有震耳的轰隆声传来。墙后面有种十分可怕的东西。其实你知道那是什么,但是你没有勇气面对。墙的后面就是老鼠。"

"奥布赖恩!"温斯顿竭力控制自己的声音,"你明知道这种手段是不必要的。你到底要我做什么？"

奥布赖恩没有直接回答这个问题。等到再开口时，他的语气又变回那个循循善诱的老师了。他若有所思地看着前方，似乎在对着温斯顿身后那些看不见的观众说话。

"就其本身，"他说，"痛楚并不足够。有的人能够忍受极剧烈的痛苦，哪怕是痛死也能顶得住。但对每个人而言，总有一些他无法忍受的事情——有些连想都不敢想的事情。那与勇敢或懦弱无关。要是你从高处落下的时候伸手抓住一根救命的绳子，这算不得懦弱。要是你从深水里探出头来，深吸一口气，这也算不得懦弱。这只是无法被摧毁的本能。老鼠也一样。对你来说，老鼠是无法忍受的东西。它们是一种你无法抗拒的压力，即使你希望自己能抗拒。所以在老鼠的压力下，我们要你做什么，你就会做什么。"

"你要我做什么？要我做什么？我都不知道那是什么，我怎么去做？"

奥布赖恩拎起铁笼，小心翼翼地放到离温斯顿较近的桌子上。温斯顿甚至能够听见自己的血液在往上飞涌。他觉得自己坐在无尽的孤寂之中，好像身处旷野，广袤无垠的沙漠在阳光下延伸到天际，各种声音从遥远的四面八方向他奔涌而来。实际上，鼠笼与他的距离还不到两米。这些老鼠体格健硕，毛发呈棕色，鼠须坚硬，正是性格最凶悍残暴的时候。

"老鼠，"奥布赖恩依旧对着那群看不见的观众说，"是啮齿动物，但也是食肉动物。这一点你肯定很清楚。你肯定也听说过市里贫民区发生过的事情。在一些街道，妈妈不敢单独把孩子留在家里，哪怕只有五分钟，老鼠就会倾巢而动，瞬间将孩子啃得只剩一把骨头。其实老鼠不单啃咬婴儿，它们也咬病人和快死的人。它们有惊人的智力，能够分辨出谁毫无反手之力。"

铁笼里传出一阵吱吱声。温斯顿却觉得那是从遥远的地方传来的。原来笼子里的老鼠开始了撕扯，它们想要穿过隔层拼个你死我活。温斯顿听到一个绝望的声音，但那似乎不是自己发出来的，而是从遥远的什么地方传来的。

奥布赖恩拎起铁笼，在什么地方按了一下，只听见咔嗒一声。温斯顿拼命挣扎，想要挣开椅子逃走。可是无济于事。他身上的每一个部位都被牢牢固定，包括头在内，不能动弹分毫。奥布赖恩将铁笼移得更近一点儿，现在距离温斯顿不到一米了。

"我已经按了第一个操纵杆，"奥布赖恩说，"这个笼子的构造你应该清楚。面罩正好牢牢套住你的头，不留一丝缝隙。我按第二个操纵杆，笼子的门就会拉起。这些饿昏了的小东西就会如利箭般蹿出来。你以前有没有见过老鼠蹦蹿？它们会直射到你脸上，一口咬住，再不放松。有时候它们会先咬眼睛。有时候它们会咬脸颊，然后再咬舌头。"

铁笼子又近了一些，就快碰到脸了。温斯顿听见一连串尖叫，好像就在他头上响起。但是他极力克制，不要慌张。想办法，想办法，哪怕半秒钟——想出办法是唯一的希望。突然，老鼠身上的霉臭味扑鼻而来，他觉得五脏六腑翻涌，差点儿就要晕过去。眼前一片漆黑。刹那间，他丧失了理智，变成一头狂叫的野兽。然而他从黑暗中挣脱出来，内心只有一个念头。有一个办法，也只有这一个办法能够救自己。他必须拉来另一个人，另一个人的身体，安插在他和老鼠之间。

面罩的大小正好把他和周围的一切隔绝开来。这个时候，铁笼子距离他的脸只有一两巴掌远。这些老鼠知道猎物在即。其中一只激动地上蹿下跳，另一只老得多的用后腿直立起来，粉红的前爪抓住铁丝，鼻子不住地四下里嗅着。温斯顿能够看到它的胡须和牙齿。刚才那种暗黑的恐惧瞬间又淹没了他。他眼前昏黑，脑子一片空白,不知如何是好。

"这是中国古代帝国常用的一种刑罚。"奥布赖恩平静地说道。

面罩套在他头上,铁丝碰到了他的面颊。接着——不,那不是解脱,那是唯一的希望,小小的一线希望。太迟了,也许太迟了。这时他突然醒悟了,在这个世界上,他能够将自己的惩罚转嫁过去的,只有一个人——只有一个人的身体能够插在他和老鼠之间。他狂叫起来,一遍又一遍。

"咬朱莉雅!咬朱莉雅!别咬我!朱莉雅!怎样咬她都行!把她的脸都吃掉,啃掉她的骨头。不要咬我!咬朱莉雅!别咬我!"

他向后倒了下去,跌入了无尽的深渊,远离老鼠。他的身体依旧被绑在椅子上,但是他连同椅子一起穿过地板掉了下去,穿过仁爱部的大楼,穿过地层,穿过海洋,穿过大气层,掉进了太空,掉进了星际之间——远远地,远远地,远离老鼠。他已经在亿万光年以外,但是奥布赖恩始终站在他身边。他的脸颊依旧感受着冰冷的铁丝。但是从包裹着他的一片漆黑之中,他听见了咔嗒一声,他知道笼门关上了,再也不会打开。

第六章

栗树咖啡馆里几乎空无一人。一缕阳光穿透窗玻璃斜射进来,照在堆满灰尘的桌面上,泛着淡淡的黄光。现在是十五点,顾客稀

少的时候。电屏幕上传出细微的音乐。

温斯顿坐在他通常坐的那个角落里，呆呆地望着面前的空杯子，不时抬头看一眼对面墙上贴着的那张大脸。"老大哥正看着你"，下面的文字如是说。没等他开口，服务员便过来帮他把空杯子斟满胜利牌杜松子酒，又从另一个瓶子里倒出几滴液体，摇了摇。那是丁香味的糖精，栗树咖啡馆的特色。

温斯顿静静听着电屏幕的声音。虽然现在在放音乐，但是随时有可能被和平部切换成特别新闻简报。非洲前线最近传来一些令人不安的消息。他成天为此心神忐忑。欧亚国的一支大军（大洋国在与欧亚国打仗，大洋国一直在与欧亚国打仗）迅速南移，速度之快令人震惊。午间报道时虽然没说明任何地点，但是很可能战场已经转移到了刚果海岸。这样布拉柴维尔和利奥波德维尔都岌岌可危。不用看地图也知道这意味着什么样的危险。照目前情势发展下去，大洋国不仅会丧失中非，而且将会第一次使本国领土遭受威胁。

一种强烈的情感，并不是恐惧，大概是一种难以名状的激动，在他心中升腾起来，而后又消退了。他再也不想去理会战争的事情了。自从被释放，他对任何事情都无法集中片刻的精神。他端起酒杯，一饮而尽。与以往一样，酒一下肚，他就感觉到一阵哆嗦，还有几分恶心想吐的感觉。这东西实在令人难受。丁香油和糖精的味道已经够令人恶心了，但是还不能盖过杜松子酒的油味。最令人难受的是，杜松子酒的味道会一直萦绕在他身旁，经久不散，使他觉得自己会与那味道密不可分地融合在一起，那是——

他从未曾指明那是什么，即便在脑海中，只要有可能，他就绝不去想那东西。他隐隐会想起它们曾经在他近前上蹿下跳，散发着刺鼻的霉臭味。杜松子酒往上翻涌，他张开青紫的嘴唇打了个嗝。自从获释以来，他的体重一直在增加，脸色也恢复到以前的颜色——甚至比以前更红润。他脸上的轮廓变得粗重许多，鼻子和脸颊上的皮肤泛出红色，就连头顶光秃秃的那块也泛着红光。未等他招呼，服务员就主动将棋盘和当天的《泰晤士报》送到他面前，还特意翻到刊登棋艺栏的那一版。看到温斯顿的酒杯空了，又为他倒满。不需要吩咐，他们清楚他的习惯。棋盘总是在等着他，常坐的角落的这个位置也为他留着，即便屋子里客如云集，但是这张桌子依旧只有他一个人，因为没有人愿意被看到与他坐得太近。他从来没有算过到底喝下了几杯酒。服务员偶尔会送给他一张脏字条，上面记着他的消费记录，但是他总觉得他们算少了。不过，如果算多了，他也浑不在意。现在他有足够的金钱。他甚至还有了一份工作，一个挂职的闲差，比以前那份工作的收入要高许多。

电屏幕上的音乐中断，有人开口发言。温斯顿抬头倾听。这次不是来自前线的公报，而是富部的一条简报。上个季度第十个三年计划中，鞋带产量超额完成百分之九十八。

他看了一眼报纸上的棋谱，就将象棋依样摆开。这是个棘手的残局，两个马相克。"白子进两步，将死对方。"温斯顿抬头看一眼老大哥的画像。白子总是能够将黑子将死，他内心有一种模糊不清的神秘意识。一如既往，没有任何例外，这是久已安排好的棋局。自开辟鸿蒙以来，所有的棋谱中都是白子将死黑子。这是不是意味着，善终将战胜恶？他又看了一眼。那张巨大的脸也看着他，充满了沉着的力量。白子总会赢。

电屏幕上的声音顿了顿，然后换用极其严肃的口气宣告："注意收听，十五点三十分有重要新闻。十五点三十分！这是最重要的新闻。注意不要错过。十五点三十分！"音乐声再次响起。

温斯顿心中忽然一动。一定是前线传来的新闻。直觉告诉他，一定是坏消息。这一天时间，他都会想到大洋国在非洲遭受重创。

只要想到这一点,他就一阵小小的激动。他似乎真的看到欧亚国的军队像蚂蚁一样蜂拥而来,穿过从未突破的边界防线,直朝非洲的南端拥去。能不能从侧翼包抄他们呢?西非海岸的轮廓在他脑海中浮现出来。他拈起白子走了一步,这一步非常正确。他看到黑压压的蚂蚁大军向南奔涌,另外一支军队如神兵天降,突然出现在他们后面,切断他们的海陆交通。他觉得通过主观愿望就可以让另外这支大军存在。但是行动必须迅速。如果欧亚国控制了整个非洲,如果他们已经将好望角的机场和潜艇基地都占领,大洋国就会被分成两部分。这样将会招致某些后果:战败、瓦解、世界被重新瓜分,党可能会就此毁灭!他深吸一口气。有一种复杂的感情在他内心交织,或者说不是复杂的,而是层层杂糅的感情,只是分不清最隐蔽的那一层是什么。

斗争的情绪已经平息。他又将白子挪回原处,不过现在他依旧无法集中精力钻研棋谱。他禁不住胡思乱想。他几乎是不自觉地拿手指在桌上的灰尘上涂写:

2+2=

"他们不可能钻进你的头脑里。"朱莉雅这样说过。但是他们能够。"在这里曾经发生过的事情,将会永远伴随你。"奥布赖恩说。这话所言非虚。你所做的一些事情,你的行为,永远都无法挽回。你内心深处某种东西已经被掐死、灼伤、腐蚀,再也无法复原。

释放之后他见过她,还与她说过话。这不会再有任何危险了。他直觉到,现在他的任何行为已经不会再引起他们的兴趣和注意了。如果他或者朱莉雅还愿意的话,他们还能安排下一次会面。那一次相遇极其偶然。相遇的地点是公园，时间正是三月，那天天气极恶劣，冰冷刺骨，地上冻成一块铁板，草地枯死，见不到一丝新绿。几株番红花探出地面，但是被寒风吹折刮跑了。他正急匆匆地往前赶，眼睛被风刮得流眼泪，手也冻僵了。突然在距离不到十米的地方，他看见了朱莉雅。他的第一个感觉是：她变了，却很难形容。他们擦肩而过，形同陌路。不过最后他转过身来尾随着她，但是并不热切。他知道毫无危险，没有人会再对他有任何兴趣。她什么都没说，只是在草地上穿来穿去，似乎要摆脱他，但是后来发现无法摆脱，就让他走到自己身边。他们一直往前走，走到一处掉光树叶的灌木丛中，那个灌木丛既无法阻挡寒风，也无法避开行人。他们就在那里停下脚步。这一天委实寒冷。狂风呼啸着拍打在灌木丛的枯枝上，将已经显脏的番红花刮得无影无踪。他搂住了朱莉雅的腰。

这里没有电屏幕，但是多半有隐藏的话筒。况且，他们大白天站在这里，过往行人都看得一清二楚。不过这无关紧要，一切都已经不再重要。如果他们愿意，也可以就势躺倒做那件事。不过想到这一点，他就觉得恐惧，肌肉僵硬。对于他的搂抱，她也毫无反应。她甚至没想到要挣脱。温斯顿现在注意到她到底有什么不一样了。她的脸枯瘦，还添了一道长长的疤痕，从前额一直延伸到太阳穴，有一半被头发遮住了。不过所谓的不一样还不是指这些。是的，她的腰肢比以前粗了许多，而最令他惊异的是，异常僵硬。他记起来有一次，火箭弹爆炸之后，他帮忙把一具尸体从废墟里拖出来。他很惊讶，那具尸体非常沉重，而且无比僵硬，不像是人体，倒像是石块，难以移动。现在她的身体也令他想起当时的感觉。他不禁想到，她的皮肤一定也不如以前那样细腻光滑。

他没想过去吻他，他俩什么话都没说。等到他们再往回走，穿过草地的时候,她才正眼看他。只是短暂的一瞥,充满了轻蔑和厌恶。他不知道这种厌恶是因为过往的种种,还是因为看到他浮肿的脸和被风刮得不停流泪的眼睛。他们在两把铁椅子上坐了下来,肩并肩,但并没有靠得很近。他看到她张开嘴想说什么。她笨重的鞋子往前挪动一下,踩断一根小树枝。他注意到她的脚似乎也比以前宽多了。

"我背叛了你。"她坦率地说。

"我背叛了你。"他说。

她又飞快地瞥了他一眼,满是厌恶之情。

"有时候,"她接着说下去,"他们用一些东西威胁你,那些你无法忍受甚至连想都不敢想的东西。于是,你会说:'别这样对我,去折磨别人去,折磨某某去吧。'事后,也许你假装这只是你的缓兵之计,只是让他们暂时住手,其实你心里并不真的想那样。但这是自欺欺人。当时,你是真的想那样的。你觉得再也没有其他办法保全自己,你十分愿意用那个办法来救自己。你真的希望那件事发生在别人身上。你才不在乎他们遭受的痛苦呢。所有你关心的,只是你自己。"

"所有你关心的,只是你自己。"他跟着附和一句。

"从那以后,你对那个人的感觉就不再和以前一样了。"

"是的,"他说,"你的感情就不再和以前一样了。"

似乎没有别的什么可说的了。刺骨的寒风把他们单薄的制服刮得紧贴在身上。两个人坐在那里一言不发,一下子变得尴尬起来,况且天气太冷,没法坐下去。她说要赶地铁之类的话,于是起身离开。

"我们下次再见。"他说。

"好的,"她说,"我们下次再见。"

他犹疑不定地在她后面尾随了一阵,两人距离约半步路。他们再也没有说话。她也没有刻意要甩掉他，但是步速恰好让他没法跟她并排走。他本来打算把她送到地铁站门口的，但是突然觉得在这样刺骨的风中跟着毫无意义，况且身体也受不了。他一时间想着不如转身走掉，回到栗树咖啡馆去，那个地方从未像现在这样对他有如此大的魔力。他无比怀念角落里那张专属他的桌子，还有报纸、棋盘和不住续杯的杜松子酒。何况那里肯定非常暖和。正在这时，也不全是意外，一群人把他和她分开。他犹豫不决地追了几步，随后又放慢步子，掉头朝相反方向走了。走了五十多米远的时候，他回过头来。路上行人不多，但是已经辨不出她的身影。周围那十几个匆匆忙忙向前赶的行人中，也许有一个就是她。也许因为她身体发胖、僵硬，所以他再也无法辨认她的背影。

"当时，"她刚才说，"你是真想那样的。"他当时的确是想那样的。他不仅仅只是那样说而已，而是发自内心地希望如此。他希望是把她，而不是他自己，拿去喂——

电屏幕飘来的音乐突然变换了曲调。里面是一种沙哑的带有嘲讽意味的曲调，靡靡之音。接着——也许并没发生，也许这只是一种对声音的幻想——有一个声音传来：

在栗树荫蔽下，
我出卖了你，你出卖了我——

泪水不禁夺眶而出。一个服务员经过，看到他的杯子空了，又替他满上。

他端起酒杯，闻了一下。这东西一口比一口难喝，但是现在已经成了他所沉溺的东西了。这是他的生，是他的死，是他的重生。他每夜靠着杜松子酒进入沉醉昏睡，每天清晨再借助杜松子酒醒过来。他很少在十一点前醒过来，醒来的时候眼皮粘在一起，口中干渴，背痛难忍，似乎脊梁骨已经折断。如果不是床头放着前一天晚上剩下的杜松子酒和茶杯，他不相信自己还能够挣扎着爬起来。中午的几小时，他都呆呆地坐在那里，将杜松子酒放在一边，听着电屏幕。从十五点直到打烊，他是栗树咖啡馆的常客。再没有人理会他在做什么，也没有哨子催促他，电屏幕再也没有呵斥过他。有时候，一星期一两次，他会到真理部一间积满灰尘、被人遗忘的办公室里干点儿活儿，如果这也能被称为工作的话。上头命他加入一个小组委员会下属的一个小组委员会，上一级那个小组委员会隶属于另一个委员会，这个委员会是负责处理第十一版新话词典编纂的各种琐碎事务的诸多委员会之一。他们要赶写一份所谓的中期报告，但是到底要报告些什么东西，他毫无头绪。听说这份报告要讨论有关标点符号的问题，具体来说是讨论逗号应该放在括号内还是括号外。这个小组委员会除他之外，还有四名委员，具体情况与他相似。他们经常郑重其事地坐下来开会，却又立即散会。大家都坦承，实在没什么可做的事情。有时候他们的确郑重其事地坐下来，认真地做会议纪要，起草备忘录，不过这备忘录从来没有完成过。因为他们对于要讨论的具体内容没有统一的认识，起先是讨论，后来演变成复杂深奥的争辩，论辩越来越深奥，他们会因为某些定义争吵不休，话题扯到毫不相干的地方，最后会升级到互相谩骂、恐吓，扬言要请示上级。可是突然间，他们又颓然了，围着桌子呆呆地坐下来，看着对方，眼神空洞，就像雄鸡鸣叫前就得消失的鬼魂。

电屏幕的声音停了一会儿。温斯顿再次抬起头来。公报！哦，不，实际上只不过是在调换音乐节目。他拿出一幅非洲地图放在眼前。军队调动都用示意图标注出来：一支黑色的箭头径直南下，一支白色的箭头横向东进，切断第一个箭头的尾巴。他抬头看一眼画像上那张不动声色的巨大的脸，似乎要求证自己脑海中的地图没错。有没有可能第二个箭头根本不存在？

他的兴致顿时大减。他又喝了一口杜松子酒，拈起白子的马，试探地走了一步。将军。不过这一步显然失算了，因为——

突然，一件旧事毫无征兆地浮现在他眼前。他看见一个被烛光照亮的房间，一张用白色床罩罩着的大床，看到自己，当时九、十岁，坐在地板上，兴致勃勃地摇着骰子，放声大笑。母亲坐在他对面，也是满脸笑容。

这大约是她失踪前一个月的事。也许当时两人的紧张情绪缓和了，他忘却了腹中的饥饿，暂时恢复了对她的依恋之情。对于那一天的事情他记忆犹新，那天下着倾盆大雨，雨水在窗玻璃上大股泻下，屋里光线太暗，没法看书。两个孩子被困在黑暗逼仄的屋子里，烦闷不堪。温斯顿哭闹起来，吵吵嚷嚷要吃的，在屋子里翻腾、摔东西、对着护壁板使劲儿发泄不满，直到隔壁的邻居实在无法忍受，狠命敲墙表示抗议。而他的小妹妹也是哭个不停。到最后，他母亲没了办法，只好说："你别闹，乖乖的。要是你乖，我就去给你买玩具，很好玩的玩具——你肯定会喜欢。"说完她就顶着暴雨出门了，走到附近一家还开着的小杂货铺里，给他买了一个用纸板盒装的"蛇梯棋"的玩具。到现在他依旧记得被雨淋湿而发潮的硬纸板的味道。这东西看起来一点儿意思都没有。硬纸板破了，木头做的骰子刻得很粗糙，表面凹凹不平，掷在地上分不清到底哪一个面朝上。温斯顿瞥了一眼，一点儿兴趣都没有。母亲赶紧点上一支蜡烛，母子两人坐在地上开始掷骰子。他看到那些小蛇拼命往梯子上爬，可是下一次手气不好，掷出的骰子又让它们倒退回来，几乎回到原点，这令他非常兴奋，高声笑着，叫喊着。他们玩了八局，输赢对半。小妹妹年纪太小，弄不懂这个游戏，靠着枕垫看着，看见他们笑，她也跟着笑。他们一家三口整整一个下午都非常快活，就像他幼年时那样。

他将这幅画面从脑海中驱逐出去。这个画面不过是幻象。最近他时常会被这些幻象烦扰。不过，只要你明白它们都是幻象，那就不要紧了。有的事情的确发生过，但是有的没有。他又将注意力转向了棋盘，拈起白色的马。他刚拈起，那枚棋子立刻就掉在棋盘上。啪的一声响令他猛然一惊，似乎被针刺了一下。

电屏幕传来刺耳的喇叭声。前线的公报！胜利！凡是在发表公报前鸣喇叭就说明这是胜利的消息。栗树咖啡馆里一片沸腾，似乎有一阵电流通过，就连服务员也禁不住竖着耳朵倾听。

喇叭声引发了极狂热的喧哗。电屏幕开始播报，广播员的声音极度兴奋、急促，但是一开始就被外面的欢呼声盖过了。这消息魔术般地瞬间传遍了整条大街。他断断续续地听到一些消息，战况进展的确如他所料：大洋国派出一支秘密舰队，从后面突袭敌军，切断了他们的后路——白色的箭头将黑色箭头的尾巴切断了。人声鼎沸中，一些断断续续的话语传入温斯顿的耳朵里："伟大的战略部署——巧妙的配合——彻底歼灭——俘虏敌军五十万——土崩瓦解——控制整个非洲——战争结束近在眼前——人类历史上最伟大的胜利——胜利，胜利，胜利！"

温斯顿的两条腿一直在桌子底下痉挛。他依旧坐在椅子上，但是他的心跟随外面的民众一起，欣喜若狂地拼命奔跑着、叫喊着，发出震耳欲聋的欢呼。他又抬头看了一眼老大哥。这个掌控世界的巨人！这块将亚洲黄种人击打得溃不成军的巨石！在十分钟之前——是的，也就十分钟——他心中意志仍不坚定，他在思考前方战事的时候还心存疑虑，想着究竟是胜还是负。哈，不只是大洋国击溃了欧亚国的军队！这消息也降伏了他的心魔。自从踏入仁爱部的那一天起，他已经发生了不少变化，但是直到现在，必不可少的脱胎换骨的变化才真正发生。

电屏幕的声音依旧在报告这次战争的相关消息，俘虏了多少战犯，夺取了多少战利品，敌人的各种残酷暴行，等等，但外面的欢呼声逐渐减弱。服务员们也各就各位。一个服务员走了过来，手里拿着一瓶杜松子酒。温斯顿坐在那里，沉浸在幸福的白日梦中，都没注意到他的酒杯又被斟满。他再也不会跑，也不会叫喊了。他又回到了仁爱部，所有的罪行都得到了党的宽恕，他的灵魂洁白如雪。公开审判的时候，他招供了一切，所有人都被他指控。他走在铺着白色瓷砖的走廊里，幸福而快乐，就像走在阳光下，一个荷枪实弹的警卫跟随着他。一颗等待良久的子弹终于射穿了他的头。

他抬头看一眼那张巨大的脸。花了四十年，他现在终于明白隐藏在那黑色胡须后面的笑容到底有着怎样的含义。哦，那残酷且毫无必要的误会！哦，你这个冥顽不化、背离老大哥慈爱怀抱的流亡者！两滴带着杜松子酒味道的泪水划过鼻梁两侧。不过现在好了，一切都好了，斗争已经结束。他终于战胜了自己。他热爱老大哥。

附录：新话的基本要义

新话是大洋国的官方用语，为了满足英社，也就是英国社会主义意识形态的需要而产生的。到一九八四年，依旧没有人能够把新话作为唯一的交流工具，无论口头上还是书面上。《泰晤士报》上的社论都是用新话写就，但是这种特殊的技巧只有专家才能掌握。预计新话最终取代旧话（也就是我们通常说的标准英语）会在二〇五〇年才能实现。在此之前，新话会持续稳健发展，党员们在日常交流中越来越频繁地使用新话的词汇和语法结构。一九八四年所使用的新话，可以参考第九版和第十版的新话词典，都是修订版，里面有许多冗余的词汇和过时的字词，不过将来这些冗余都会被废除。这里我们所讨论的只是第十一版新话词典中收录的已臻完美的最终版本。

新话的目标，不仅仅是要为英社的拥趸提供一种适合他们表达世界观和思维习惯的手段，更重要的是使其他的思想方式无法存在。一旦大家都用新话交流，旧话就会被遗忘，而各种异端思想——偏离英社原则的思想——根本不可能存在，至少在思想需要借助语句来进行时是如此。新话的词汇结构精准，所表达的意义准确无误，其定义有时候非常细微精妙，党员们能够借此准确表达自己的思想而不被他人误解，也排除了通过其他方法表达这个意思的可能。最终版本的新话能够达到这个程度，一部分是因为它创造了新词，但主要还是因为删词，删除了那些不合适的词以及那些次要含义不够正统的词。举一个简单的例子说明：新话中"free"（"自由"）这个词依旧保留，但是只能用在下面这一类句子的表述中——例如"This dog is free from lice"（这只狗身上无虱）或者"This field is free from weeds"（"这片田中无杂草"）。它不能被用在"politically free"（"政治自由"）或者"intellectually free"（"思想自由"）这些旧话中常用的意义上，因为，既然政治自由和思想自由实际上并不存在（即使在概念中也不存在），自然也就没有与之相关的名词了。除了消灭那些绝对异端的词，删减词汇本身也是目的，到最后剩下的词汇是绝对没办法删减的那些。新话的宗旨是要缩小思想范围，而不是扩大这个范围。把词语的选择减少到无可再减，也间接地促成了这个目的。

新话的基础是我们目前所通用的英语，许多新话的句子中即便没有新造的词，也很难为今天说英语的人所理解。新话的词汇可以分为三类：A类词汇，B类词汇（亦称作复合词），C类词汇。将这三类词汇分别探讨较容易理解，但是其语法特点可以归在A类中统一讨论。因为B类和C类的特点与A类一致。

A类词汇

这类词汇是日常生活用语，譬如吃、喝、工作、穿衣、上楼、下楼、乘车、养花、烹调等。这类词汇几乎包含了我们日常已经掌握的全部词汇，譬如打、跑、狗、树、糖、房屋、田野等。但是新话与我们现在使用的英语词汇相比，数量少太多太多，并且语义限定严格，很难产生歧义。一切语义上含糊不清、模棱两可的地方都被清除干净。A类新话的词语就是要尽可能清楚明白地表达单一的意义。这一类词汇是绝对无法用于文学创作的，也无法用来讨论政治或者哲学问题。A类词汇只是用来表达目标明确的简单思想，通常只涉及具体的实物或者人体的动作。

新话的语法有两大特点。第一个特点是不同词类的词几乎都能够互换使用。任何一个词（原则上就连"if"或者"when"之类抽象名词也包含在内）都能够作为动词，也作为名词，或者形容词、副词来使用。动词与名词如果词根相同，就不会发生形式上的改变，这条规则本身就将许多已经过时的形式废除了。譬如"thought"（"思想"的名词形式）这个词新话中根本不存在，取而代之的是"think"，既可以用作动词，也可以用作名词。词源学原则在这里没有发生任何作用。有时候保留下来的词是原来的名词，有时候保留下来的是原来的动词。甚至一个动词和一个名词虽然意义相近，但是没有词源上的关联，如果一个得以保留，另一个就必须消失。譬如，根本就没有"cut"（"切"）这个词，因为它的含义可以被"knife"（"刀"）这个新话中的名词与动词的混合体涵盖。如果想要形容词，就在这个混合体的词语后加上后缀"-ful"（"的"），副词就在这个词后面加上"-wise"（"地"）就行了。譬如，"speedful"就是"rapid"（"快的"）的意思，"speedwise"就是"quickly"（"快地"）的意思。我们现在所使用的一些形容词，譬如"good"（"好的"），"strong"（"强壮的"），"big"（"大的"），"black"（"黑色的"），"soft"（"软的"）等依旧得以保留，但是总数极少。实际上这些词也不大派得上用场，因为几乎任何一个形容词都能够通过一个兼作动词和名词的混合体加一个"-ful"的后缀来实现。现存的副词尽数被删除，除了少数几个本来就是以"-wise"结尾的词。这样的词，词尾不发生变化。作为副词用的"well"，现在已经用

"goodwise"代替了。

另外，任何一个词——原则上任何出现在新话中的词都是如此——都能够在前面加一个"un-"的否定前缀变成否定意义；要加强语气，就在前面加上"plus-"这个前缀；想要双倍加强语气，就要用"doubleplus-"这个前缀。譬如，"uncold"（"不冷"）就表示"warm"（"温暖"），那么"pluscold"和"doublepluscold"的含义分别为"very cold"（"非常冷"）和"superlatively cold"（"极冷"）。在现在的英语中，介词前缀的使用，几乎能够限定任何一个词的含义，例如"anti-"，"post-"，"up-"，"down-"等。显而易见，用这样的方法可以极大地减少词汇的总量。以"good"（"好的"）这个词为例，"bad"（"坏的"）就不存在了，因为"ungood"（"不好"）已经足以表达这个含义，并且能更好地表达。凡是两个意义完全相反的词，你只需要决定删除哪一个词就行。例如，"dark"（"暗的"）就能用"unlight"（"不亮的"）来取代，而"light"（"亮的"）则能用"undark"（"不暗的"）来取代。孰取孰舍，全由你自己决定。

新话语法的第二个特点是具有固定不变的规则性。除了下面提到的几个特例，所有的词形变化都遵循同样的规则。也就是说，所有的动词其过去式和过去分词全都以"-ed"结尾。"steal"（"偷"）的过去式是"stealed"，"think"（"想"）的过去式是"thinked"，诸如此类。而像"swam"，"gave"，"brought"，"spoke"，"taken"之类的词语形态全都被废止。所有的名词复数统一用"s"，或者极个别的用"-es"。例如，"man"，"ox"，"life"的复数分别为"mans"，"oxes"，"lifes"。形容词的比较级和最高级统一加"-er"和"-est"，例如"good"，其比较级和最高级就是"gooder"和"goodest"。旧话中那些不规则的比较级和最高级形式例如"more","most"被废止。

新话中唯一允许存在不规则变化的是代词、关系词、指示形容词和助动词。这些词类中，除了"whom"是多余的并已被废除之外，"shall"和"should"用"will"和"would"来取代，因为前者的意义已经被后者所涵盖。有些词的不规则形式是出于说话或者演讲的需要，有些发音比较难或者容易令人听错、产生误解的词就被认为是坏的词，所以，为了听起来悦耳、清晰，务必要插进几个字母，或者保留过时的形态。不过这些词主要存在于B类词汇中。为什么发音方便被提高到这种位置，下文我们就要仔细讲述。

B类词汇

这类词汇是特别构成的词，具有明显的政治目的。不仅每一个词都具有各自的政治含义，并且能够使得使用这些词汇的人持有特定的思想态度。如果对英社的原则了解得不够充分彻底，那么是很难正确使用这些词的。在特定情况下，这些词也能被翻译成旧话，甚至被翻译成A类词汇，但是必须加上一长串冗余的解释，而原话中特定的言外之意就无法顾及了。B类词汇就像一种缩写语，能够用少数几个音节囊括丰富的内涵。B类词汇比一般的语言更加精炼、准确，更有力。

B类词汇都是复合词，由两个或者两个以上的词或者词的部分组合而成，其组合原则是发音方便。这些组合而成的词既可以用作动词，也可以用作名词，按照现有的规则进行词形变化。譬如，"goodthink"（"好思想"）大致可以理解成"orthodoxy"（"正统"），如果当成动词来用，意思就是"to think in an orthodox manner"（"按照正统的方式来思想"）。这个词的形式变化如下：动词和名词形式为"goodthink"，过去式和过去分词都是"goodthinked"，现在分词是"goodthinking"，形容词是"goodthinkful"，副词是"goodthinkwise"，动名词是"goodthinker"。

B类词汇不是依照词源学的原则构成的。构成B类词汇的可能从此类中的任何一部分取得，随意安插，也可以做任何删减，也可以因为发音容易而随便移位，只要人们能够看出这个词的来源就行。例如"crimethink"（"思想罪"）这个词，"think"（"思想"）这个词放在后面，而在"thinkpol"（"思想警察"）这个词中，"think"却是放在前面，而后面的词"police"（"警察"）又省去了第二个音节。因为要做到听起来悦耳是一件很困难的事，所以B类词汇中的词形构成不如A类依循规则。譬如，"Minitrue"（"真理部"），"Minipax"（"和平部"），"Miniluv"（"仁爱部"）这三个词的形容词形式分别是"Minitruthful"，"Minipeaceful"和"Minilovely"，仅仅是因为若改成"-trueful"，"-paxful"，"-loveful"不仅形式上很奇怪，发音也很拗口。但原则上，所有B类的词汇都能变形构造，完全依照现有的规则变形。

B类词汇中有一些词的意义极其细微玄妙，如果你对新话掌握得不够透彻纯熟，就很难明白其含义。譬如，《泰晤士报》社论上有这样一个典型的句子："Oldthinkers unbellyfeel Ingsoc"。如果用旧话来翻译，最简短的译文应该是："Those whose ideas were formed before the Revolution cannot have a full emotional understanding of the principles of English socialism"。（"那些在革命以前思想就已定型的人无法对英国式的社会主义原理有全面的感情上的理解"。）但是，这个译文显然翻译得不够全面。首先，如果要透彻理解上面这句新话，你应该对"Ingsoc"（"英社"）这个词的含义有充分、准确的了解。另外，只有对英社思想有全面充分认识的人才能全面感受到"bellyfeel"这个词的意义。这个词意味着对一种思想盲目狂热的接受，这样的行为现在人很难想象。"oldthink"这个词也不能单凭字面意思来理解，因为它与邪恶堕落的思想紧密相连。但是新话中有些词，譬如"oldthink"，它们有特殊功能，不是为了表达意义，而是为了消除意义。这些词数目不多，但是它们的含义会不断丰富，到最后，一个单词能够充分表达许多单词组合而成的含义，这时由许多单词组成的词语就都可以废除了。所以，新话词典的编纂者遭遇的最大困难，不是创造新词，而是在创造新词后明确它们的含义，也就是说，确立它们出现后能够废除多少旧的词语。

在对"free"（"自由"）这个词的分析中我们就能看出，曾经有异端含义的词，因为方便起见，依旧予以保留，但是其异端含义得以清除。其他诸如"honor"（"荣誉"），"justice"（"正义"），"morality"（"道德"），"internationalism"（"国际主义"），"democracy"（"民主"），"science"（"科学"），"religion"（"宗教"）等词语，都被废除了。因为有几个意蕴丰富的综合词能够涵盖它们的意义，所以这些词都被消灭。譬如，所有融汇自由与平等概念的词语都能被"crimethink"（"思想罪"）这个词涵盖，而与客观和理性这两种观念相关的词语都能由"oldthink"（"旧思想"）这个词所囊括。定义得越准确、精细，越容易发生危险。对党员的要求是，只需要保持与古希伯来人一样的人生观就行了。古希伯来人认为，除了他们之外，异族人全都崇拜"伪神祇"。他不需要知道这些伪神祇名叫"Baal","Osiris","Moloch","Ashtaroth"之类。也许他知道的越少,越能保持自己的正统教义。他知道耶和华,也知道"十诫"是什么,所以他知道其他名称不一样、属性不一样的神祇全都是伪神。党员与古希伯来人有些类似,他知道什么是正确行为,所以能够极其模糊和笼统地知道哪些行为可能是越界的。譬如,他的性生活完全可以用新话中的两个词来界定,"sexcrime"("性犯罪")和"goodsex"("好性")。"sexcrime"能够将性行为方面的一切不良行为包括在内,包括通奸、苟合、同性恋和其他性变态行为。另外,正常的为了性交而性交的行为也可以用这个词来涵盖。这些行为不用一一赘述,因为他们都是有罪的行为,在原则上都犯了死罪。C类词汇主要是科技专业词汇,或者有必要在这里对某些不良的性行为给予特定称呼,但是对普通民众来说纯属多此一举。他们知道"goodsex"所指代的含义,那就是夫妻双方的正常性行为,为了繁衍后代而进行,但是女方没有肉体的快感,如果偏离了这个标准,那就都是"sexcrime"。在新话中,你很难进行异端的思考,你顶多凭直觉来判断这是异端思想。此外根本不存在语言表述供你进一步思考。

B类词汇中的所有词在意识形态上都有明确的立场。很多词都使用了替代性的隐喻,譬如"joycamp"和"Minipax"这两个词,真实含义与字面意义恰恰相反。"joycamp"从字面意义上看应该是"幸福营",但实际上是强迫劳动营。"Minipax"在旧话中是"和平部",但实际上是"作战部"。另一方面,有些词则公然表明对大洋国社会的真正本质有一种坦率而轻蔑的认识。拿"prolefeed"这个词来说,由两个词组成,"prole"和"feed",从字面意义上看就是"无产者的养料",指党给无产者提供的那种垃圾娱乐和虚假新闻。其他的词意义也很含糊、模棱两可，用于党的时候就是"好"的，谈到敌人的时候就是"坏"的。此外还有大量的词汇乍看像是缩写，但其意识形态色彩的指向取决于其结构，而不是词的含义。

所有与政治相关或者可能涉及任何政治意义的词都尽量放在B类。关乎组织、团体、学说、国家、机构、公共建筑的名字，务必缩减到容易辨认和牢记的形式，也就是用一个发音最容易、音节最少的词来保留其原有含义。譬如，温斯顿·史密斯在真理部工作的记录司被称为"Recdep"，小说司被称为"Ficdep"，电视司被称为"Teledep"，诸如此类。这样的结构组合并非单纯为了节省时间。早在二十世纪初，电报式缩略语的使用就成为政治语言的一个显著特色，而且有人指出，最倾向于使用这类语言的是极权国家和极权组织。譬如这样一些词："Nazi"（"纳粹"），"Gestapo"（"盖世太保"），"Comintern"（"共产国际"），"Inprecorr"（"国际新闻通讯"），"Agitprop"（"宣传鼓吹"）。一开始，人们是无意中使用这种缩略词的，但是在新话中，党是有意使用这种词的。党力图通过这样的缩略词将之前大部分令人产生联想的含义去除，并且同时能够巧妙地收紧和改变该词的含义。譬如"Communist International"（"共产主义者国际组织"）能够使人联想到全世界人类友爱的场景，与红旗、路障、马克思、巴黎公社等紧密相连。而相对来说，"Comintern"（"共产国际"）这个词只意味着一个严密的组织和一个阐述明确的教义。它所指代的意义容易辨认，目的也有限，就如同桌椅板凳一样。你几乎能够不假思索地说出"Comintern"这个词，而"Communist International"这个词你得略想一番才能说出来。同样，"Minitrue"这样的词语所引起的联想较之"Ministry of Truth"

更少,而且便于掌控。这就能够说明缩略语的使用为什么会变成习惯,也能够说明党为什么要力求每一个词都容易发音。

在新话中,词义精准是第一要求,其次是发音要悦耳动听。在必要的时候,语法的规则也可以弃之不顾。这样做非常合理,因为,出于政治需求,新话应该意义明确、更加简短,能够快速发音,说话人在说的时候脑中回声应降到最低限度。B类词汇正是因为它们的形式看起来近似反而更具威力。譬如"goodthink","Minipax","prolefeed","sexcrime","joycamp","Ingsoc","bellyfeel","thinkpol"等词都只有两三个音节,重音平均落在第一个音节和最后一个音节上。这些词汇的使用利于形成一种机械、标准、单调乏味的说话腔调。而这正是党创造新话的本意,就是为了使语言与个人的意识剥离开来,尤其是关于意识形态取舍问题的言论。在日常生活中,一个人开口之前总是会稍微停顿或者思考一番,但是要求党员对某件事发表政治或者道德言论时,他应该能够像机关枪喷射子弹一样自然无碍地喷射出正确的见解。他训练有素,又掌握新话,这是他万无一失的工具,而且新话语词听起来比较粗嘎刺耳,形式上又相对粗陋,可这与英社的精神相一致。新话的这种结构令党员发言时有极大的保障。

能够选择的词汇很少,其实也是件好事。与我们今天运用的语言相比,新话的词汇量极小,而且又不断出现各种减少词汇量的方法。新话与其他语言的最大差别在于,它的词汇量是逐年减少而不是逐日增加的。每减少一些词汇量就是一次胜利,因为可供选择的范围越小,思想所经受的诱惑也就越少。党的最终希望是:说话者通过喉咙发出声音,而不需要动用脑神经。新话中有一个词,"duckspeak",这个词的意思就是说话嘎嘎的像鸭子叫。和B类中的其他词汇一样,"duckspeak"的意义也是模棱两可的。如果表达的是正统思想，那么"duckspeak"的语义就是积极的，表示赞扬。譬如《泰晤士报》提到党内某个演说家时，用"doubleplusgood duckspeak"来形容他，那就表示对他的极大恭维与赞扬。

C类词汇

C类词汇可以看作对A类和B类词汇的补充，全由科技语组成。这些词与我们今天所使用的科学名词类似，也是以同一个词根组成，但是词义必须严格限定，所有不合适的含义都被剔除。在语法规则方面，它与其他两类完全一致。C类词汇甚少在日常会话或者政治演说中出现。科学工作者和专业技术人员都能够在为他们行业特制的词汇表中找到他们需要的词，但是很少用到其他词汇表上的词语。只有少数几个词会在所有类别的表中同时出现，而且没有任何词汇可以表达科学作为一种思想习惯与思想方法的功能，不论是哪个分支。实际上，"科学"这个词根本不存在，因为有关"科学"可能具有的所有相关含义尽数被"英社"充分涵盖了。

从以上说明中可以看出，想用新话来表达不正统的思想，除了在很低层次上的表达，都是根本不可能发生的事。当然，有可能用新话来发表粗俗的异端邪说，譬如，你能够用新话说"Big brother is ungood"（"老大哥不好"）。不过在思想正统的人听来，这句话本身就是自相矛盾的表达，无法论证，因为根本不存在论证的词汇。任何与英社对抗的思想都只能是一种含糊不清的状态，无法用文字清楚表述，非要提及的时候，只能用含糊笼统的名词一笔带过，而这些词堆在一起就变成了对这种异端邪说的整体否定。实际上，新话本身无法用于非正统的目的，除非你将其中某些词胡乱译成旧话。譬如，"All mans are equal"（"众生平等"）可以构成，但是它与旧话中的"All men are redhaired"（"所有人都是红头发")类似。这句话没有语法上的错误,但是它明显背离了事实,它只是表达了每个人都是同样高矮、体重相同、力气相同。政治平等这个概念已经不复存在,"equal"("平等")这个词的次要意义也被废除。在一九八四年,日常的交流工具依旧是旧话。从理论上说,会存在这样的问题,你在使用新话的时候也许还会记得所对应的词在旧话中的含义。但是在实践中,任何经受过"doublethink"("双重思想")训练的人都能够轻松避免犯这类错误。但在也许两代之后,就连发生这种失误的可能性都不可能存在了。使用新话作为其唯一语言、在这种氛围下长大的人,绝对不可能知道"equal"("平等")这个词曾经有过"政治平等"这一层含义,也不知道"free"原有的意义是"intellectually free"("思想自由")。这就好比没听说过象棋的人不会知道"queen"("后")和"rook"("车")象征什么意义一样。在新话环境中长大的人,失去了犯很多罪行和错误的能力,因为这些罪行和错误都无法称呼,所以也无法辨识、无法想象。能够预见的是,随着时间的推移,新话最显著的特色将会越发明显——词汇量越来越小,含义越来越严格,被用于不正当途径的可能性越来越小。

在旧话被新话完全取代之后,与过去的最后联系也被切断了。历史早就被重新改写,但是过去的文字依旧有些零星片段流传下来,散落于各处,虽然被搜查过,但是搜查不彻底,只要你拥有旧话的知识,你就能阅读。但是到将来,即便这些文字片段能够保存下来,它们也会变得佶屈聱牙,无法翻译。任何一段旧话要翻译成新话都是十分困难的,除非它说明的是技术性的操作或者极其简单的日常行为描述,或者显露出正统化(在新话中称为"goodthinkful")的思想意识。实际上,这就说明了大概在一九六〇年前所写的任何作品都无法被完整地翻译成新话。革命以前的文字只能做意识形态上的翻译——也就是在文字和意义上都要进行修改和调整。我们且以《独立宣言》的著名的一段话为例：

> 我们坚信下述真理不言自明：人人生而平等，具有造物主所赋予的若干不可剥夺的权利，其中包括生命、自由与追求幸福的权利。为了保障这些权利，人民创建了政府。而政府之正当权力来自人民的认可。基于此，一旦任何政府背离这些目标，人民就有权利改变或者废除它，再组建新的政府……

要将这段话意义完整地译成新话，是绝对不可能的。最直接的做法就是用一个词来涵括整段话的思想，那就是"crimethink"。想要完全翻译出来，只能采取意识形态翻译法，将杰弗逊的话翻译成一段对独裁政府的赞颂之词。

是的，已经有许多过去的文学作品被用这样的方式加工处理了。因为声名显赫，有些历史人物的作品得以保存下来，但是他们的成就已经与英社的思想体系保持一致了。莎士比亚、弥尔顿、斯威夫特、拜伦、狄更斯等作家的作品都在翻译中。一旦这项工作完成，他们作品的本来面目和所有旧文学残留下来的遗迹都会被彻底销毁。翻译他们的作品是一项艰巨又漫长的工程，所以无法奢望在二十一世纪的头十年或者头二十年内完成。另外，还有大量的实用文献——不可或缺的技术手册等——也需要用同样的方法加以处理。正是为了给这项翻译工作留出充分的时间，所以会将新话的全面使用时间定在二〇五〇年这么晚的年份。

图书在版编目（CIP）数据

1984 /（英）奥威尔（Orwell, G.）著；晏天译. —南京：江苏文艺出版社，2013.5
ISBN 978-7-5399-5368-7

Ⅰ.①1… Ⅱ.①奥…②晏… Ⅲ.①长篇小说 – 英国 – 现代 Ⅳ.①I561.45

中国版本图书馆CIP数据核字（2012）第150682号

©中南博集天卷文化传媒有限公司。本书版权受法律保护。未经权利人许可，任何人不得以任何方式使用本书包括正文、插图、封面、版式等任何部分内容，违者将受到法律制裁。

上架建议：名家经典·小说

书　　　名	1984
作　　　者	[英]乔治·奥威尔（George Orwell）
译　　　者	晏　天
责 任 编 辑	刘　佳　王一冰
监　　　制	张应娜
特 约 策 划	薛　婷
特 约 编 辑	丛龙艳
版 式 设 计	崔振江
封 面 设 计	吕彦秋
出 版 发 行	凤凰出版传媒股份有限公司 江苏文艺出版社
出 版 社 地 址	南京市中央路165号，邮编：210009
出 版 社 网 址	http://www.jswenyi.com
经　　　销	凤凰出版传媒股份有限公司
印　　　刷	北京鹏润伟业印刷有限公司
开　　　本	880mm×1230mm　1/32
印　　　张	9.5
字　　　数	230千字
版　　　次	2013年5月第1版
印　　　次	2017年6月第2次印刷
标 准 书 号	ISBN 978-7-5399-5368-7
定　　　价	29.80元

质量监督电话：010-59096394
团购电话：010-59320018